剣と魔法と学歴社会3
～前世はガリ勉だった俺が、今世は風任せで自由に生きたい～
リアド
「それにしても……凄い腕だね、アレン。
あれだけの速度で、一点に集中して
矢を射れる弓使いは見た事がない」
ココ
アレン

ローゼリア
「彼女にうつつを抜かして、
私に会いにくるのを忘れてた、
なんて事ないよね？」

フェイ
ジュエリー

ダン
「シーファルコンの臭いにつられてきやがったな！」

剣と魔法と学歴社会 3

～前世はガリ勉だった俺が、今世は風任せで自由に生きたい～

西浦真魚
illust まろ

口絵・本文イラスト
まろ

装丁
松浦リョウスケ（ムシカゴグラフィクス）

CONTENTS

1章　姉上との再会

恐怖の手紙

「待ちな坊や。手紙が来てるよ」

とある週末の朝。

本日もいつも通りにまずい朝食を食べ終え、部屋に戻ろうとしたら、寮母のソーラから呪われた手紙が届けられた。

お花模様の可愛《かわい》らしい封筒に、便箋《びんせん》はいつも三枚。

そう、姉上からだ。

内容は見なくても分かる。

何が目的で収集しているのかは不明だが、俺に関する最新情報――

俺が誰それとどのような部活動を立ち上げたなどの部活動関連、ゴドルフェンの課題を通じて騎士団に仮入団を果たして師匠に弟子入りした事、どういう訳か俺が『探索者レン』として活動している事まで把握しており、その活動内容などについて触れて、『流石《さすが》アレン君だねっ』なんて機嫌のよさが伝わるのが一枚目。

次に、自分が最近取り組んでいる、俺と離れた場所で会話ができるようになるというごく個人的な目的で研究している、地球で言うところの通信機のような魔道具研究の事、姉上が通う特級魔道具研究学院の友達に俺の自慢話をした話、最近俺にも見せたいと思った景色、俺と行きたい王都のレストランや、いつか姉上と行った姉上御用達《ごようたし》の洋服屋の店長が俺に会いたがっているという話など、自分の近況に絡めた俺との行動計画が二枚目にくる。

この時点で、すでにどことなく機嫌の悪さを漂わせる文面になっている。

そして呪われた三枚目。

忙しいのは分かるがどうしても顔を見たいだの、今月来なければ王立学園のセキュリティを突破して寮に忍び込むだの、朝の坂道部《さかどうぶ》の活動を監視魔道具で記録しようとしても、王立学園のセキュリティにすぐ発見されて撤去されるから学校ごと燃やしたくなるだの、恐ろしすぎる文字列が何度も鉛筆をへし折られながら書かれている。

なぜ姉上がここまで怒りを増幅させているのかというと、俺が入学後一度も王都の別邸に帰っていないからだ。

最初はここまで帰らないつもりはなかったのだが、学園や探索者活動を含めた王都の生活が充実しすぎていて、つい後回しにしてしまったのだ。

そのうちに姉上の手紙の機嫌が悪くなってきて、その文面から危ない香りが漂い始めると、いよいよ足を向ける気にならなくなった。

嫌な事から目を逸《そ》らして先延ばしにするほど、マグマ溜《だ》まりにエネルギーが供給されて、爆発した時の危険度が上昇する事は理解しているのだが、それでもついつい見なかった事にしてしまい、気がつけば学園入学から四ヶ月が経過しようとしていた。

ここ一ヶ月の間に届いた分は、読む事すらせずに机の引き出しの奥底に厳重に封印してある。もちろん今回も封印確定だ。

などと思っていると、同じ席で飯を食っていたアルがノー天気な顔で、石かと思うほど硬い焼き芋をもぐもぐと咀嚼《そしゃく》しながら実に余計な事を聞いてきた。

「アレン、いつもその可愛い封筒の手紙を受け取っているよな？　地元に幼馴染《おさななじみ》の恋人でもいるのか？」

その言葉を聞いて、きらりと目を光らせた女子が一人。

一見委員長の実は耳年増、ケイトだ。

「貧乏子爵家の三男と、田舎《いなか》の幼馴染が遠距離恋愛ですって?!　王立学園へ入学し、別世界の住人になった幼馴染へ、今もなお一途《いちず》な想《おも》いを寄せる庶民的なパン屋の娘！　その気持ちを踏みにじり、純朴だった少年は、王都の水に染まって女を沢山囲うクズに！　でも女遊びに疲れたクズが最後に選んだのは、小さな頃から隣にいた、どこか安心感のある幼馴染だった……。ダークホース！　ダークホースの出現よ！」

何がダークホースだ……。こいつらにはレイナの事など一切話していないのに、なぜパン屋の娘だなんてピンポイントで個人を特定できるんだ……。

別に男女としてどうという事はないが、勘が良すぎるだろう……。

ケイトの顔は、現代日本風に言うとそこらの団地の前で井戸端会議が盛り上がった、おばはんそのものだ。

「アレン？　聞き捨てならない話が耳に飛び込んできたけど、そのダークホースさんはどこの馬の骨かな？　いくら何でも女に奥手すぎると思っていたけど、まさかそんな女がいただなんてね……」

「素朴系がアレンさんの好みなんでしょうか……」

うるさいの《フェイとジュエ》も近づいてきた。

「はぁ……誰がクズだ。これは家族……姉上からのいつもの近況報告だろう。忙しくて王都の子爵邸に、一度も顔を出していないからな」

「へー？　その可愛らしい封筒に入った手紙が、あの『憤怒のローザ』からの手紙なの？　家族からそんなに頻繁に手紙が来るだなんて、少し不自然な気もするけど……。そういえば、いつもはぐらかしてばかりいるけど、一体いつになったら姉君を紹介してくれるのかな？　ドラグレイドからの魔導列車で約束したよね？　紹介してくれるって」

そういえばそんな話もあったな……。

だが、あの姉君をフェイに紹介など、冗談でもあり得ない。

こいつがいつものノリで、『恋人以上、夫婦未満で～す』なんて、笑えない冗談でも飛ばしたりしたら、何が起きるか分からない。

実の姉がドラグーン侯爵家の当主を相手に刃傷沙汰《にんじょうざた》など起こして、見習いとはいえ、その場に居合わせた王国騎士団員の弟はなす術《すべ》なくボコボコにされた……なんて事になったら、飛び交うのは噂《うわさ》ではなく号外だ。

吹けば飛ぶような貧乏子爵家など、お取り潰《つぶ》しになっても不思議はない。

俺が例によって適当な理由を付けて断ろうと考えていると、アルがフェイの提案に便乗してきた。

「お！　あの優秀な魔道具士だっていうアレンの姉ちゃんか！　それは是非俺も会ってみたいな。アレン、今日は騎士団の訓練休みって言ってただろ？　今から行こうぜ！　アレンが小さい時どんな感じだったのかとか、聞いてみたいしな！」

い、一体何を言い出すんだこいつは……。

あの姉上に会いたいだなんて、エンデュミオン侯爵地方に伝わる『レッドカーペット事件』を忘れたのか？

しかも今日の今からだと？

「……俺も行こう。優秀な若手魔道具士と親交を温めるのは重要だ。ロヴェーヌ家の秘密も気になるしな」

「私も是非！　お世話になっているアレンさんのご家族にご挨拶《あいさつ》したいです！」

便乗してんじゃねぇよ！

なに既定路線にしてるんだ？　そもそもロヴェーヌ家に秘密などない。あるとすれば姉上が怒るとやばいという事ぐらいで、そんな姉を紹介してもこいつらにとってメリットなど何もないだろう。

「いやいやいや、帰らないし、紹介もしないよ？　俺は毎日忙しいし、ライオもジュエも、いつも家の用事で忙しいって言ってただろ。姉上だって忙しいに違いない！　おっと持病の頻尿が……」

俺は強引に話を切り上げて、自室へと急いで引き上げ——

ようとしたところで、ゴリラのような握力の持ち主《フェイ》に手首を掴《つか》まれた。

「なんで逃げるのかな？　そんなに頻繁に手紙をよこすなんて、姉君もたまには顔を見せてほしいと思っているはずだよ？　これだけ王都で派手に噂を飛ばして、一度も顔すら出さないなんて、僕の家なら私設軍を派遣してでも連れ戻される事案だよ。さ、その手紙は、今ここで開けよ？」

フェイはニコニコと笑いながら訳の分からない事を言った。

「なんでこの場で手紙を開けなくちゃならないんだ！　親ならともかく、半分庶民に片足を突っ込んだ貧乏子爵家の三男は、姉に学校の出来事をいちいち報告したりしないんだよ！　この手を放せ！」

俺が手を振り払おうとしたら、フェイは俺の手首を握《にぎ》り潰した。

「ぐあ！」

手紙はポロリと手からこぼれた。

フェイが悠然とその手紙を拾う。

「証拠の品を確保したよ。裁判長、今のアレンの供述についてはどう理解すればいいのかな？」

ケイトは眼鏡《めがね》をキラリと光らせた。

「被告の言動は不自然です。多忙を理由に本日の紹介を断るのであれば、予定の調整可能な別日を提示すべきです。やはり手紙の差出人は地元のパン屋の娘、という疑いが強いと言わざるをえません。証拠《手紙》の開封を要求します」

「何が裁判長だ！　消印がないんだから、門の守衛へ直接預けたって事だろ?!　今王都にいるロヴェーヌ家の人間は姉上だけだ！　馬鹿な妄言はやめろ！」

「……これは異常事態です。姉に対する異常なまでの独占欲、すなわち重度のシスコン、禁断の愛の容疑が浮上しました。手紙の全文をこの場で公開する必要はありませんが、開封後、内容を簡単に紹介するだけで疑いが晴れる状況で、それを頑《かたく》なに拒否する、挨拶程度の紹介も拒否する、とい

うのであれば、その合理的な理由を説明すべきです」

「ほら、別にこの場で読み上げろって言ってる訳じゃないよ？　やましい事がないなら、開封してささっと目を通したら？　って提案しているだけだよ。このままだと、今王都で流行《はや》りのアレン都市伝説に、シスコン、なんていうのが加わるよ？」

「馬鹿な噂を流行らせてるのは大体お前らだろうが！　いい加減にしろよ！　……分かったよ！開けるから面白おかしく誇張して広めたりするなよ？」

まったく、俺が何をした……。

こいつらのためにも、紹介などしない方がいいと言っているのに……。

とりあえず、一枚目、大丈夫そうなら二枚目も少し紹介して、あとは適当に姉上も暫《しばら》くは忙しそうとか付け加えれば諦《あきら》めるだろ。

俺は無造作に手紙の封を切った。

姉上の怒りのボルテージが、俺の想像を超えて途轍《とてつ》もない事になっていると、封を切る前の俺はまだ知らなかった。

◆

「いやー、アレンの姉ちゃんに会うのは、何だか緊張するな！」

……相変わらずノー天気なアルには救われるな。

しぶしぶ封を切った手紙は、あまりにも様子がおかしかった。

いつもは米粒くらいの小さな文字で、びっしりと文字がしたためられているのに、その手紙にはデカデカとした真っ赤な文字で、まるで血で書いたような鉄分を感じる真っ赤な文字で、こう書かれていた。

一枚目
今日お家《うち》で待ってるね？

二枚目
もしこの手紙を無視すれば
三枚目は白紙だった。

いや、正確に言うと、粘り気が感じられる真っ赤な紙に、文字は何も書かれていなかった。

これがホントの赤紙かぁ……。

ひぃ！

怖すぎる！

俺はその手紙を見て、クラスメイトたちの安全を気遣う余裕がなくなった。

一人で姉上と顔を合わす勇気はとてもない。といって無視する勇気はもっとない。

こいつらは血祭りに上げられるかもしれないが、まずは俺が無事に、明日の朝日を見る事が何よりも優先だ。

そう判断した俺は、クラスメイトたちを巻き込む事にした。

『あ、あ、姉上は珍しく今日暇みたいだな！　俺は今から王都の子爵邸に帰るから、姉上に会いたい奴《やつ》は一緒に行こう！』

俺が震える手と掠《かす》れた声でこう勧誘したら、皆は怪訝《けげん》な顔をしたが、話を聞いていたクラスメイトたち、フェイ、ジュエ、ケイト、アル、ライオの五人がついてくる事になった。

フェイは王都の有名デザイナーがデザインしたと思《おぼ》しき、高級そうなヒラヒラとしたベージュの服、ジュエはシックだが一目で高級品と分かる、仕立ての良さを感じさせるネイビーのワンピースを着ている。

まるでご両親への挨拶のような気合の入れようだ。

これから向かう場所がどれほどの危険地帯かも知らずに……。

「アルは相変わらずノー天気だな。ところでライオにフェイと、ジュエ。お前らいきなり休日の予定を変えて大丈夫なのか？　何ヶ月も予定が詰まってる、なんて言ってたが」

俺がそのように問うと、ジュエは、これから自分が血祭りに上げられる運命とも知らず、ルンルンとした足取りで答えた。

「ええ、最近やっと家の方も落ち着いてきましたから。もっとも、たとえ陛下との会食予定が入っていても、この一大イベントを見送る選択肢はありませんけどねっ」

遠足気分か……。

だが、やっぱり同行はやめる、となる可能性は低そうだ。となると少しは釘《くぎ》を刺しておいた方が安全度が高いか……。

「先に言っておくが、『レッドカーペット事件』からも分かる通り、俺の姉上は怒ると怖い。はっきり言って、この場の全員でかかっても一度暴れ始めた姉上を制止できるかはかなり怪しい……。普通にしていたら大丈夫だから、くれぐれも挑発したりするなよ？」

そのセリフを聞いて、ライオのバカが実に嬉《うれ》しそうに眼《め》を輝かせ、こんな事を言った。

「ほう？　無論、挑発など不作法を働くつもりはないが、ぜひ手合わせをお願いしたいものだ」

呆《あき》れ果てて言葉もない。

俺はライオを無視《バカ》してジュエに質問した。

「ジュエは、死者の蘇生《そせい》はできるのか？」

「……死者蘇生魔法は不可能とされています。歴史上でも創作と思われる神話の類《たぐい》を除くと、聞いた事すらありません……。もちろん、体外魔法研究部の『鉄の掟《おきて》』第一条が、魔法士たる者、無限の可能性を追求する覚悟を持て、なのは理解していますが……。すみません、まだ着手すらできていません」

て事は、存在しなそうだな。

だがその前向きな回答は素晴らしい。わざわざ水を差す事もないだろう。

俺は頷《うなず》いた。

「死者蘇生は聖魔法の極致だからな。焦らず取り組めばいいさ。という訳だ、ライオ。姉上に手合わせを申し込むなら、先に死亡や重大な怪我《けが》を負っても責任を問わない旨をしたためた誓約書と、遺書を書け。人を殴るという行為に全く躊躇《ちゅうちょ》のない人だから、運が悪いと死にかねない」

俺が真剣な顔でライオに忠告したら、ライオは掌《てのひら》を上に向けて、『やれやれ』といった顔をした。

俺は忠告したからな！

みんな聞いたからな！

「俺帰りたくなってきた……」

アルが不安げに呟《つぶや》いたので、俺はがっちりとアルと肩を組んだ。

危険な展開を予感させる女子連中やライオと違い、ノー天気なアルは絶対に必要だ。何があっても逃さない。

『車を準備しましょうか？』と言うジュエに、すぐ近くだから不要だと告げて、俺たちは王都の子爵邸、といっても一般住宅に毛が生えた程度の、そう広くない前庭がついたただの一軒家だが——へと歩いた。

俺が緊張して震える指でインターホンを押すと、シアーグリーンの生地に白い小花があしらわれた、涼しげなワンピースを着た姉上がすぐに飛び出してきた。

俺が大層引き攣《つ》った顔で、『ただいま帰りました』と言うと、姉上はその場で感極まって、人目も憚《はばか》らず泣き崩れた。

レッドカーペット事件の真相

何とか姉上を宥《なだ》めて、とりあえず家の中へと入ろうと提案したところで、姉上が何とか涙を止めて言った。

「うぅ～。あっ！　その……まさかアレン君が、いきなりお友達を連れてくるとは思わなくて……。お家の中が少しだけ散らかってて、ちょっと片付ける時間を貰《もら》えないかな」

その問題があったか……。

四ヶ月もあの姉上が一人暮らしをしていたんだ。家の中はさぞや凄惨《せいさん》を極めている事だろう。

だが、そこでフェイがすかさず気の利いた事を言った。

「僕はフェイルーン・フォン・ドラグーン。アレンと同じ王立学園の一年Aクラスの生徒で、魔道具士志望だよ。ローゼリア先輩の貴族学校での数々の卓越した研究成果を見た時から、一度ご挨拶したいと思っていたんだ。魔道具士の研究拠点はぱっと見、散らかりがちだし、といって動かしたくないものも多い。もしよければ庭でバーベキューにしない？　いきなりこんなに大人数で押しかける事になったから、うちの人間に言って機材と食材は、念のため手配させているけど」

この常識的な自己紹介と提案は実に意外だが、よく考えるとこいつも大貴族ドラグーン家を将来背負って立つ事が約束されている人間だ。

普段は微塵《みじん》も感じないが、相応のバランス感覚は当然保持している、という事だろう。

ちなみに、家は研究資料が散乱している、などの状況ではなく、普通にだらしない人間が生活して、だらしなく散らかっているだけに違いない。

「それはありがたいな！　すみません、姉上、皆が姉上に会いたいって言うので、俺もつい自慢の姉上を紹介したくて、連れてきてしまいました！　姉上、ここはお言葉に甘えさせてもらいましょう！」

「えっ自慢⁈　……初対面なのにそこまで甘えちゃっていいのかな？　しかもドラグーンのお嬢様に……」

多少気持ちを持ち直した姉上は、あわあわとしながら俺とフェイを交互に見た。

「気にしなくていいよ？　さっきも言ったけど、こちらが約束もなく押しかけているからね。むしろ迷惑をかけて申し訳ないと思っているよ」

そこで姉上は、再び『あっ！』と言った。

「あの、えっと。迷惑ついでにお願いなんだけど……私の学校の友達がね、アレン君と会ってみたいって言っててね。帰ってきたら連絡するって約束しちゃってるんだ……。アレン君、いくら手紙を書いても全然帰ってきてくれないから、もしよければ同席させてもらってもいいかな……？」

姉上は、男ならずとも庇護《ひご》欲を感じさせる顔で、目をウルウルさせながら頼み、フェイは快諾した。

「もちろん構わないよ！　特級魔道具研究学院の優秀な先輩と、完全プライベートで交流を持てる機会なんてそうはないからね。むしろお願いしたいくらいさ。皆もいいよね？」

フェイが確認すると、全員が頷いた。

「ありがとう！　じゃあ魔鳥で連絡するねっ」

魔鳥は所謂《いわゆる》伝書鳩《でんしょばと》の魔物版で、専門の機関で訓練されて貸し出されている。

一般人でも入手可能で便利だが、王都内を移動する短距離通信用でもそう維持費は安くないはずだが……。

俺が不思議に思っていると、姉上は『学校が貸し出してくれてるんだ』と照れくさそうに説明した。

「じゃあ僕も、バーベキューの準備をするよう連絡するね」

フェイはそう言って、門の外に向かって手を叩《たた》いた。

どういう仕組み?!

◆

フェイが手を叩くと、どこに控えていたのかドラグーン家の使用人たちがぞろぞろと入ってきて、瞬く間にバーベキューセットを準備し始めた。

その横で、続いてアルが自己紹介をする。

「俺はエンデュミオン侯爵地方出身のアルドーレ・エングレーバーです。アルって呼んでください。ローザさんの王立学園入試の時は、エンデュミオン地方が迷惑をかけちゃって、申し訳ありませんでした」

姉上は案の定、入試と聞いても、まるでピンときていない様子でキョトンとしていたので俺が補足した。

「姉上、王立学園の入学試験で他地方の生徒を六十人以上病院送りにした後、試験を辞退した件ですよ。それぐらいは覚えているでしょう」

俺の言葉を聞いて、姉上はみたび『あっ』と言って、目を泳がせた。

「なな、何の事かなぁ～?　お姉ちゃん分からないなぁ～」

「はぁ……。まぁ別に問題になってないみたいなのでいいんですけどね……。ちなみに、母上はその事を知っているんですか？」

姉上は途端にしょぼんとした。

感情が全部丸出しだ。

「お母様は、多分知ってるよ。帰って、魔力量の選抜試験で落ちたって言ったら、『ローザ？　私に何か言わなくてはいけない事はないですか？』ってすんごい顔で詰められたから。あんまり恐いからつい誤魔化しちゃって、暫くビクビクしながら過ごしていたんだけど、その後は何も言われてないから、セ～フ」

姉上は、母上そっくりに、口元を少女のように綻《ほころ》ばせた。

……まぁそれなら、あの母上が把握していない訳はないな。

きっちり裏を取って、母上の基準でお咎めなし《セーフ》と判断したのだろう。

俺の基準ならアウトもアウトだが、独特の価値観を持っている人だし。

「ふっ。それだけの事件を起こしておいて、詳しい話も聞かずに放置とはな……。アレンの母親も、どうやら普通の人物ではないようだな？　俺はライオ・ザイツィンガー。ライオと呼び捨ててくれていい、ローゼリア先輩」

ライオはなぜか嬉しそうに自己紹介をした。

友人の母親が、普通じゃないと知って喜ぶとは、一体どういう神経をしてるんだ？

「私はアレンさんとクラスメイトの、ジュエリー・レベランスと申します。その、アレンさんは本当に一度もこちらに帰っていないんですか？　いくら地方の子爵家とはいえ、普通はそれなりに家への報告などを求められると思いますが……」

ジュエが俺が本当に入学からこちらに一度も帰っていないのかを確認すると、姉上は頬を膨らませて俺を睨《にら》んだ。

「ホントだよね！　アレン君は薄情者だよ……！　合格発表の日に、きっとアレン君なら受かってるって信じてたから、沢山お祝いの準備をしてお家に帰ったんだけどね。『受かったから寮に入る』、なんて殴り書きした書き置き一枚を残して家には誰もいなくてね。その後は何度手紙を書いても、一度もお返事すらないんだよ？　仕送りも取りに来ないから、こっちは心配していたのに」

姉上はプンプンと怒った。

かと思えば、目にみるみる涙を溜《た》めて、また泣き始めた。

「ホントに……。アレン君はもう、家族に会う気がないのかと思ってたよ……。ぐすっ」

全員からの、犬畜生《おれ》を睨みつける視線が痛い……。

ケイトなど、『クズね』と、真面目な顔で俺を見てウンウンと頷いている。

確かに客観的に見て悪いのは俺だろう。姉上の危険度を肌で感じていない人間が、そこだけ聞くとなおさらそう感じるはずだ。

……言いたい事はあるが、この流れに逆らうほど俺はバカじゃない。

ささいな言い争いが、姉弟喧嘩《きょうだいげんか》に発展した事は何度もある。

姉上のおっとりとした雰囲気に、皆が緊張をほぐしているが、俺は騙《だま》されない。

先程からの情緒不安定としか言いようのない感情の起伏からしても、姉上の体内には四ヶ月間蓄積された、鬱屈《うっくつ》した感情が渦巻いており、ふとした事で全てを壊滅させる破局噴火を迎える事は、火を見るよりも明らかだ。

こいつらからどう思われるかなど、この際どうでもいい。バーベキューの具にされるのだけは、何としても避ける。

チラリと横目で、ドラグーン家のコックが次々に肉を刺している金串《かなぐし》を確認した俺は、全面的に非を認める事にした。

「すみません姉上。尊敬する姉上の顔を見ると、甘えが出てしまうと思いましたので……敢《あ》えて！　苦渋の決断でしたが、顔を見せずに今日まで来ました。仕送りも、できれば自分で金を稼ぐ修業をしたくて、敬遠していました。ですが、学校生活にも少しは慣れました。これからは甘えが出ない程度には顔を出そうと思います。姉上にはご心配をお掛けしました」

俺の殊勝な態度に、チョロいアルなどは『なるほど、アレンにも考えがあったんだな』なんて頷いたが、姉上はプイッと顔を横に向けた。

「ふんだ。ドラグレイドの貴族学校にも何度も遊びに来てって誘ったのに、結局一度も来なかったじゃない。アレン君の言葉は、もう信じませんよーだ」

年甲斐《としがい》もなくあっかんべーなんてしている姉上を、皆が微笑《ほほえ》ましそうに見ている。

転落すれば即死の一本橋を渡っているような緊張感を感じているのは、どうやら俺だけらしい……。

最後にケイトが自己紹介をした。

「私はケイト・サンカルパ。皆と同じアレンのクラスメイトです。ところで、随分と弟さんを可愛《かわい》がっていらっしゃるんですね？　私にも弟が一人いますが全然話さないから、仲が良くって羨《うらや》ましいわ。おほほほほ」

井戸端会議のおばはんよろしく、妙な探りを入れたケイトに、姉上は笑顔で答えた。

「ほんと、アレン君は小さい時から可愛くってねー。随分可愛がってきたはずなのに、どうしてこんなに薄情な子に育っちゃったのかなぁ～？　優しくしすぎた、かな？」

姉上は、心と体をゆらり、と、揺らして俺の方へ笑顔を向けた。

思わず間合いを三歩取る。

姉上は悠然と、きっちり三歩、間合いを詰めた。

そこへ、救いの手が差し伸べられた。

「こんにちは～！　おうおう、活《い》きの良さそうな若者が沢山いるねー？　誰がローザの弟君かな？」

「あ、フーちゃん！　随分早かったね？　ちょうど今から、アレン君と久しぶりにじゃれ合おうとしてたところだよ」

俺は救いの神様、仏様、フー様のもとへ一目散に駆け寄って、気合のこもったお辞儀をした。

「はい！　私がローザ姉上の不肖の弟アレンです！　いつも姉上がお世話になっています！」

「あっはっは！　これだけ派手な噂《うわさ》を王都に撒《ま》き散《ち》らしておいて、随分と腰が低いな？　私はフーリだよ。今日はよろしくね」

フーリさんは、緩いウェーブがかかった明るい茶髪をオールバックポニーで纏《まと》めており、両サイドの前髪をぱらりと流した美人さんだ。

男はもちろん、女性にもモテそうなスラッとした高身長のスタイルに、ダボッとしたスウェットとパンツルックという出立《いでた》ちだ。

姉上の学校の友達という事は、かなりのエリートのはずだが、それっぽさは感じられない。

「……ここで、人間嫌いで有名なフーリ・エレヴァート先輩のご登場とはね……。考えられる中で一番意外な人物だよ。今日は楽しくなりそうだね……。アレン？　いつまでも美人に鼻の下を伸ばしてないで、さっさと僕たちのことを紹介してくれない？」

「二十年ぶりに、庶民出身ながら王立学園を首席で卒業した、あの『孤高の学匠』、フーリ・エレヴァート先輩ですか……。魔導動力機関を大いに進展させたアシム・エレヴァート氏を父に持つ天才魔道技師にして、女性向けファッション誌の表紙を飾る人気モデル……。また手強《てごわ》いライバルの登場ですね……」

「へぇー？　地味な顔してモテモテじゃないか、弟君。流石《さすが》ローザの弟だけはあるね。ま、私なんてローザに比べたら凡百の一人だけどね」

「えっ！　……アレン君？　まさか二人の女の子を誑《たぶら》かしている訳じゃないよね？　もしどちらかとお付き合いしているのなら、それなりの紹介の仕方があるはずだけど……何もないって事は、ただのお友達……そういう事でいいんだよね？　彼女にうつつを抜かして、私に会いに来るのを忘れてた、なんて事ないよね？　あれ？　お返事は？」

「そそそ、それはどういう意味でしょう？　やはりローゼリア先輩は、弟のアレンに特別な感情を？　なーんて。おほほほほ」

「何だか盛り上がってきたな、アレン！　アレン？　……大丈夫か、息してないぞ？」

◆

嵐の予感を感じて俺が死んだふりをしている間に、新たに現れたフーリ先輩へ、各々が挨拶《あいさつ》をしていく。

先輩は、『よう！　よろしくな！』みたいなノリで、実に気さくな返事をした。庶民出身だからか、偉そうなところはまるでない。

ちなみに、王立学園で庶民出身の首席が出る事はたまにある。

受験勉強は金とノウハウのある貴族が有利だが、入学後は本人の資質によるところも大きく、庶民は母数が段違いに多いからだ。

その後手狭な庭に設けられた豪華絢爛《けんらん》なバーベキューセット（シェフと給仕付き）でバーベキューが始まった。

まず開口一番にフェイがニコニコとこんな事を言った。

「さて、これだけの面子《メンツ》が予告なく揃《そろ》った、となると、各陣営の情報部は大忙しだろうね。今日はざっくばらんに歓談を楽しみたいから、盗聴盗撮を防止する魔道具を設置したいけど、問題ないかな？」

そんな大袈裟《おおげさ》な……。

「たかが学生が実家の庭でバーベキューをするのに、機密も何もないだろう。いちいち話を大袈裟にするな」

俺が呆《あき》れてフェイにそう言うと、フェイは楽しそうに笑った。

「きゃはは！　了解だよ、アレン。車を使わず歩いていく、なんてわざわざ人目を引くような事を言うから、何か意図があるのかと思っていたけど……今日は出血大サービス、という事だね。報告によると、ここにいる人間の関係者以外で、すでに七名ほど付近を彷徨《うろつ》く怪しい影があるみたいだよ？　アレンの狙い通り、ね。対策をしないと帰る頃には怪しい影は十倍に膨れ上がっていると思うから、王国中の諜報《ちょうほう》機関の集会を記念して、皆で記念撮影でもしよう」

「……まぁ取り越し苦労だとは思うが、念のため設置すればいいんじゃないか？　ね、姉上？」

「え、うん。それは別にどうでもいいけど……。それより女の子たちとアレン君の関係は——」

「もちろん、ただのクラスメイト以外の何者でもありません！　ところで寡聞にして存じないのですが、フーリ先輩は有名な方なのですか？」

「フーちゃん？　さぁ、優秀な研究者だから有名なのかな？　私そういうの詳しくなくて……」

　俺が必死に話を逸《そ》らしている間に、フェイが手を叩くと、たちどころに四角い箱が庭へ運び込まれ、スイッチが入れられると『ブーン』という音を発し始めた。

　その瞬間、癖で発動させていた索敵《風》魔法がほぼ使えなくなった。

　……これは対策が必要だな。

「これでやっと落ち着いて話せるね。……それにしても相変わらずアレンは、地政学上の貴族家なんかには驚くほど詳しいのに、個人の話となるとからっきしだね？　王立学園の第一一二三期の首席卒業生、『孤高の学匠』、フーリ・エレヴァート。今この王国の若手魔道具士界の顔とも言える超有名人だよ？　同時に有名な魔法技師でもあり、人気モデルでもある彼女にコンタクトを取りたい人間は、星の数ほどいる。けど、『人間嫌い』として有名で、公的なパーティや貴族の催しには一切出てこない。王立学園にあってすら突出していたその才能で、Ａクラスの同級生ですら『凡百』と切り捨てた逸話は有名だよ。もちろんドラグーン家として何度も依頼した会談の申し込みは、全て断られている。その先輩が、まさかこんなにあっさり現れて、気さくに挨拶をしてくれるだなんて、はっきり言って僕も理解が追いつかないんだけど……こんな感じで大体ご紹介は合っているかな？　先輩」

「あっはっは。過分な評価を頂いて恐縮だね。まぁ私も学園生の時はとんがっていたからね。若さに任せて、周りに随分酷《ひど》い事を言ったものさ。でも、別に同級生を見下していた訳でも、人間が嫌いだった訳でもないよ。ただ怒っていたのさ。本来この場《Aクラス》にいるはずの人物が、自分のせいでここにいない、その事実に耐えきれなくてね」

そう言って、フーリ先輩は真っ直《ます》ぐ姉上に目を向けた。

姉上は、ぷくっと頬を膨らませて抗議した。

「もぅ。それはフーちゃんのせいじゃないって言ってるでしょ？　そんな事より、女の子たちの認識も、アレン君はただのクラスメイト、って事で問題ないよね？」

姉上は俺の言葉を信じず、女子チームに裏取りし始めた。

……非常にまずい展開だ。

ケイトはともかく、残りの二人が何を投入するかが全く読めない。

俺は先程、ただのクラスメイトと説明した。

供述に食い違いが発生したら、すぐ俺に向かって鉄拳《てっけん》が飛んでくるだろう。

俺は慌ててフーリ先輩の話に飛びついた。

「えぇっ！　先輩と、姉上がやらかしたレッドカーペット事件に、一体何の関わりが?!」

「レッドカーペット？　あぁ、一部では、あの事件をそう呼んでいるんだったね。家族に言ってないって聞いてたけど、弟君はもう知ってるんだ？　私も誰にも話してなかったけど、もう話してもいいのかな？」
　フーリ先輩は姉上に問いかけた。
「うん、なぜかバレちゃったみたいだから、別にいいんだけど、そんな事より女の子たちにとって
アレン君はただのクラスメイトでいい――」

◆

　ローザの許可を得て、フーリは事の顚末《てんまつ》を話し始めた。
　あの日、魔力量の選抜試験を待つ芝生《しばふ》……通称『運命の篩《ふるい》』で待機している間、私とローザはた
またま仲良くなって、魔道具の話なんかをしながら盛り上がっていてね。
　そこへあのエンデュミオンのバカどもが、絡んできてあの事件は起きたんだけど……。
　最初、肩がぶつかったとか因縁《いんねん》をつけられたのは、実は私だったんだ。
　当時の私は何とかCクラスに合格できるくらいの実力しかなくてね。しかも、魔道具士として立
つために、何としても王立学園卒業の看板が欲しい、なんて合格に拘《こだわ》っていた。
　庶民出身で貴族にあまり免疫がなかった事もあって、侯爵家の威光に萎縮《いしゅく》して、妾《めかけ》になれ、なん
て理不尽に迫られても、あまり強くは出られなかったんだ。
　そこで毅然《きぜん》とした態度で間に入ってくれたのがローザさ。
　……後から思うとあのクズは、私とローザ、どちらも獲物にしていたんだろうね。
『引っかかった』みたいなゲスな顔で、『じゃあ友達のお前も連帯して、責任を取れ』、なんてロー
ザにしつこく迫ってね。
　ローザは雰囲気がおっとりしてるから、強引に迫れば何とかなる、と思ったんだろうね。

そこから先は知っての通りさ。

腕を掴《つか》んで強引に契約の指印を取ろうとした次の瞬間には、そのバカの鼻は粉砕されて血が舞っていた。そしてバカの強引な振る舞いが周りから見えないように、ニヤニヤとした顔で取り巻いていたエンデュミオンの奴《やつ》らの顔面を、まるで舞でも舞っているような軽やかさで次々に粉砕していった。

今でも脳裏に焼き付いているよ。あのたった数分の間になされたローザの舞の美しさはね。

全てが終わった後、両の手と靴を真っ赤に染めた、ローザの真っ白なブラウスには、一滴の返り血もなかった。

目の前で起こった事なのに、現実だとは信じられなかったよ。

その後ローザは、悪戯《いたずら》がバレた子供みたいな顔で舌を出して、私にこう言ったんだ。

『折角仲良くなれたのに、ごめんねフーちゃん。私短気だから我慢できなかったよ。でも、この子たちは全員顔の骨の粉砕骨折で、試験が受けられる状態じゃないから、学園で会う事はないからね』

そう言って試験を辞退して、振り返りもせず、軽やかな足取りで帰っていったのさ。

……いくら鈍感な私でも分かるさ。

ローザは、私が学園に入ってから困らないように、こいつらを道連れにした。そのために徹底的にやってくれたんだって。

受ければ絶対合格すると分かってたろうに、初めて会った名もない庶民のために、栄光の王立学園合格を蹴《け》ってくれたんだって。

その上で、私が気にしないように、気丈に振る舞ってくれたんだって。

その後、何とか連絡先を調べて、ローザに謝罪の手紙を出した事から、主に研究内容に関する意見交換なんかで文通するようになったんだけど、すぐに私は確信したよ。

この子の魔道具士としてのセンスは、私なんて足元にも及ばない天才だって。

そこへあの身体強化魔法のセンス。

可愛い顔に似合わない、信じられない度胸。

……私は自分が許せなかったよ。

もしローザがこの学園に入学していたら、間違いなく王立学園首席の座はあの子のものなのにって。

あの時私に、先にあのバカを殴る度胸があれば、ローザには輝かしい未来があったのに、自分が奪ってしまったって。

だから、死に物狂いで三年間努力して、私が首席の座を取った。

そして、二年への進級時にAクラスへと上がって、三年への進級と同時に成績が学年一位となった時に、次は一位の座を庶民から奪い返す、なんて息巻いていたクラスメイトに言ってやったんだ。

『首席の座《こ》は凡百がいていい場所じゃない』、ってね。

それは私も含めて、という意味だったんだけど、それが曲解して伝わった結果、クラスメイトを見下しているとか、孤高だとか呼ばれるようになった、というだけの事さ。

真にこの座に相応《ふさわ》しい人間は、ローゼリア・ロヴェーヌ一人だけ、そう叫びたかったけど、ローザからも学校からも、事件の事は口止めされてたからね。

そんな事もあって、私は去年ローザが特級魔道具研究学院に進学して、自分の人生を取り戻してくれるまで、ちょっと荒《すさ》んでてね。

人間嫌い、なんて呼ばれるようになったのさ。

ま、有象無象《うぞうむぞう》からの誘いを断るのに便利だから、今でもそれで通しているけどね。

……ずっと誰かに話したかった。

だから今日、ローザが目に入れても痛くないほど可愛《かわい》がっている弟君に話せて、少しは胸のつかえが取れたよ。

あの日の後悔が消える事はないけどね……。

そう言ってフーリは、話を終えた。

大掃除とＢＢＱ

「……盗聴防止魔道具を設置しておいてよかったよ。ようやく関係貴族との面会が落ち着いてきたのに、また一日に何度もディナーに出なくてはならなくなるのはごめんだからね。……で、何でアレンは自分でお肉なんて焼いているのかな？」

俺は話の途中でシェフから金串《かなぐし》を受け取って、丁寧に焼いていた肉をひっくり返した。

シェフは、『わたくしが焼きます』とか言ったが、丁重に断った。

「人に焼いてもらうバーベキューなど、バーベキューではないからだ。バーベキューには、味よりも大切なものがある」

大切なのは絶妙な火加減ではなく、自分で焼くという行為そのものだ。

加えて、慣れない調理を皆にやらせる事で、先程の方向に話が蒸し返されるのを避け、話題の方向性を誘導する、という狙いもある。

「またアレンのいつものよく分からない拘りだね。で、最愛の弟は、事件の裏側を聞いてどう思ったのかな？」

……どうと言われてもな。こいつらはまるで美談でも聞いたような感動した顔をしているが、俺から言わせたらちゃんちゃらおかしい。

単にムカついて殴っただけに決まっているからだ。

「感想と言われてもな……。フーリ先輩は気にされているみたいですが、気に病む必要は全くないと思いますよ？　ムカついたから殴った。別に王立学園に拘りもないから、さっさと帰った。それだけでしょ？　姉上」

　俺が姉上に確認すると、姉上は嬉《うれ》しそうに笑った。

「うふふ。さっすがアレン君！　私の事よく分かってる〜！　フーちゃんにも、何度もそう説明しているのに全然信じてくれなくて、困ってたんだ〜」

　それを聞いて、フーリ先輩は、一瞬キョトンとして、ついで目に涙を浮かべながら大笑いした。

「あっはっはっ！　今日君に会えてよかったよ、弟君。今の君の言葉で、少しは自分の事を許す事ができそうだ。動力関係の魔道具や、魔法技師に困ったら相談においで？　お姉さんが、何でも相談に乗ってあげよう」

　そう言ってウインクした先輩は、こう付け加えた。

「だって王立学園の合格をふいにしておいて、ドラグレイドの貴族学校なら実家から近いから、弟が遊びに来てくれるかもしれない、むしろラッキーなんて言われて、信じられる訳がないだろう？」

「うふふ、やっと信じてくれたね！　……結局アレン君は、一度もドラグレイドには遊びに来てくれなかったんだけどね……。で、女の子たちにとって、アレン君はただの友達なの？」

「そそそ、それはやっぱりちょっと仲が良すぎるような?!　やはり特別な存在なんでしょうか？　おほほほほ」

　話はブーメランの如《ごと》く、ピッタリ元の位置へと返った。

◆

「姉弟揃《きょうだいそろ》って、王立学園入試を一体何だと思っているのかな？　まったく恐れ入るよ。姉君の期待に応えられなくて悪いけど、まだ僕とアレンはただのクラスメイトさ。今はまだ、ね」

フェイはライオンを思わせる、瞳孔《どうこう》の開いた目で、姉上を挑発するように言った。

「私も何とか特別な一人になるために、鋭意努力中ですわ、お姉様。アレンさんの初めての人は私、そう決めていますので」

ジュエもフェイに負けないほどキマッた目で、どストレートに宣言した。

「バカかお前ら?! 少しは空気を――」

俺が慌てておバカ二人組を制止しようとすると、姉上から鉄拳が飛んできた。

身体強化で顔面をガードしたが、鮮血が飛び散る。

相変わらず、魔力を込める予備動作が全く見えない。

「あれ? アレン君、今のも止められないなんて、女の子にうつつを抜かして弱くなっちゃったんじゃない? アレン君の言葉は信用できないし、今は女の子同士でお話をしてるから、口を挟まず待っててね」

そう言った姉上は、家の中へと二人を誘った。

そして、玄関で固まった。

「凄《すご》い臭いだね……。一体何の実験をしたら、こんな腐乱臭が漂うの?」

フェイが鼻をつまんで言った。

俺はため息をついた。

「はぁ。それは実験じゃなく、ただ姉上がずぼらなだけだ。生ゴミすら捨てないほどにな。さ、マネージャー。腕の見せ所だぞ?」

俺はケイトの肩を叩《たた》いた。

「……何の腕よ」

◆

その後、一旦バーベキューは中断して、皆で大掃除をする事になった。

姉上は自分でやると言ったが、掃除が大の苦手である姉上が一人でやったんじゃ、日が暮れても終わりっこないと俺が断言したらそうなった。

男が一階のキッチン、リビングダイニング、浴室、トイレ。

女性陣は姉上の私室や寝室などがある二階だ。

フェイとジュエが、待機させている侯爵家の人間を使って片付けさせようとしたので、慌てて止めた。

ど田舎《いなか》の貧乏子爵家如きが、二つの侯爵家の人を使って家の掃除など、とんでもない。

万一話が漏れたらどうなるか……。貴族社会そのものに喧嘩《けんか》を売っていると捉《とら》えられかねない。

『その意見は分からなくもないけど、なんで僕たちに掃除させるのはいいのかな？　まぁ別にいいんだけどね』

なんて言いながら、フェイたちはキャアキャアと楽しそうに二階の掃除をしている。

大量の虫でも出ているのだろう。

「すまんな、アルはともかく、公爵家のライオに腐った生ゴミの処理なんてさせて……」

「……何で俺はいいんだ?!」

すっかりいじられキャラが板についてきたアルを無視して、ライオは答えた。

「別に構わない。ソーラの朝食で臭いに対する耐性はかなり鍛えられた。一般寮に移って、自分で部屋を維持管理するようになり、色んな発見があった。工夫の余地が大きい掃除は、気に入っている家事の一つだ。……普通、俺が友人宅に行くと、親やら付き人やらが少しでも接点や情報を得ようと半分は揉《も》み手《で》、半分は監視状態で近くにいるからな。このように子供だけで家で遊ぶ、というのは新鮮だ。そして、いくら子爵家とはいえ、家がこんな状態になっているにもかかわらず、家事代行も入れずに子供が放任され、その子供はひとかどの人物、という事も、俺にとっては驚くべき新事実だ。つまり何が言いたいのかというと、今の状況は一生に一度、あるかないかの貴重な経験ができて、幸運とさえ言えるという事だな」

ライオは、シンクにこびり付いた石油のようにドス黒いヌメリをこそげ落としながらニヤリと笑った。

「……馬鹿なの？」

「ふっ。まぁこの環境が当然だと思っているアレンには理解できんだろう。ところで、さっきのローゼリア先輩の拳《こぶし》は、アレンなら避《よ》けられただろう？　なぜ受けたんだ？」

……流石《さすが》にライオなら分かるか。

「俺が姉上の手紙を無視し続けた結果、かなり怒っている様子だったからな。最低一発は受けなければ、姉上の気持ちも収まりがつかないだろう。ちなみに、あの拳は誘いだ。ガードしても避けても、その次に本命の重いのが来る」

俺がスケートでもできそうなほどヌルヌルと滑る床を雑巾《ぞうきん》で磨き上げながら、ライオの問いに答えると、階上から声が降りてきた。

「へぇ～、私アレン君に踊らされちゃったんだ？　立派に育ってくれてお姉さんは嬉しいよ。久しぶりの再会にしては、ちょっとスキンシップが足りないと思ってたんだよね。さ、遊ぼ？」

しまった……フェイが持ち込んだ索敵防止魔道具が高性能すぎて、家の中でも全く魔法による索敵が効かなくなっている事を忘れていた……。

最悪な事に、姉上が下に降りてきている事に気がつかず、先程のセリフを聞かれてたようだ。

俺が顔を引き攣らせていると、ライオがニヤリと笑って割って入ってきた。

「俺と遊んでくれ、ローゼリア先輩。ストレス発散のお手伝いをしよう」

これには流石の姉上も驚いたようだ。

「ええ?!　確か、ライオ君だっけ？　私手加減下手《へた》だから無理だよ。よその子にお掃除を手伝ってもらった上に、怪我までさせちゃ、親御さんに申し訳ないし」

「いえ、むしろ掃除の駄賃と思って、ぜひ頼みたい。王立学園を首席で卒業したフーリ先輩が、天才と呼ぶ人の体術がどの程度のものなのか、体験できる貴重な機会はそうない。無論、何かあっても責任を問わない事は、このライオ・ザイツィンガーの名にかけて誓おう」

ライオがクソ真面目な顔で右手を胸に当てると、姉上は困惑顔で俺の方を見た。

……まぁライオならそこまで大怪我をする事もないだろう。

元々、俺が殴られる分をいくらかお裾《すそ》分《わ》けするための、人身御供《ひとみごくう》のつもりでこいつらを連れてきた訳だし。

特に俺がタンク役《殴られ》を期待して連れてきた本人《ライオ》が、殴られたいって言っているなら問題ないか？

うん、問題ない気がしてきたぞ！

よし、俺のツケの支払いは、ライオと割り勘だ！

「姉上、俺はこいつにいつも負け越していますので、それほど心配はないと思いますよ」

「え！　そうなの?!　アレン君がねぇ……。じゃあ少しだけ――」

そう言って姉上はいきなり階段の中ほどから、ライオに向かって飛び掛かった。

先程俺が庭で受けた誘いの拳よりも、いくらかその動きは鋭い。

「ぐお！」

ライオは何とか体を捻《ひね》って拳を避けたが、体勢が完全に崩されている。

姉上相手にああなってはお終《しま》いだ。

姉上はライオの後ろに着地すると同時に、流れるような下段の後ろ回し蹴《げ》りで、ライオのくるぶしの指一本下の辺りを、両足同時に払った。

相変わらずの神業だ。

不十分な体勢であそこを払われると、ライオの身体強化の出力など関係ない。

横向きに、どうと倒れるライオの右頬と、床を挟み込むように姉上の拳が捉えた。

ライオはなぜ自分が倒れ鼻血を流しているのか、全く理解ができていないのだろう。

衝撃を受けた顔で呆然《ほうぜん》としている。

しかし流石は姉上。

ホントに寸止めとかなしでぶん殴るのね……。

◆

「あ、やっちゃった。……でもアレン君、ホントにこの子に負け越してるの？」

姉上が不思議そうに首を傾《かし》げた。

「……いくらライオでも、初見で姉上のスピードに対応するのは無理ですよ。それに、どうやら王都では、今から殴るぞとか、始まりの合図のようなものを声がけしてから飛び掛かるのが礼儀のようですよ？　始める前に庭などの広々とした場所に移動する事も多いです」

「えぇ！　そうなの?!　ごめんね、知らなかったの」

姉上は申し訳なさそうな顔で、慌ててライオに謝った。

「いや、問題ない。ここはロヴェーヌ家だ。こちらの家のやり方が学びたくて、こうして頼んでいるの――」

起き上がったライオは、貴公子然とした端整な顔から鼻血を垂らしながら、いきなり姉上の胴に右回し蹴りを放った。

「だからなぁ！」

くっくっく。

ライオの尋常ではない負けず嫌いさとしつこさは、普段よく授業でペアを組まされている俺が誰より知っている。せいぜい姉上と遊んでもらい、姉上のガス抜きを頼むとするか。

姉上はライオの脛《すね》を膝《ひざ》と肘《ひじ》で挟み込むようにして受けた。

ビキィッ。

「ぐぁぁ！」

「あ、ごめん、凄い威力だったからつい『挟み』で受けたら、足の骨折れちゃった……。休んでてね？　ア〜レン君？　あ〜そ〜ぼ？」

……ライオめ、十秒で退場とは口ほどにもない！

蹴り足の魔力ガードを怠ったな？

あいつは天才的な出力を持っているが故に、受けが雑すぎる。

俺相手には通用しても、姉上クラスになるとあの様だ。

「アル……姉上が三人で遊ぼうだって」

「えぇっ！　俺はいいよ、魔法士だし！　ライオが瞬殺される姉ちゃん相手に、俺が何かできる訳ないだろ！」

「うるさい！　体外魔法研究部部長がそんな事でどうする！　魔法士だって屋内戦闘を迫られる可能性もあるだろう！　これは監督命令だ！」

「お前自分の家で魔法使えって言ってるのか?!　何考えてんだ！　普通に家が壊れるぞ?!」

「バカ、姉上と遊ぶんだから、壁に穴が開くくらいは許容範囲なんだよ！　心配するな、こんな狭い家の中で、アルのとろくさい大魔法なんて、姉上の前で発動できる訳がない。アルが殴られて潰《つぶ》されているうちに、俺が隙をつく。これしかない！」

「それ俺ただの殴られ役じゃねぇか！　確かアレンが言う、タンクとかいう役割のやつだろ！　何で魔法士の俺が殴られ役なんだ！」

「ライオのバカが瞬殺されたからだよ！」

と、このように俺とアルが言い争いをしていると、いつの間にか外に出ていたジュエが1ｍほどの長さの両手杖《スタッフ》を持って戻ってきた。

ライオに近づいて、古代ラヴァンドラ語と言われる難解な言語で素早く祈りを捧《ささ》げた後、ライオの足に向かってスタッフをかざした。

その瞬間、金色の光がライオの足を包む。

ライオは何事もなかったかのように立ち上がった。

「へぇ～こりゃ驚いたね。ジュエちゃんその歳《とし》で、聖魔法で骨折治すの？　一瞬で？　空恐ろしいねぇ～」

フーリ先輩は手放しでジュエを褒めた。

治されたライオ自身も驚いているし、姉上も、『ジュエちゃん、凄《すご》～い』なんて言っている。

ジュエは照れくさそうに微笑《ほほえ》んだ。

「私もアレンさんが立ち上げた、体外魔法研究部の一員ですからっ！」

「あっはっは。ローザに頼まれて、弟君の噂《うわさ》は大体収集してるけど、あのスカートを捲《めく》る研究部って、ちゃんと活動してるんだ？　学園の中の情報は中々正確に集まりにくくてね。てっきり坂道部のついでにおふざけで作った、色物部活動だとばかり思っていたよ」

……このズボラな姉上が、どうやって俺の噂など収集しているのかと思ったら、この人が協力していたのか。

しかし体外魔法研究部が坂道部のついでだなんて、とんでもない誤解だ。

「ついでで作ったのは、坂道部の方です。あんなものは基礎鍛錬なので、やろうと思えば俺は一人でもできる。俺にとっての本命《やりたい事》は、このアルが部長としてまとめ上げる魔法研の方です」

「へぇ？　それは意外な情報だ。とすると、弟くんのクラスメイトの一人としか認識していなかったアル君も、只者《ただもの》ではなさそうだ」

俺はニヤリと笑った。

「アルは只者ですよ、先輩。ただ、『鬼の副長、ルドルフ・オースティン』を始め、俺やライオ、ジュエなど、曲者揃《くせものぞろ》いの魔法研はこいつにしか率いられない……。こいつはそういう男です」

「ヒュー。今日は出血大サービスだね？　弟君」

先輩は笑って、アルをマジマジと見た。

姉上も、俺の意味深な言葉を受けて、アルに興味を持ったようだ。

くっくっく、計算通り。

これでアルの離脱は不可能になった。

「おい?!　アレンの思いつきで、適当に部長を決めただけだろ！」

「ええっと、今から殴りま〜す！」

姉上は、辿々《たどたど》しく始まりの合図を告げて、アルへと拳を振り上げた。

すかさず俺が、アルに拳が当たる直前を狙って、姉上に蹴りを合わせようと足を振り上げる。

だが姉上は、こちらの狙いを読んでいたようで、アルへと振り抜こうとしていた拳を止め、俺の蹴りへカウンターの拳を合わせてきた。

アルへの拳は誘いだと分かっていたので、何とかこの拳を躱《かわ》して指示を出す。

「ライオは『タンク』だ！　お前が姉上に容易《たやす》く抜かれたら、戦線は簡単に瓦解《がかい》する！　丁寧に受けろ！　百万の民が後ろにいると思え！　アルとフェイはフーリ先輩を止めろ！　ケイトは『ヒーラー』のジュエをフォローしつつ、全体に指示を出せ！　俺は遊撃アタッカーとして動く！」

「ちょっと！　何で私たちまで喧嘩《けんか》なんて——」

「喧嘩じゃない！　挨拶《あいさつ》を兼ねた遊びだ！」

ケイトが仰天しているが、俺は構わずフーリ先輩に殴りかかった。

こうなったらもう、全員巻き込んで手札を増やした乱戦にした方が、まだ勝機があり、かつ話も早いと判断したからだ。

探索者業界の荒くれ者ども（主にシェルのおじき）の悪影響だが、確かに有効な面もある。

「流石ローザの弟だけあって、思い切りがいいねぇ！　ちょうど楽しそうで羨《うらや》ましいと思っていたし、ローザと共闘だなんてワクワクするよ！」

王立学園首席卒業のフーリ先輩は、俺の拳《こぶし》を易々《やすやす》と掴《つか》んで言った。

「今から殴りま～す！」

◆

フーリ先輩は、思った以上に手強《てごわ》かった。

魔道具士だという事でどうかと思ったが、素手での強さに限ればフーリ先輩の一つ下で、王立学園を首席で卒業したという、ジャスティンさんと同格くらいだろう。

姉上とフーリ先輩は、お世辞にも連携が取れているとは言い難かったが、俺たちを圧倒した。

格上が相手だと、どうしてもガードに魔力を消費しがちになる。ライオなど、姉上の変幻自在かつ途轍《とてつ》もない回転数の攻撃を、バカみたいな出力の魔力ガードで受けているので、防戦一方にもかかわらず、とんでもなく魔力を消費しているだろう。

体術のみとはいえ、あのライオがなす術《すべ》なくタコ殴りにされている様子を見て、クラスメイトたちは信じられないといった様子で瞠目《どうもく》している。

「ローザに見惚《みと》れるのは仕方がないけど、よそ見しててもいいのかい?」

そしてこのフーリ先輩も実に厄介だった。フェイもそうだが、魔道具士という人種はなぜか握力が異常に強い。おそらくは手先に強く繊細に魔力を集中する術に優れている事が関係していると思われる。

打撃類も一通りこなすが、とにかくそのすらりと長い手を使った組み技が厄介で、一度掴まれたら最後、何をしてもこの組み手を全く放してくれず、魔力ガードで受け身を取っても大ダメージを負わされる。

そんな風にして誰かが戦線を離脱するたびに、ジュエの回復魔法で立て直しながら何とか持ち堪《こた》えていたが、その内にジュエの魔力が底をついた。

「すみません、私はここまでです……。魔力が足りませんので、次に怪我をされたら治せません」

スタッフに寄りかかるようにして両膝をついたジュエは、魔力が枯渇する寸前なのだろう。

ぜぇぜぇと、その呼吸は荒い。

姉上は拳を収めて笑顔で言った。

「ありがとう、ジュエちゃん!　お陰で久しぶりにアレン君と沢山遊べたよ。最後の、面白い魔法だね!」

姉上は、俺が最後ジュエのバフ魔法を乗せた右フックで額から流した血を拭《ぬぐ》いながら笑った。

もっとも、即座に反撃の蹴りで吹っ飛ばされたが。

姉上は、『あー、すっきりしたっ』、なんてルンルンだ。

結局俺らが姉上に入れられたのは、その一撃だけ。

だが、この手狭な屋内での殴り合いで、姉上に一撃入れられ、かつ重傷者もいない結末は及第点と言えるだろう。

「いやー面白かった。流石《さすが》粒揃いと評判になるだけはある。個人の力はすでに私らの代の三年と比較しても遜色《そんしょく》ない。スタミナ面はそれ以上だ。しかも、一年ではほとんど訓練しないはずの連携面がかなり取れているな。噂の坂道部の活動や、一般寮での共同生活は伊達《だて》ではないな」

フーリ先輩も楽しそうに笑って、こう付け加えた。

「さて……どうやって片付けようか……」

部屋はグッチャグチャになり、一階はアルの魔法で水浸しの上に半壊状態になっていた。

ライオはしばらく悔しそうに歯を食いしばっていたが、やがて言った。

「完敗、だな……。今回の遊びで壊れたものは、俺が責任を持って弁償する。俺が頼んで始めた遊びだからな」

「いや、気にしなくていいぞ？　ライオが言い出さなくても、どうせ姉上とは喧嘩になる事は目に見えていたからな」

ただでさえ俺がぶん殴られる予定だった分を、いくらかこいつに肩代わりしてもらったんだ。

その上、金まで払わせたんじゃ流石に悪すぎる。

「気にしないで？　姉弟喧嘩《きょうだいげんか》に巻き込んじゃってごめんね。それに私、使い道のないお金が、何だか沢山あるし」

え、姉上何でそんなお金持ってるの？　確か以前買い物に行った時に、魔道具士としての収入があるとか何とか言っていたけど。

「ローザは特許収入だけで、毎月数万リアルは稼いでるからな。これからはもっと増えるだろうし」

不労所得だけで数万リアルだと？

魔道具士ってそんなに稼げるのか……。

相変わらず格差の凄い社会だな……まぁおそらくは姉上が特別なのだろうが。

「いや、これはケジメだから、そこは払わせてほしい。それともう一つ」

そう言ってライオは片膝をついて右手を胸に当て、姉上に向けて左手を差し出した。

「ローゼリア・ロヴェーヌ。俺と結婚を前提に交際してほしい」

……。

えぇ～？

◆

あまりの急展開に、全員がフリーズした。

一体どこの世界に、友達の家に遊びに来たら、その姉に何度も殴られて骨まで折られて、その結果交際を申し込むバカがいるんだ。

いつもはこういった話が大好物のケイトですら、目を見開いて呆然《ぼうぜん》としている。

「ジュエ、ライオは頭を強く打ったみたいだ。回復魔法を頼む」

「……魔力切れです」

俺は頭を振った。

医者を呼ぶしかない。

「俺は真剣だ」

ライオは真っ直《ま す》ぐな目を姉上に向けている。

こういった展開に免疫のないだろう姉上は、アウアウと喘《あえ》いで、顔を真っ赤にして辛《かろ》うじて言った。

「あの、えっと。ごめん、私弱い人に興味ないから、無理かな」

そこじゃない！

「いや、姉上。ライオはザイツィンガー家の長男ですよ？　この王国に三家しかない公爵家の筆頭、あのザイツィンガー家の本家本元です。強いとか弱いとか以前に、うちみたいな貧乏子爵家と釣り合いの取れる人間ではないです」

姉上は目に見えてホッとした。

だがライオに全く引き下がる気配はない。

「今の時代、身分差など絶対的な問題ではない。俺の祖母も出自は庶民階級だしな。もう一度言うが、俺は真剣だ。俺がローゼリア先輩より強くなったら、この話を受けてもらえる、そう解釈していいか？」

「いや、あの、ライオ君にはあまり才能がないから、それは無理かなぁ～なんて……」

姉上はこの国が誇る一〇〇年に一人の神童にこんな事を言った。

ライオはニヤリと、嬉《うれ》しそうに笑って立ち上がった。

「今はまだ、スタートラインに立ててすらいない、という事だな。だが俺は諦《あきら》めん。必ずあなたよりも強くなって、いつか必ず首を縦に振らせてみせる」

「……俺、お前を兄貴って呼ぶの嫌なんだけど……」

◆

「………とりあえずお腹《なか》が空《す》いたから、片付けをどうするかは後に回して、バーベキューの続きしようか」

フェイの提案に皆が頷《うなず》いて庭に出た。

フェイは、庭で待機していたコックと給仕を全員下がらせた。

「どうも今日は、何の話が飛び出すか分からないからね。うちの人間とはいえ、気軽に話を聞かせられる状況じゃないよ。仕方がないからアレン式の、自分たちで焼いて食べるスタイルでいくよ」

「ふむ。俺は別に誰に聞かれても構わんぞ?」

俺は頭を抱えた。

「こっちが構うんだよ、頭いいくせに何でそんなにバカなんだ? 常識を考えろ常識を」

「くっくっく。アレンの非常識さがうつったかな」

ダメだこいつ……。

日本でサラリーマンを一五年近くやった俺を捕まえて、非常識とは……やっぱり頭を強く打ったとしか思えない。

「この常識の塊のような人間を捕まえて、訳の分からん事を言うな!」

俺はすぐさま抗議したが、実に心外な事に姉上以外はなぜか灰色の瞳を向けてきた。

その後俺たちは、ドラグーン家のシェフが用意した、めちゃくちゃ美味《うま》いバーベキューセットを自分たちで焼きながら歓談した。

フェイと姉上とフーリ先輩は、魔道具談義で盛り上がっている。

今話しているのは俺が監修した、自動掃除魔道具『ルンボ』についてだ。

「ほーぅ？　それもまた面白い設計だな。私やローザでも同じものは作れないだろう。いくらドラグーン家の資金力、サポートがあるとはいえ、入学からわずか四ヶ月で、すでにそれだけの分野で様々な魔道具を実用化しているというのには、感嘆するしかない」

「フェイちゃんは、凄《すご》い魔道具士になるね！　私お掃除苦手だから、一つ売ってくれると助かるなぁ……」

うすうす気がついてはいたが、どうやら魔道具士としてのフェイは、中々凄いらしい。中身が残念すぎるが。

「勿論《もちろん》さ。姉君には是非使って、魔道具士としてフィードバックしてほしいから、一つお譲りするよ。まったくアレンが次から次に非常識なものを考え付くから、ドラグーン家の開発拠点の一部を王都に移したほどさ。一体アレンの頭の中はどうなっているのかな？」

「やったぁ～！　フェイちゃん、ありがとう～！」

しかしこいつら、随分と姉上と打ち解けたな。二階でキャーキャー言ってた時に何かあったのか……？

恐くて聞けないが……田舎《いなか》でワンパク少年をしていた時代のアルバム、なんて黒歴史を開張していない事を祈る。

俺は前世の知識を活《い》かして、魔道具を次から次へとフェイに作ってもらっていた。

掃除や食器洗浄（ソーラ用）などの日常的なものから、坂道部や魔法研、地理研の鍛錬や研究活動に必要な魔道具は、全てフェイの設計・開発だ。

ちなみに、フェイには材料費しか払っていない。

こいつに貸しを作るのは気が進まなかったが『開発費を相場通り請求すると、多分一つも払えないよ？』なんて言われたからだ。

仕方がないので、魔道具研究部を立ち上げて、フェイを部長に就任させた。

設計開発を部活動の一環という事にすれば、一応タダでも筋は通るからだ。

俺はアイデア料として、利用する分だけ材料費と引き換えに現物を受け取って、開発品に関する権利は全てフェイに帰属させている。そうすれば、こいつなら商売に転用するなどして投入した資金ぐらいはうまく回収するだろう。

ちなみに、魔道具研究部へも加入申請がかなりあるみたいだが、まだ部員は三名しかいないとの事だ。

フェイに言わせると、『今の時点では戦力にならないし、育てる時間もない。単純な人手なら外部から調達できる』からほぼ断っている、との事だ。まぁこいつは大貴族家だし、色々としがらみも多いのだろう。

俺は欲しい道具が入手できれば何でもいい。

「まぁ、アレンのアイデアは魔道具士として興味をそそられる、面白いものばかりだからいいんだけどね。姉君も、アレンのアイデアで魔道具開発してるのかな？」

姉上は首を振って、じとりとした目で俺を見た。

「アレン君とは、魔道具に係《かか》わる話をした事はほとんどないかな。あまり興味がないと思ってたんだけど、そんなに色々と面白い事を考えられるなら、もっと沢山お話ししておけばよかったよ」

それはそうだろう。俺の発想の源泉は、ほぼ前世の記憶……地球の電化製品や、ラノベや漫画で仕入れた知識が元になっている。

覚醒《かくせい》してから、受験前の数日しか一緒に過ごしていない姉上とそんな話をする時間はなかった。

もっとも、前世の記憶を思い出す前から、姉上が自作した魔道具の実験台にはよくなっていたが。

「姉上が今取り組んでいる研究には注目していますよ。俺が、今最も必要だと感じている技術の一つだし、余計な事を考えず、ぜひ自分の研究に打ち込んでほしいと思っているから、敢《あ》えて口出ししないんですよ」

姉上は通信魔道具の研究をしている。

この世界には通信魔道具がない。

厳密にいえば、例えば王立学園内のような、限られた空間内で金をかければ、短い距離での有線通信は可能だ。

だが無線通信に関する魔道具は一切なく、スマホ依存症だった俺からすると不満タラタラだ。

姉上は離れてても俺と話したい、なんてアホすぎる理由で研究をしているようだが、もし実用化すれば画期的な発明になるだろう。

「へぇ〜姉君の最新研究か。差し障りなければ何に取り組んでいるか聞いていいかな？　ドラグーンの貴族学校で、あれほど頻繁に発表していた面白い基礎研究の成果が、近頃は全く見られないから気になっていたんだ」

「えーと。ホントは教授に口止めされてるから、言っちゃいけないんだけど……アレン君の友達ならいいかな？　フェイちゃんなら、役に立つアドバイスをくれそうだし。私が今やってるのは、離れた場所にいる人とお話しできる魔道具だよ。空気中にある魔素を利用して声を伝達するんだけどね。この家から王立学園にいるアレン君と毎日お話しできるように頑張っているんだけど、中々索敵防止魔道具が邪魔で、まだ実現できないんだ～」

　その姉上の話を聞いて、フェイは絶句した。

　その技術の有用性を即座に理解したのだろう。

「………念のために聞くけど、索敵防止魔道具さえなければ、もう実現可能、なんて事は言わないよね？」

「え？　あ、うん、まだちょっと不安定でお話しできる距離も短いけど、そこまではできてるよ。その辺の家の索敵防止魔道具なら、こっそり中継基地を置けば何とかなるんだけど、あの学園のセキュリティが中々突破できなくて困ってるの。何かいいアイデアあるかな？」

　固まったフェイに代わって、フーリ先輩が姉上に問いかけた。

「ローザ……。私も今初めて聞いたけど、自分が何を作っているのか分かっているのか？」

「あ、うん。ごめんね、教授に口止めされてて。……それだけならともかく、魔導基板に回路を書き込む魔力操作の精度が足りなくてお前にしか作れないから、研究は一旦《いったん》やめて、今の形で量産化しろ、偉い人からの命令だ！　とか言って、偉そうな人のお手紙を持ってきて研究の邪魔をしてくるんだよ？　確かに、索敵防止魔道具を突破しちゃったらちょっと不味《まず》い気もするけど、私にしか作れない中途半端な試作品を沢山作れ、なんて、あの人は魔道具士として失格だよ！」

　姉上はぷんぷんと怒った。

フェイはゆっくりと頭《かぶり》を振って、ライオに詰め寄った。

「……ドラグーン家では、把握していないよ。先程の告白には驚いたけど、ザイツィンガーでは情報を把握していた、という事なのかな?」

「……全くの初耳だ。俺のローゼリア先輩への交際の申し込みは、家の政治とは一切関わりない」

ライオは姉上とフェイを交互に真っ直ぐ見ながら否定した。

「確かにそれが実現できれば色々と便利だな! アレンの姉ちゃん凄い研究してるんだな!」

「アルはノー天気でいいね……。便利、なんて言葉で片付けていい研究じゃないよ? すでに実現している部分だけでも量産化に成功したら、はっきり言って、一国の国力が何倍になってもおかしくないよ。もし今戦争になったりしたら、その結果に直結するとんでもない技術だ。ザイツィンガーでも把握していないとなると……。姉君、その偉い人からのお手紙には、もしかして羽の生えた獅子《しし》が光る玉を咥《くわ》えている紋章が押されてたりしなかった?」

「えっ! よく分かったね、フェイちゃん。教授が何枚も持ってくるから、めんどくさくて読んでないけど、確かそんな紋章だったたよ。確かリビングに捨てたから、まだその辺に落っこちてるかも」

…………。ふう～。

まさかこの国の王家《ユグリア》の紋章を知らず、リビングをゴミ箱化して手紙を捨てるバカがこの世界にいて、それが自分の姉とはな……。

王国旗に似ている時点で、何か思わないのか?

今すぐ怒りの鉄拳《てっけん》を振り下ろしてやりたいが、返り討ちに遭うからそれすらできない。

とりあえず俺は、責任の所在をはっきりさせるために声を張り上げた。

「姉上！　それはとっても偉い人のお手紙です！　先程皆で喧嘩《けんか》した上に、王立学園一年Aクラス、アルドーレ・エングレーバーが放った水魔法でビリビリに破れている可能性がありますが、今すぐ捜して読みましょう！　万が一読めなくても、同じクラスのライオ・ザイツィンガーが、壊れたものは全て弁償してくれるらしいので安心です！」

◆

その後、皆でリビングを捜索し、それらしき物を発掘したが、水で滲《にじ》んで内容は何も読めなかった。

俺はアルの肩を叩《たた》いて、『やっちゃったな？』とか言いながら、何とか責任を押し付けようとしたが、俺がアルに魔法の使用許可を出した事を皆が覚えていて、アルに全てを押し付ける作戦は失敗した。

「……はぁ、しょうがない……。ここはあの手しかないな」

俺は絶望的な顔を浮べているアルに、『どうせ読む気もなかったし、気にしなくていいよ』なんてノー天気な事を言っている姉上を無視して、顔色の悪い皆を見渡した。

「流石《さすが》はいつも奇想天外な発想をするアレンだね？　ここからどんな逆転の一手があるのか、聞かせてくれる？」

フェイが、そして皆が期待を込めた顔で俺を見た。

「俺たちは何も見ていないし、聞いていない！　以上だ！　さぁ、肉が焦げる前に食おう！　酒をたらふく飲む事を忘れるな！」

それ以外にないよね？

2章　ドラグーン地方定期総会

父母の秘密

ドラグーン地方では、半年に一度の頻度で、勢力内の貴族家がドラグーン領都ドラグレイドに集まり、定期総会が行われる。

主な目的は情報の交換、地方の重要ポスト人事の調整、新道敷設などの公共事業に関する嘆願などだ。

子の入試や就職、中央官庁人事に関する情報交換を主な目的とする、王都での初春の社交とは違い、自家の権益に直結する議題も多いため、子爵や男爵も結構出席する家が多い。

本来は入学から一月ほどの時期に行われる春季の総会だが、戦争の対策会議などでドラグーン侯爵が王都を離れられず、一月以上その予定を遅らせて開催される事となった。

ドラグーン領都ドラグレイドは、比較的王都に近い、ドラグーン地方の北西部にある。

南方地方特有の、赤茶色の瓦《かわら》屋根に特徴がある、石と煉瓦《れんが》を組み合わされて作られたノスタルジックな街並みは、太古の昔から希少金属の鉱山開発で栄えてきたという歴史を感じる。

ロヴェーヌ子爵領主、ベルウッド・フォン・ロヴェーヌとその妻、セシリアは、総会の当日朝にドラグレイドへと入った。

常であれば、遅くとも前日の昼には馴染《なじ》みの宿に入り、夜は、赤い特徴的な提灯《ちょうちん》のネオンが街中に煌《きら》めく、狭い路地と石階段が迷路のように入り組む街へと夫妻で繰り出し、さして高級ではない店だがドラグレイド《都会》でのディナーに舌鼓を打つのが密かな楽しみなのだが――

「ふぅ。アレンの不正嫌疑は晴れたらしいが、今回の総会は気が重いの。普通にEクラス合格なら、肩をいからせて鼻高々に出席するのにのぅ……」

「肩をいからせて鼻高々に出席すれば宜しいではありませんか。王立学園のAクラス合格など、千を超える貴族家を抱えるドラグーン地方からも、年に数名出るかどうかという狭き門。それをアレンが突破したのですよ？　我が子の頑張りを親が誇らずしてどうします」

妻にそう言われても、ベルウッドには現実感がまるでなかった。

アレンに身体強化の面で飛び抜けた才能がある、やる気さえ出れば頭も切れるという事は認識していたが、それがどの程度の水準にあるのかなど、ただの田舎《いなか》子爵領主であるベルウッドには、まるでわからない。

ロヴェーヌ家七〇〇年の悲願――

ロヴェーヌ領内だけではなく、このドラグーン地方でも際立って優秀と名高かった、あのローザでさえも不合格になった厚くて高い壁を、跳ねっ返りで、だが可愛《かわい》い末っ子のアレンが易々《やすやす》と突破して、Aクラス合格を果たすなど、どうして想像できようか。

「……何がどう伝わったのか、ゾルドにも注目が集まっているようだからの。おかげで、グリムの奴《やつ》は家で留守番だしのぅ」

「ゾルドへの訪問客も落ち着いて参りましたし、家の方は近頃しっかりしてきたグリムに任せておければ問題ありません。ゾルドも、アレンと詰めた最後の数ヶ月で随分と貫禄《かんろく》が出ました。暫くは家で出番はないのですし、本人の好きにさせるしかありませんね。貴方《あなた》は貴方らしく、『謙虚・堅実』がモットーのロヴェーヌ家として対応すればよいのです。何か言われても、アレンの事を信じて全て本人に任せている、で通すしかないでしょう。事実がそうなのですから」

「……そうだの。あやつに細かな報告など期待するだけ無駄だが、手紙一つよこさんから、合格した事以外何も分からん。……アレンは王都へと出立する前に共にした夕食で、『もし合格しても、途中で退学にでもなったら赤っ恥だから、自慢して回るような真似《まね》は控えてくれ』、なんて言っておった。嫌な予感を覚えずにはおれん。なんぞ問題でも起こして、すでに退学になっていた、なんて事がないように祈るしかないの……」

ロヴェーヌ夫妻は、面倒事を避けるため、滞在時間が極力短くなるように調整してドラグレイドへと入ったのだった。

◆

ドラグーン侯爵家迎賓館。

時には千人を優に超える参加者が一堂に会する総会の会場は、その広さもまた尋常ではない。

美しい赤煉瓦を基調に、石の彫刻があしらわれた豪奢《ごうしゃ》な迎賓館の車寄せに直接馬車を乗り付けたベルウッド・ロヴェーヌ子爵は、心の中で『謙虚・堅実』と繰り返し、何とか無難に今日という日を乗り切るべく、意を決して馬車を降りた。

と、するとそこには、とてつもない重量感を感じさせる甲冑《かっちゅう》に身を包んだ、右目に刀傷がある大男が待ち構えており、いきなりベルウッドを大喝した。

「貴様がベルウッド・フォン・ロヴェーヌか‼　たかだか田舎子爵領主の分際で、よくもこの名門、アベニール伯爵家の顔に真正面から泥を塗りおったな！　覚悟はできておるのだろうな！」

槍《やり》の名門アベニール家当主、ニックス・フォン・アベニール伯爵。アベニール流槍術《そうじゅつ》師範にしてドラグーン侯爵軍に三人しかいない将軍位を持つ人物だ。

その男が、特徴的な黄緑の髪を逆立てて、激怒している。

「へっ？　私が名門、アベニール伯爵家に泥ですか。一体何の事ですかな？」

到着と同時に嫌な予感が的中した事にうんざりしながらも、とりあえず何とかなだめてこの場をやりすごさなければと、声を裏返しながらベルウッドは尋ねた。

「どこまでも愚弄《ぐろう》しおって、この狸が……。わしの槍を見ても、まだその気の抜けた顔でいられるか……。貴様の本性を、このわしが今この場で暴いてくれるわ！」

そう言ったアベニール伯爵は、鈍く光る無骨な十字槍を腰だめに構えた。

そして、その場で微動だにしないベルウッドへと向けて、槍をごうと突いた。

ベルウッドの額に穂先が触れるか触れぬかのところで槍を止めたアベニール伯爵が、怪訝《けげん》な顔で尋ねる。

「……なぜ避《よ》けん？」

ベルウッドはこのあまりに見当違いな質問に、思わず大笑いした。

「わっはっはっ！　なぜも何も、わしは官吏コース上がりの、ガーデニングが趣味の田舎子爵ですぞ？　武の才などカケラもなく、避けたくても避けられる訳がありますまい！　いや、閣下はご冗談がうまい！」

ベルウッドがそのように大笑いすると、アベニール伯爵は片眉《まゆ》を上げた。

「……貴族が武の才がないなどと、堂々と宣言してどうする。……避けられずとも、その場で腰を抜かしてしょんべんでも漏らすもの、と思っておったが……。ロヴェーヌ子爵家などと聞いた事もない田舎者が、『常在戦場』などという大層な題目を掲げて王都に名を轟《とどろ》かしておる、などと聞いて、ドラグーンが恥を掻《か》く前にその正体を暴くつもりだったのだが、中々どうして、腹は据わっておるな」

「閣下が本気で殺す気なら、今頃わしはしょんべん塗《まみ》れですわい。ロヴェーヌ家《うち》には、わしにも不思議なほど、暴れ者が多くてですな……。閣下のお戯れだという事は、殺気の質から瞭然《りょうぜん》でしたのでな。先日など、近所のパン屋に新しく入った、可愛い娘に鼻の下を伸ばしておるところを妻に見られましてな。殺人鬼のような殺気を放つ妻から、一時間もチビりながら街中を逃げ回りましたわい。わっはっは」

「ふふふ。何が面白いのですか？　ベル」

口元を少女のように綻ばせた殺人鬼が、その肩に野太い太刀《たち》をドンッと担いで馬車から遅れて降りてきた。

鞘《さや》に納められているとはいえ、その質量を振り抜けば、常人であれば易々と叩き潰《つぶ》すであろう。

「「ひぃっ」」

その尋常ではない殺気に、遠巻きで様子を見ていた野次馬から悲鳴が漏れる。

「う、うむ。それは卿が悪いな。わしなどは妻以外の女性に目移りした事など一度もない。やはり男たるもの、これと決めた一人の女に全てを捧《ささ》げる覚悟がないとな」

ちらりと、後ろにいる女性――

おそらくはその妻、アベニール夫人を見て伯爵は断言した。

「流石は閣下です。ベルも見習いなさい！」

「そ、そんな！　ずるいですぞ、閣下！　閣下も若い頃はそのヤリ使いが花街で噂《うわさ》になるほど――」

「ええい、だまれ！　結婚してからは妻一筋だ！　誰が何と言おうと卿だけが悪い！　わしは貴様の案内を侯爵《お館様》から仰せつかっておる。さっさと受付を済ませてこい！」

こうして、『謙虚・堅実』がモットーのベルウッド・ロヴェーヌの定期総会は幕を開けた。

◆

「閣下ほどの方が、わしのような木っ端貴族を案内とは、また恐縮ですな。わしらはいつも通り、勝手にその辺で飯でも摘《つま》みながら話を聞いておりますから、伯爵はお構いなく自席へお進みください。体面に関わりますぞ？」

受付を済ませ、形ばかり腰に差していたサーベルをクロークへと預けたベルウッドは、アベニール伯爵自らにいざなわれ、大ホールへと歩み入った。

ちなみに、この総会は基本的には立食形式で行われる。

大まかな流れとしては、会場で近しい貴族や利害関係者と歓談した後、侯爵から挨拶《あいさつ》と重要事項報告、その後陳情を兼ねた上位貴族への挨拶回りなどとなる。

子爵以下の有象無象《うぞうむぞう》に席はないが、ドラグーン侯爵家とその寄子に八家ある伯爵家には席が設られている。

「ふん。わしとてそう思っておったわ、馬鹿者が！　だがドラグーン侯爵《お館様》が、『ロヴェーヌはうちの情報部ですら全くのノーマークだった。当主はこれまた、家の興亡に興味のない貴族失格の呑気《のんき》者という話だが、これ以上情報不足で恥を掻く訳にはいかない。これまでの会合でも挨拶に来た記録もないし、放っておいたらその辺に紛れて、挨拶にすら来んやもしれないので、責任を持って案内するように』と仰せだ！　そのような慮外者がまさかおるはずがないと思っておったが……その辺で飯でも摘みながら話を聞くだと？　今回の総会で、貴様に飯を食う時間がある訳なかろう！まったく、手を煩わせおって。いつまでその呑気者の仮面を被《かぶ》っておるつもりだ！」

生来の呑気者であるベルウッドは、いつまでと言われても死ぬまでとしか答えようがない。

「ええっ！　飯を食う時間がないですと！　……わしなど、侯爵《お館様》がおっしゃる通り、貴族失格の凡々平々とした男でございまして。学園の事も、息子本人に任せておりますしな。そんな訳で、私がお館様や閣下とお話しできるような事はございません。後ほどご挨拶にはお伺いしますので、これにて一旦《いったん》失礼――」

伯爵はベルウッドの首根っこをむんずと掴《つか》んだ。

「その呑気者の仮面を、今すぐ脱げと言うておる。わしがそばにおらねば、あっという間に出席者に囲まれて、身動きできぬようになるに決まっておるだろう、この馬鹿者が。それとも貴様はお館様を、貴様への挨拶の順番待ちに並ばせるつもりか？」

「そんな大袈裟《おおげさ》な……。先程から申しておりますように、わしには面白い土産話《みやげばなし》などなにもありませんからのぅ。人などすぐいなくなりますわい。それよりもわしらは、昨日の夜から何も食べておらず、もう腹が減って腹が減って。この長い総会を飲まず食わずなど、とても無理ですの。せめてパン一つだけでも齧《かじ》らせてはもらえませんかな？　この総会で、ドラグレイドで今流行《はや》りのパンを食べるのが、わしの昔からの楽しみで……」

ほとんど口も聞いた事もない雲の上の人物、ドラグーン侯爵のもとへ連行されるのが嫌で、ベルウッドは駄々をこねた。

「往生際が悪いですよ、ベル。子供のような事を言って、閣下を煩わせるものではありません。そんなにお腹《なか》が空《す》いているなら、これでもお食べなさい」

夫の態度を見兼ねたセシリアは、携帯非常固形食のプレーン味をベルウッドへと渡した。

「……パンがいい――」

「あ？」

ベルウッドは仕方なく携帯非常固形食を受け取った。

◆

「久しいの、ベルウッド。そちとこうして直接話をするのは、一〇年前の飢饉《ききん》の折、税の納付猶予申請を受けた時以来か。その後はつつがなく領地を経営しておるようで、何よりじゃ。さ、そこに掛けるがよい」

ベルウッド・ロヴェーヌ子爵は、アベニール伯爵に首根っこを掴まれて、会場奥にある三十人ほどが掛けられる角形の長テーブルへと連行された。

最も上座、会場全体が見渡せる、日本式で言うところのお誕生日席に掛けて、談笑していたドラグーン侯爵家当主代理である、メリア・ドラグーン侯爵は、ベルウッドの姿を認めると立ち上がり、本来当主の伴侶《はんりょ》が掛けるべき次席への着座を促した。

この対応に、周りで様子を窺《うかが》っていた上位貴族の当主たちは仰天した。

侯爵は早くに夫を亡くしているとはいえ、当主代理が席を立って、自ら次席を勧めるという事は、招待客を同格――例えば他の侯爵家当主や、ドラグーン家に輿入《こしい》れする伴侶の生家の当主など――としてもてなす事を意味する。

家の最高責任者たる『当主《フオン》』の座を、孫娘であるフェイへとすでに譲っているとはいえ、未《いま》だドラグーン地方を束ねる侯爵のメリアに同格として遇され、流石《さすが》に呑気者のベルウッドも額に嫌な汗を滲《にじ》ませた。

一〇年も前の総会で、陳情のベルトコンベアーに乗せられて、ほんの数秒言葉を交わしただけの自分を覚えているはずもない。

つまり目の前の相手は、自分との会話のために過去の陳情記録を調査するなど、事前に準備をしているという事だ。

「あ、お久しぶりでございます、お館様。その節は寛大なご措置を賜り、感謝の言葉もございません。お陰様をもちまして、領民一同平穏に暮らしております。ところで、ちと席次が高すぎるように思います。お館様と同じテーブルを囲ませて頂く事自体、我が身には過ぎた栄誉である事は承知しておりますが、どうか末席を汚させてくだされ」

ベルウッドは、せめて末席で空気に徹していたい、あわよくば目を盗んでパンを齧りたいと考え、この勧められた席を固辞した。

「そう畏《かしこ》まるな、ベルウッド。元々私ら貴族はみな陛下の直参であり、そういう意味では上下はない。それに今日は胸襟《きょうきん》を開いてそちと言葉を交わしたいと思っておる。会が進むと陳情やら何やらで慌ただしく、そうゆっくりと話もできんからな。時間が惜しいのでこれ以上の問答は無用じゃ。ロヴェーヌ夫人も、隣に掛けるがよい。アベニール夫妻はこちらじゃ」

なおも勧められてしまっては、再度断る事は非礼に当たるだろう。

ベルウッドはしぶしぶ指定された席についた。

周りで事の成り行きを見ていた、このドラグーン地方の幹部といえる八家の伯爵家および重要なポストについているドラグーン家の分家当主も、かれこれ三〇年以上このドラグーン侯爵家を牛耳っている『女帝』、メリア・ドラグーンがこう言っては、口を挟む者はいない。

ちなみに、通常この長テーブルにつけるのは当主本人に限られる。

実際、ちらほら末席の方に見える今年の王立学園合格者たちの親と見られる下級貴族は、当主のみが掛けている。

セシリアと、同じく王立学園Aクラスにパーリを送り込んだアベニール夫人は、そうした意味でも慣例のない特別な待遇を与えられたと言えるだろう。

「さて……ぷっ。……名誉な事であろう、そのような嫌そうな顔をするでない。私の乙女《おとめ》心が傷つくではないか。で、なにゆえベルウッドは、ニックスに摘まれて現れたんだい？　中々斬新な登場の仕方じゃったが……ニックスは何やら『わしの槍で山師の化けの皮を剥《は》いでからお連れする』、などと、息巻いておったが……脅かされて腰でも抜かしたか？」

メリアはニコニコと笑いながら二人の顔を交互に見比べた。

アベニール伯爵が、苦々しい顔で答える。

「それがですな……。こやつが馬車を降りたところを少々槍を振り回して脅かしましたが、腰を抜かすどころか、『武の才のかけらもないので避けたくても避けようがない』などと呑気に笑いおりましてな。それどころか、このわし自らアテンドして会場へ案内しておるにもかかわらず、腹が減った、ドラグレイドのパンを齧りながら話を聞くのが昔からの総会の楽しみなのでお構いなく、などとほざきおって、ちょっと目を離すと逃げ出してその辺に紛れ込もうとしおるので、首根っこをひっ掴んで連れてきた次第です」

すでにテーブルはざわざわと騒がしい。

「あのアベニール伯の槍で脅かされ、腹が減ったとは……馬鹿なのか？」

「いやそれよりも、お館様に席を勧められてあのような嫌そうな顔をするとは、一体どういう腹づもりか……」

「なぜあのような間の抜けた男の子息が王立学園Aクラスに合格など……やはり囁《ささや》かれている不正疑惑は真実なのではないか……？」

メリア・ドラグーンは、アベニール伯爵の話を聞いても、気分を害した様子もなく、ニコニコと笑いながらベルウッドへと話を振った。

「ふむ。そういえばそちは飢饉の翌年に、小麦の品種改良の研究費を申請しておったな。来年は研究期間満了の一〇年じゃが、成果のほどはどうじゃ？」

その質問にベルウッドは二重の意味で表情を曇らせた。

この研究の申請は、役所にしたので、目の前の侯爵には話すらしていない。

ただ単にアレンがAクラス合格をしたから興味を持った、というのであればいいが、いずれにしろロヴェーヌ家の事を調べ上げているのは間違いないだろう。

そしてもう一つの問題、それは研究の成果が芳しくないという事だ。

「はっ、飢饉の原因となりました魔餅《まもち》病への耐性は上がり、収穫量自体も毎年、前年比で三%ほどのペースで伸びておりますが、問題がございます」

「ほう。どのような問題だ？」

ベルウッドは顔を曇らせて首を振った。

「肝心のパンにして焼いた時の香りの膨らみがもう一つでしてのぅ……。成功と胸を張って言える状況にはございませぬ」

このベルウッドの返答を、長テーブルの中ほどに座っていた鉤鼻《かぎばな》の男が鼻で笑った。

「はっ！　前年比三%増とは、流石は王都でも話題と聞くロヴェーヌ家！　まったく恐れ入りますなぁ。今年で九年目という事は、すでに収量が三〇%以上伸びている計算になります。平野が少なく、慢性的な小麦の輸入依存問題を抱えるドラグーン地方の懸案を一つ解決してしまうほどの伸びであり、しかも昔より南国ドラグーンが悩まされ続けてきた魔餅病に耐性をつけて、その代償が香りの膨らみだと？　馬鹿も休み休み言え。大方、天候に恵まれただけの豊作を、ど素人《しろうと》が誤った統計の取り方をして胸を張っておるのだろう。まさか敢《あ》えてお館様に虚偽の報告をして、追加の研究費をねだろう、などと考えてはいませんでしょうがな！」

そのあんまりな言いように、流石のベルウッドも顔を顰《しか》めたが、さてどう説明しようかと、口を開きかけて、言葉を呑《の》み込んだ。

隣に座っている妻が、顔と手を真っ白にして微笑《怒って》んでいた。

◆

セシリアは、顔と手を真っ白にして微笑《わら》んでいた。

殺気はおろか、呼吸している気配すら全く感じないが、激怒している時のサインだ。

先程からの、アレンの合格は不正ではないかと疑う発言に加えて、今の自分の報告を証拠もなく不正と断定したような物言いは、この妻が最も怒るポイントを的確に突いている。

いきなりポッと出の子爵家が、王立学園のAクラス合格者など出したのだから、上位の貴族から風当たりが強いというのは予想していたが、ここまで侮られるとは……。

ベルウッド子爵はいくら馬鹿にされようとへのカッパであるが……万が一、この妻が——

……だから隅っこの方で大人しくしておるつもりだったのにと、ベルウッドは心の中でため息をつき、努めて陽気な声を出した。

「これは、一介の田舎《いなか》農家に毛が生えたような研究者に過ぎんわしが、調子に乗りすぎましたかな、わっはっは！　もちろん、わし自身満足のいく成果が出ていない以上、追加の研究費を無心する、などという真似《まね》は致しませぬ。おっとそういえば、先程、アベニール伯爵家にわしが泥を塗ったと閣下がおっしゃられましたが、もしやうちのアレンがなんぞ失礼でもしましたかの……？」

この発言に、アベニール伯爵夫人がキッとベルウッドを睨《にら》みつけた。

「随分と白々しい事をおっしゃいますのね。初春の王都での社交では、子息はEクラスでの合格も危うい、などと報告しておりましたのに、蓋《ふた》を開けてみればうちのパーリちゃんよりも上の騎士コース総合順位四位でのAクラス合格。しかも初日の授業で、皆の前でうちの子をコテンパンにやっつけて、踏み台にしたという話ではないですか。一体どういうおつもりなのでしょう？」

ニックス・アベニール伯爵は慌てて妻を窘《たしな》めた。

「これ。その話は、パーリ本人から自分の実力不足だと報告が来ておるだろう。確かにロヴェーヌ家の事前の報告内容には納得のいかん部分もあるが、模擬戦自体は卑怯《ひきょう》な手を使われた訳でもないのだから、潔く負けを受け入れるのも武家の嗜《たしな》みぞ」

「あなたも今朝までは、山師の化けの皮を剥ぐとおっしゃっていたではありませんか！　聞けばアレン・ロヴェーヌは明らかに槍《やり》を想定した訓練をした形跡があったとの事。なぜ入試の科目にもない槍対策の訓練などなされたのでしょう。お嬢様にも気に入られているようですし、随分と周到な計画がおありでしたのね？」

この皮肉のたっぷりと籠もった伯爵夫人の言葉に、ベルウッドはしどろもどろに答えた。

「アレンが槍相手の訓練ですか……。はて、わしにも心当たりがありませんの。何かの間違いでは……？」

この言い訳に伯爵夫人は『ふんっ、どこまでも白々しい』と顔を背けた。

「……あなたはアレンの王都への護衛にディオを付けたのでしょう。ディオは槍をそこそこ使います。その道中に手解《てほど》きを受けたのでしょう」

セシリアは真っ白な手のままで、平静に補足したが、伯爵夫人はキッとセシリアを睨みつけ、皮肉げな笑みを浮かべた。

「アベニール家始まって以来の天才、と言われるあの子がコケにされるほどの訓練を、旅のついでにそこそこの護衛が施したのですか。噂《うわさ》の家庭教師といい、まるで天から人材が次々に降ってくるようですわね。何て羨《うらや》ましい事！」

「これ！　たとえどんな経緯があろうと、負けは負けだと言うておる。ましてや、その模擬戦には国の英雄、『仏のゴドルフェン』様が立ち会ったというのだから、不正が入り込む余地などある訳がない。お前がここで負け惜しみを言えば言うほど、パーリが惨めになるのだから、その辺にせい！」

ニックスは、理路整然と妻を窘めたが、子の事を思い感情的になっている母親に、理屈をこねても無駄である。

「貴方《あなた》は悔しくないのですか?! あの子がお嬢様を隣で支えるために、どれほどの努力を積んできたか、その目で見てきたでしょう！ 貴方が手塩にかけて育て、また貴方の背中を真《ま》っ直《す》ぐに見つめて三歳から槍を振ってきたあの子が勝ち取った栄光を……。それを田舎からぽっと出てきた山師まがいに、アベニール家初の輝かしいAクラス合格を……汚されたのですよ？」

伯爵夫人は目に涙を浮かべながら夫を睨みつけた。

すでにテーブルの空気は最悪だ。

そしてその全ての責任はお前たちにある、と言わんばかりの目で、ロヴェーヌ夫妻に厳しい視線が注がれる。

だがそんな空気など物ともせず、メリア・ドラグーン侯爵は近くに立っていた家令に、『過去一五年のロヴェーヌ領の農作物関連の税データを』と告げてから、ニコニコとベルウッドに問いかけた。

「ベルウッドよ。同じクラスに通う孫娘からの報告によると、そちの子息は王立学園Aクラス合格など鼻にもひっ掛けず、Eクラスへ移籍しようとしたと聞いておるが、そちの指示かえ？」

「へっ？ アレンがEクラスへ移籍ですか……。すみませぬが、学園の事は全て本人に任せておりますので、わしは知りませんな。というよりも、あの粗忽者《そこつ》は合格して寮に入ったっきり、手紙一つよこさぬものですから、合格した事以外何も分からんのです。いやー、参りましたわい」

ベルウッドは心の底から参ったと、苦笑して頭を掻《か》いた。

「ふーむ、だが王立学園のAクラス合格、となると、普通は一時の借金をしてでも家族ぐるみで、もっとサポートしようという気持ちが働くものと思うが……。本人も学校に対して執着が薄いようじゃし、ベルウッド自身も子息の合格に対して、さして思い入れがないように見えるが？」

相変わらず、メリアの顔はニコニコと笑っているが、目の奥の光は、獲物を見定める肉食獣のそれだ。

「いえいえ、王立学園への合格は、ロヴェーヌ家七〇〇年の悲願。あやつは年に一度の墓参りすら面倒くさがるような男なのでどうか分かりませんが、少なくともわしは心より喜んでおります。ちといきなりの事で気が動転しているところに、うちの家庭教師が飛び抜けて優秀、などという噂が出回って、対応に追われているうちに今に至る、という訳ですな。……ところで、本人も学校に執着が薄いとは？　……やはりアレンの奴《やつ》が、何かやらかしましたかな？」

ベルウッドが恐る恐るといったふうにそう尋ねると、メリアはニコニコと愉快そうに答えた。

「何、問題になるような事は何もない。あやつらの担任は、先程も話に出てきたゴドルフェンというクソジジイでな。私とは王立学園時代の同窓生で腐れ縁なのじゃが……。最初のオリエンテーションで不正について問いただされた際、そのクソジジイに、『俺が学園にしがみついて、尻尾《しっぽ》を振るとでも思ったか？　俺の道を邪魔するやつは、誰であろうと叩《たた》き潰《つぶ》す』と、高らかに啖呵《たんか》を切ったとか聞いたの」

テーブルが俄《にわか》に騒《ざわ》ついた。

「馬鹿な！　あの『王の懐刀』、ゴドルフェン・フォン・ヴァンキッシュ翁《おう》に喧嘩《けんか》を売っただと?!」

「下手《へた》したら家ごと叩き潰されるぞ！」

「お館様！　そのような危険な小僧を野放しにしておっては、ドラグーン地方にどのような悪影響があるや分かりませぬ！　すぐさま呼びつけて、身の程を弁《わきま》えさせるべきです！」

だが、侯爵は笑ったままこの意見を手で制した。

「それしきの事で騒ぐな、みっともない。そんなものはベルウッドの子息にとってはただの挨拶《あいさつ》じゃ。他にもあるぞ？　Aクラスが確定して貴族寮への入居権を得たにもかかわらず、己の甘さを削《そ》ぎ落とすために一般寮、通称『犬小屋』に己の身を置いて鍛え上げており、感銘を受けたAクラスの生徒全員が一般寮へと引っ越したとか。あとは坂道部《さかどうぶ》とかいう部活動を立ち上げて、創部一ヶ月で部員数が一〇〇名を超える大組織へと育て上げ、年上も含めてその指導に熱心にあたっておるとか。探索者協会副会長、『大地の敵』鉱脈ハンター、サトワ・フィヨルドを手玉に取って、慣例を曲げさせてGランクとして探索者登録をしたとも聞いたのう。私は先日まで王都におったが、子息の名を聞かぬ日はなかった。王国中の情報機関があやつは何者だと大慌てでじゃ。このドラグーン地方の情報部も含めてな。愉快じゃろう？」

メリアの顔はニコニコと笑っているが、目は笑っていなかった。

「一体何をやっとるんだあやつは……」

ベルウッドはテーブルに突っ伏したが、セシリアは僅《わず》かに目じりを下げた。

真っ白だったその顔と手にも血色が戻っている。

「おや、ロヴェーヌ夫人はあまり驚いておらんの？　意外ではないのかな？」

メリアはセシリアの心の深層を覗《のぞ》き込むように目を見開いて、圧のある声でセシリアに問いかけた。

「いえ、お館様。流石《さすが》に少々驚きました。ただ――」

真っ直ぐにメリアの目を見つめ返す。

「子の成長が嬉《うれ》しくない親などおりましょうか？」

セシリアはその口を、少女のように綻《ほころ》ばせて笑った。

◆

「ぷっ。かっかっか！　確かに、子が頑張った時、親は共に喜び褒める。それは親として大切じゃろう。そうは思わんか、アベニール夫人？」

アベニール夫人は口を真一文字に引き結び、『思います』とだけ答えた。

「で、先程の話に戻るがの。どうも子息からは欲を感じんのじゃ。学園やクラスへの執着もそうじゃし、一般寮の話もそう、同窓生への指導も探索者の話もそうじゃ……。どれほど優れた才能があろうとも、欲のない人間は大成せんというのが、私の持論じゃ。セシリア、セシリアはその点についてはどう思う？」

メリアは『ロヴェーヌ夫人』ではなく、その名を呼んでセシリアに問うた。

「……わたくしが、最後にあの子の顔を見たのは合格発表の日ですが……その頃にはすでに、自分の人生を真っ直ぐに見つめている、一人前の男の顔をしておりましたよ。初めてベルに出会った時の事を、思い出すほどにには。あの子には、あの子なりに優先すべき事があるのでしょう」

そう言って、セシリアは再び口元を少女のように綻ばせた。

「ほーう？　これはご馳走様《ちそうさま》じゃ。ベルウッドよ、いつまでそこで寝ておる。そういえば、王立学園入学はロヴェーヌ家七〇〇年の悲願と言っておったの？　何ぞ目的でもあるのか？」

ベルウッドは顔を上げた。

「……端的に申し上げますと、クラウビア山林域の保護ですな」

メリアは首を傾《かし》げた。

「ほう？　あの大樹海の……保護とな？　開発ではなくてか？」

「そう、保護です。まぁ一部開発も含まれますがな。ロヴェーヌはクラウビアを開拓して生まれ、クラウビアに生かされてきた家です。あの山林は貴重な動植物の宝庫でしてな。クラウビアにしか生息しない魔物や魔草を始め、そのポテンシャルは我がロヴェーヌ家が誰よりもよく分かっております。今はその立地の悪さ故、ロヴェーヌ家の施策と探索者との紳士協定でどうにかなっておりますが、このまま流通手段が進歩していきますと、必ずやあの山林が破壊される日が来るでしょう。その前に、法整備や、実効性のある抑止力を担保し、かつそれらを維持できるだけの収入を得られる仕組みを確保する必要がありますな。そのために、一子爵家の権限でできる事はあまりに少ない。……クラウビア山林域と共にあるために、ロヴェーヌ家では王立学園への入学を目指しておりました。もっとも、肝心のアレンや姉のローザは、さして興味はなさそうですがな。いやはや、世の中うまくいきませんわい」

ベルウッドは、さっきまでの呑気《のんき》者の顔を一変させて、目に力を込めてメリアに早口で答えた。

そこへ、先程指示が出された家令が戻ってきて、ロヴェーヌ領の農作物関連の納税記録と、とあるメモをメリアへと手渡した。

メリアはゆっくりと資料へと目を通して、ついでメモに目をやり、そのネコ科の肉食獣のような目をぎらりと見開いた。

「かっかっか！　かっかっかっか！　喜べ、ベルウッドにセシリアよ。王都より新情報じゃ。あのゴドルフェンが、子息に学園の育成方針にすら関わる難解な課題を与え、その課題に対して不合格を伝えたところ、胸ぐらを掴《つか》み合う喧嘩になり、最後にはコテンパンにクソジジイ《クソジジイ》が言い負かされて謝罪をした挙句、課題を合格に訂正した。などという、流石の私も信じられん怪情報が一部で流れておったのじゃが……それが『真』であると確定したそうじゃ。しかも子息はその見返りに、ゴドルフェンから王に直訴させ、一年の春にして王国騎士団に入団し、『一瀉千里《いっしゃせんり》』、デュー・オーヴェル第三軍団長に弟子入りを果たしたとの事。かっかっか！　かっかっかっか！　何という強欲な奴じゃ！　これほど愉快な話は久しぶりじゃ！」

テーブルとその周辺で聞き耳を立てていた貴族たちは、今自分の耳で聞いた事が到底信じられず、呆然《ぼうぜん》とした。

その異様な雰囲気が伝播《でんぱ》し、大広間は水を打ったように静まり返った。

一人上機嫌なメリアは、笑顔でアベニール伯爵へと語りかけた。

「ニックスよ、こやつらの子息はとんでもない山師じゃぞ？　何せパーリはおろか、私の跡を継ぐに足る——一二歳にして、そう私に認めさせたフェイの奴も含め、王立学園全体を踏み台にして、一足飛びにこのユグリア王国で飛躍しおった！　根回し追従陰謀策謀、全部含めて貴族の実力じゃ！　誰か他に、卑怯でもなんでもよいから、我が家こそは、こやつのようにこのメリア・ドラグーンの度肝を抜いてみせると名乗りを上げる者はおらんか?!」

メリアはそう大喝した後、舐《な》めるように大広間を見渡したが、セシリア以外は皆俯《うつむ》いていて、返事はない。

ベルウッドは再び机に突っ伏している。

メリアはニコニコと上機嫌な顔のまま、さらに続けた。

「ところでベルウッドや。このドラグーン家の世継ぎであるフェイの奴が、そちの子息に随分と懸想しておってのう？　子息を振り向かせるために、あれやこれやと金を使ってのう。しまいには王都に魔道具の開発拠点まで建てておって、投資した金はすでに一億リアルに近い」

子爵は顔を真っ青にして跳ね起きた。

その金額は、もし返せなどと言われては、ロヴェーヌ領の収入では一〇〇年かけても到底返せる額ではない。

「ぷっ。そのように青い顔をするなベルウッド。……あのフェイがそのように男に入れ揚げるなど、まったく予想もしておらんかったからのう。あやつも人の子、好いた惚《ほ》れたの話になると所詮《しょせん》は一二歳の小娘じゃったか、少々当主《フォン》を譲り渡すのは早かったと、苦々しく思っておったのじゃが……」

メリアは目を細めた。

「あやつの目が確かで、耄碌《もうろく》しておったのはどうやら私の方じゃな。もちろん金を返せ、などと言うつもりはないが、目に入れても痛くないほど可愛《かわい》がっておる孫娘の、恋を成就させたいと思うのは肉親として当然じゃろう？　……もし、ドラグーン家とロヴェーヌ家が婚姻を結ぶ、という事になったら、ベルウッドは反対せんじゃろう？」

このような言い回しは、上位貴族が好んで使う。

結婚は確約しないが、下位の貴族からは言質《げんち》を取っておくという事だ。

「は、反対も何も、流石にそれは身分が違いすぎ――」

顔はニコニコと笑っているが、圧のある声で問われたベルウッドが、慌てて回答しようとしたところを、妻のセシリアが遮った。

「ベル？　そのような曖昧《あいまい》な答えをお館様は聞きたいのではありません。将来の伴侶《はんりょ》は本人の自由意志にて選ばせる。うちは貴方がそう方針を決めて、子供たちにもそう伝えて育ててきたではありませんか。その信念を、率直に申し上げればよいのです」

静寂の大広間に明瞭《めいりょう》なセシリアの言葉が響く。

ニコニコと上機嫌だった『女帝』メリア・ドラグーン侯爵は、笑顔を吹き消し、その語調を高圧的なものに改めた。

「反対、とでも言うつもりかい？　吹けば飛ぶような田舎《いなか》子爵風情が、随分と増長したものじゃないか。覚悟は……できているのかい！！！」

周囲の者が思わず悲鳴を上げるほどの迫力でメリアは凄《すご》んだが、セシリアは冷静に訂正した。

「反対とは申しておりません。将来の伴侶は、本人の意思で自由に選ばせる。それがベルの定めた、ロヴェーヌ家の方針。そう申し上げております」

「それを反対と言うんだよ‼」

荒らげた『女帝』の怒声は静寂の大広間にこだました。

だがセシリアは、その怒声を涼しい顔で受け流した。

その様子を見たメリアは、イライラと指でテーブルを叩き、ロヴェーヌ夫妻を見た。

「分かった、私の負けだ。言い方を変えてもう一度聞くよ、ベルウッド。ロヴェーヌ家当主として、家の行く末をよ〜くよ〜く考えて、お前が答えな。ドラグーン侯爵家として正式にロヴェーヌ子爵家に婚約を申し込む。ロヴェーヌ子爵家は、ドラグーン侯爵家との婚姻に……。アレン・ロヴェーヌと、フェイルーン・フォン・ドラグーンの婚姻に反対か賛成か……どっちじゃ……？」

◆

アベニール伯爵夫人は怒濤《どとう》の展開に、逆に冷静さを取り戻していた。

そして声も出さず、ひっそりと涙を流していた。

これはもはや命令だ。

このドラグーン家を牛耳る『女帝』にここまで言わせて、一介の子爵家に……いやたとえ伯爵家であっても、寄子に断れるはずがない。

我が子パーリが小さな頃から一心に追い求めてきた未来。

お嬢様の伴侶となり、共にドラグーン地方を支えるという、その身の丈に合わぬ夢。

そのために全てを捨てて、努力と呼ぶのもおぞましいほどの苛烈《かれつ》な鍛錬を積み上げる、年端もいかぬ我が子をこの目で見守ってきた。

やがて努力は結実し、我が子は王立学園のAクラスへと合格を果たした。あり得なかったはずの夢は、届きうる目標にまで降りてきた。

家族で泣きながら抱き合ったあの合格発表の日の喜びは、ほんの数秒後にはまるで泡沫《うたかた》のように消え去るだろう。

『努力の鬼』と言われた我が子を易々《やすやす》と超えていく、その途轍《とてつ》もないスケールの少年の出現によって。

アベニール伯爵夫人は、お館様から目をロヴェーヌ子爵へと移した。

するとその男は、まるで場違いな呑気な顔で――首をはっきりと横に振った。

◆

ドラグーン侯爵に詰め寄られ進退窮まったベルウッドは、半ば現実から逃避して、ノー天気な顔で目の前の怒った侯爵《婆さん》を見ていた。

中々の迫力だが、怒った妻ほど怖いかと言われると、そうでもないな、などと思考停止状態の中考えていた。

妻が言うような、大層な信念など何もない。

ただ代々ロヴェーヌ家は結婚に大らかな家柄……というよりも、あまりにもど田舎でかつ貧乏なので、結婚相手を選り好《えごの》みなどできる状況ではなく、自分で探してくるしかなかったというだけの事だ。

メリアの問いに、喜んで、と答えるのは簡単だが、それでは子供たちに筋が通らない。

子供たちの結婚相手には口を出さないので自分で探せと言って育ててきたからだ。そして、そのような筋の通らない事を、隣にいる妻が認めるはずもない。

ふと行き道の馬車で妻が言っていた事を思い出す。

『貴方《あなた》は貴方らしく、「謙虚・堅実」がモットーの、ロヴェーヌ家として対応すればよいのです』

謙虚・堅実。

この状況で、何をどう謙虚に行けというのだ……。

それにしても腹が減った。

馨《かぐわ》しいパンの匂いが、やたらと鼻を突く。

ベルウッドはどうでも良くなった。

改めてメリアを見る。

そしてはっきりと首を横に振った。

「わしは家の興亡に興味のない、貴族失格の呑気者でしてのう。家の行く末を考えろなどと言われても、何をどう判断していいか、さっぱり分かりませんの。家の事は、優秀な子供たちの判断に任せますわい！」

「……よく言った、ベルウッド。後悔しないね？」

「しない……。と言いたいところですが、わしなどは毎日、後悔だらけですからなぁ……」

そう情けのない声を出して、子爵は席を立った。

この場で絶対に逆らってはいけない人物に、面と向かって逆らったのだ。とてもこの後の総会を、この場から眺めている根性はない。

ベルウッドが席を立つとほぼ同時に、まるで予《あらかじ》め打ち合わせていたかのようにセシリアも席を立つ。

「待ちな。まだ話は終わってないよ」

メリアが夫妻を睨《にら》みつける。

「そう言われても、腹が減ってもう無理ですわい」

ベルウッドは情けなく眉《まゆ》を八の字に下げた。

「……この私に歯向かって啖呵《たんか》を切った男が、腹が減ったくらいでそんな情けない顔をするんじゃないよ、まったく。ムーンリット。お前の領地はたしか、ロヴェーヌ領と隣接していたね？　この一〇年の小麦収量に変化はあったのかい？」

会場中が固唾《かたず》を呑《の》んで見守る中、いきなり名を指されたムーンリット子爵はテーブルに額を擦《こす》り付けんばかりの勢いで答えた。

彼の息子トゥードも今年王立学園Eクラスへと合格を果たしていたので、今日はこのテーブルへの着座を許されている。

「はっ、このところ気候が安定しており、大きな増減はなかったのですが……。その、一昨年よりロヴェーヌより品種を改良したという種を譲り受けて、効果が認められたので先頃収穫した秋まき小麦より全て種を入れ替えております。おそらく、三割ほど収穫量が増える見通しです」

メリアは頷《うなず》き、きっちり三％ずつ増加しているロヴェーヌ領の小麦の税収データを、先程ベルウッドの研究にケチをつけた鉤鼻《かぎばな》の男の前に放り投げた。

「その香りの膨らみとやらは、あと何年研究すれば実現できるんだい?!」

ベルウッドは途端にシャキッとして答えた。

「は！　そうですな……。今年を含め、あと三年頂ければ実現してみせまする！」

「予算を倍つける。その代わり、詳細な報告書をきっちり年に二回上げな！」

「は！」

「それともう一つ。すでに子息には、レベランス侯爵家の令嬢も堂々と交際を申し込んでおり、今回の事件を受けて、王家を始め、その他の有力貴族もいつ婚姻に動いても不思議はない。他家から婚姻の申し込みがあったら、返答する前に、私に報告を入れな！　それぐらいならいいだろう？」

会場が騒《ざわ》ついた。

ベルウッドはくるりと呑気《のんき》者の顔へと戻り、妻の顔を見た。

「貴方が約束できるのなら」

セシリアはニコリと笑って答えた。

ベルウッドは首を振った。

「申し訳ありませぬが、あの跳ねっ返りにいくら言い聞かせても、事前にわしへ相談などしてくるとは思えませんの。今この瞬間、結婚していても全く不思議はない奴《やつ》ですからなぁ」

メリアはがくりと項垂《うなだ》れた。

「どんな貴族だいまったく……。それでもあんたは領主かい？　沽券《こけん》はないのかい！」

「ありませんな」

ベルウッドは堂々と頷き胸を張った。

「はぁ～、孫娘の恋すら応援できない哀れな婆さんに、少しはサービスしようという気はないのかい？　あまり欲をかくと、足を掬《すく》われるよ！」

セシリアは、口元を綻《ほころ》ばせて笑った。

「お館様は、欲張りがお好きなのでしょう？」

そう言って夫と共に踵《きびす》を返した。

モーセの海割りの如《ごと》く人並みが分かれていく。

ベルウッドはさりげなく、通り道の台に置かれているパンを右手に掴《つか》んだ。

◆

定期総会の後。

迎賓館から侯爵邸へと場を移したメリアは、付き従っている家令を怒鳴りつけた。

「ジルドと、ニックスの奴は待たしてあるね？　今すぐ呼びな！」

程なくして二人が現れたのち、メリアは手に持ったロヴェーヌ夫妻に関する調査報告を握《にぎ》り潰《つぶ》して、まず情報部の責任者であるジルドへと笑いかけた。

「セシリア・ロヴェーヌは、おそらくは庶民出身の、夫を立てる控えめな、少女のように笑う、気立てのいい美人。あんたはそう私に報告したね？」

メリアは返事を待たずに笑顔を掻《か》き消《け》した。

「どこがだい！　あれは王の器だよ！　二〇年前に存在を知っていたら、どんな手を使ってでもドラグーン家で養子にとって、私の後釜《あとがま》に据えただろう。これ以上私に恥をかかすなと命じたはずだが、あんたの目は節穴かい⁈」

平伏するジルドは答えられない。

だがロヴェーヌ家が注目を浴びてから、セシリアは一度も公の場に姿を出していない。ゾルドのスカウトへの仲立ちも、全て子爵本人か、もしくは長子のグリムが行っている。自然過去の情報を調査し推測するよりほかなく、その責任を問うのは酷というものだろう。

家令は、これらの点を考慮して、主人を取りなした。

「恐れながらお館様。情報部の報告書のバックデータには私も目を通しました。領民への聞き込みから察するに、おそらく他領で育ったかの夫人はロヴェーヌ家に嫁いだ後、目立ったエピソードは何もなく、社交の場では夫を立て、発言する事もほぼなかったという点は、証言からも今日の様子からも、まず間違いはないでしょう。問題は嫁ぐ前ですが……過去四〇年にわたり王立学園を始め、王国中の上級学校の記録を抜かりなく調べ上げておりますが、当人と合致する情報はありません。国外からこの王国の貴族家へ嫁いだのであれば、記録が残っているはずですが、それもありません。となると、家庭の事情で幼年学校から進学していない庶民。そう推察した情報部の判断は妥当と判断いたします。もちろん、あれだけの気品を見せられた今となっては、その説は大いに疑問ですが。おそらくは、訳あって上級学校へと進学しておらず、かつ生家から存在を消された元貴族。それも、それなりの家格ではないかと愚考いたします。なぜあれほどの人物がそのような生い立ちを持ち、あのような田舎子爵家の夫人に甘んじているのかまでは分かりかねますが……。まだ、かの家が注目を浴びて二ヶ月と少し。どの陣営でもこれ以上の情報収集は不可能でしょうし、むしろここでドラグーン家だけがセシリア・ロヴェーヌに直《じか》に接触できたのは僥倖《ぎょうこう》でございましょう。今日の総会であった事について、箝口令《かんこうれい》を敷かれたのは流石《さすが》の御英断でございます」

メリアは『ふんっ』と言って椅子に腰掛けた。

「あれだけの人数だ。箝口令なんて気休めさ。すぐに漏れるよ。ニックス……アンタだけはあの夫婦に何か感じていったようだったね。あれほど息巻いていたくせに、借りてきた猫のように大人しくなりおって。感想を聞こうか」

「……まずロヴェーヌ子爵ですが、初めわしがあの呑気者を出迎えて、開口一番怒鳴りつけて槍《やり》をその額へ刺し向けた時、あやつは呑気な顔のままで、瞬《まばた》き一つしませんでした。聞けば、殺気の質が偽物だと。そこで、これはただの山師の類《たぐい》ではないと考えを改めて、注意深くその後の所作を見ておりましたが……武の才能が全くない、と言う本人の言葉は嘘ではないと思われます。……ですが、『常在戦場』の影響か、それとも夫人の影響かは分かりませぬが、わしのこけ威《おど》しなど意に介さぬほどの修羅場を潜《くぐ》っている事は間違いのないところでしょう」

メリアは手の中でくしゃくしゃになった報告書を、ニックスへと手渡した。

「……これはベルウッドの貴族学校時代の成績だよ。今思うと生命科学分野の成績だけが、目立って高い。これだけで断言はできないけれど、おそらくあやつは、特定の分野にだけ飛び抜けた頭脳能力を発揮する、いわゆる祝福《ギフテッド》されしものと呼ばれるタイプの人間の一類型だろうね。こう言うと聞こえはいいが、このタイプは、その頭脳能力の偏りから、社会性に問題を抱えている事も多い。腹が据わっているのは認めるが、私やあんたに怒鳴られても、子供が王立学園のAクラスに合格しても、なおぼけっとしていられるのは、生来そうした事に関心が持てない頭の構造をしているのさ。だから子供の王立学園入試の結果を、『クラウビア山林域の保護』という、自分の興味のある一面からしか見ていない。だが、子息はさして関心がない。普通なら、何とか子供が自分の望む方向に進むように誘導しようとするもんだが、ベルウッドはそうした事に力を使いたくても使えないのさ。あの歳《とし》になると、一定の社会性を身に付けているから分かりにくいが、学生時代の論文やエピソードを調査させれば判断がつくだろう。まぁあやつの事はいい。誰かが気がついて、その能力をうまく発揮させてやらないと、社会で活躍できる人間じゃないが、私がうまく使ってやればいいだけだからね。セシリアをどう見た？」

ニックスは今日のベルウッドの様子を思い出した。

確かにお館様の前でテーブルに突っ伏すなど、『呑気者』などという言葉で片付けていいレベルを超えている。

そしてその妻は――

「……同じ武人として、底が知れませぬ。初めベルウッドの奴が、パン屋の娘に鼻の下を伸ばしたとかで、他愛《たわい》のない夫婦喧嘩《ふうふげんか》の様相で殺気を滲《にじ》ませておりましたが……その時点からどこか底知れぬものを感じておりました。そして――妻がロヴェーヌ家を糾弾した時……ロヴェーヌ子爵夫人は気配を消しておりました。心臓の鼓動すらも止めておるのではと思うほど、その顔色を真っ白に染めて、普通はただ息をするだけで漏れるはずの魔力の残滓《ざんし》が一切ありませんでした」

ニックス・フォン・アベニール伯爵は、その時のセシリアの雰囲気を思い出し、その背をぶるりと震わせた。

「……器のほどは私には測りかねますが、『武』という面では、あの場にいたどの人間とも隔絶した力があった事は、間違いありませぬ。わしは、あの場でこの夫人が万一暴れ出した時、お館様を無事脱出させられるのかと、その事ばかりを考えていた次第です」

「妙に顔色が悪いと思ったらそういう訳かい……その殺気はわざと見せられたね。これまで夫の陰に隠れていたが、子息の王立学園合格で、もう隠すのは難しいと判断したか……。いずれにしろ今日の総会で、一悶着《ひともんちゃく》あるのは目に見えていたからね。あんたを気持ちの面で抑えて、少しでも有利に進める狙いがあった事は間違いないだろう。必ずしも『武』である必要はないが、実力のない者に器は育たない。あの器に相応《ふさわ》しい実力があるのは間違いないね。ジルドは国内の貴族家、特に武門の家を徹底的に洗いな。ロヴェーヌの鍵《かぎ》は、セシリアにある」

「はっ！」

「後はそうだね……。ロヴェーヌ家の次男、名前はベック・ロヴェーヌとやらが、ドラグーン地方軍に所属しているって話だったね。ニックスのところへ動かすから、あんたが直に見定めな」

「畏《かしこ》まりました」

「まったく、揃《そろ》いも揃って型破りな事ばかりして、『謙虚・堅実がロヴェーヌ家のモットーです』とは……。私をバカにしてる訳じゃないよね?!」

このメリアの質問には誰も答えなかった。

始まりの五家《オリジナル・ファイブ》

とある休日の朝、日課に従い正門までジョギングで行くと、そこにはゴドルフェンが立っていた。

「おはようございます、ゴドルフェン先生。どうしたんですか？　こんな朝早く、こんな所で」

「いやなに、一線を退いたから仕方がないとはいえ、毎日毎日会議会議で流石にうんざりしてきてのぅ。たまには若者に交じって基礎鍛錬でもしようと思い立って、こうして走り出す皆の顔を見ながら、お主を待っていたのじゃ。同行しても構わんじゃろ？」

「ええ、もちろんそれは構いませんが……。先生は学校以外もお忙しそうですものね」

俺たちは、学園の外周を時計回りに走り出した。

ゴドルフェンは騎士団や王宮でも仕事があるらしく、午前の授業が終わった後は、学校外へと出ていく事も多い。

噂《うわさ》によると、職員室の特注ソファーで仮眠を取るだけ、なんて日も結構あるらしい。

とてもではないが国の重鎮の生活とはいえないだろう。

「生徒らには、不便をかけて申し訳ないの。お主にも説教されたし、この部活動にも早く顔を出したいとは考えてはいたのじゃが……。歳を取ると馬力がなくなっていかんの。Aクラスの生徒は毎朝の実技を見ておれば大体の事は分かるし、マネージャーたちが纏《まと》めてくれておるレポートのおかげで、部員の進捗《しんちょく》は毎日見ておるから、この部活動の事は心配はしておらんがの」

「いえいえ。毎朝のホームルームには、欠かさず顔を出してくれてますし、悩みがあればすぐゴドルフェン先生に相談できる、というのはとてもありがたいですよ」

そんな他愛もない雑談をしながら、半周ほど走ったあたりから、徐々に坂道部の部員たちを追い抜かし始める。

ゴドルフェンの課題をクリアした今、部員たちにパワハラワードを掛けながら走る事もほとんどなくなった。

もっとも、『名誉監督の野次がなければ気合が入らない』、なんて言ってくるM体質の部員もいて、そういう奴らにはとりあえず適当な罵倒《ばとう》文句を掛けていたりもする。

俺はこの四ヶ月で、この学園の外周を一時間と少しほどで回れるようになっていた。

部員で俺のペースについてこられる奴はいない。

いや、正確に言うと、魔力量に物を言わせてゴリ押しすればライオだけはついてくるが、肝心の魔力操作の鍛錬が疎《おろそ》かになるので、ライオは自粛しているようだ。

「……先生でも、魔力圧縮をしながら走るのは無理なのですか？」

ゴドルフェンの魔力操作の練度は流石で、必要最低限の魔力消費で、俺のペースにも楽についてきている。

だが、目に魔力を集中して魔力の流れを見ながら走ると、ゴドルフェンが魔力圧縮をせずに走っている事が分かる。

ゴドルフェンはこの俺の質問には答えず、意外な事を質問してきた。

「……お主は、始まりの五家《オリジナル・ファイブ》を知っておるかの？」

始まりの五家。

それはこの大陸で最も古い歴史を持つという、五つの貴族家。

このユグリア王国が建国されるよりもはるか前からこの大陸に君臨していたという。

現在この大陸にある貴族家は、全てこの五家のどこかの流れを汲《く》むとされており、まぁ日本で言うところの源平藤橘《げんぺいとうきつ》みたいなものだ。

長い時の流れにより、流石に往時の権勢を現在も保持していると言える家はあまりないが、北の帝国を支配するロザムール家などはこれに当たる。

そして、このユグリア王国にも、始まりの五家に当たる貴族家は存在する。

「ええ。北のロザムールや、王国貴族なら『落日の侯爵家』が、それに当たると聞いています」

俺が頷《うなず》くと、ゴドルフェンは続けた。

「そうじゃの。その誇り高さから、独自の教育理念を崩そうとせず、当主一族は代々王立学園への入学を拒み、また近い血族関係にある貴族間での婚姻を繰り返しておる事もあって、徐々にその権勢を失っておるとされる『落日の侯爵家』、ドスペリオル家。だが今なお、その当主一族がこの国へ送り出す、身体強化魔法の才に溢《あふ》れた人材と、門外不出の技術には、この王国はもちろん、大陸中の国々から畏怖《いふ》と敬意を持たれておる」

ゴドルフェンはそう言って言葉を区切り、何かを思い出したように顔を顰《しか》めた。

「わしはの。先の戦争で一人の親友を失った。ドスペリオル家の当主であった、『バルディ・フォン・ドスペリオル』。その親友が死する事になる戦地の、とある野営地で、ふと慰みに教えてくれたドスペリオル家秘伝の技術に、お主がやっておる瞬間魔力圧縮があった」

ゴドルフェンはじっと俺の顔を見た。

「……母上は訳あって生家との縁を絶っているそうです。あまり触れてほしそうではなかったので、その理由までは聞いていませんが。特別な技術として教わった訳ではないのですが、そんな秘伝を部活動で教えたりしたのは不味《まず》かったですかね……？」

だってそんな特別な技術だなんて思わなかったし！

「ふぉっふぉっふぉっ！　まぁ大丈夫じゃろ。顧問であるわしも、バルディから教えてもらっておるしの。それに其奴《そやつ》に言わせると、『瞬間魔力圧縮はドスペリオル家の基本にして奥義。真似《まね》しようと思って真似のできるものでもない』との事じゃ。実際、才のないわしには、何年鍛錬しても不可能じゃった。王国中の才能をかき集めておる同窓生たちも、苦戦しておるじゃろう。その鍛錬自体は無駄にはならんが、おそらく習得できる者はごくごく一部になるじゃろうの。お主こそよかったのか？　母親の生家の秘密を、あっさり認めてしもうて」

確かに、瞬間的に魔力を溜《た》め戻す技術は、俺が考えていた以上にハードルが高いらしい。

俺がAクラスのクラスメイトに説明してから四ヶ月ほど経《た》ったが、その前段階の身体強化のオンオフの精度を上げる事に、ほとんどの者は四苦八苦しており、どうにか魔力圧縮に着手できているのはダンとステラだけだ。

だが、一向に習得できる気配がない。

ライオなどは、魔力量に恵まれすぎて、逆に細やかな魔力操作を要する身体強化のオンオフの練達に、他の人間よりも苦労している。

まぁ、あれだけの魔力量があれば、それほど細かな技術が必要だとも思わないが。

「秘密というか……。何となく言わないようにしているだけで、特に口止めされている訳ではないので、大丈夫だとは思いますが……。母方の親類とは、一度も会った事がないですし。でも念のため、聞かなかった事にしていただけますか？　酔っ払った親父が普通に喋《しゃべ》っていましたが、母上はあまり昔の事を話したがりませんし、何だか嫌な予感がするので」

「ふぉっふぉっふぉっ。あれほど無防備だった田舎《いなか》の小僧が、少しは学んでおるようじゃの。……あまりに出る杭《くい》は打たれる。そのうちにどこかから漏れるとは思うが、わしも今はまだその話は胸の内にしまっておく方が賢明じゃと思う。わしも、今の話は聞かなかった事にしよう」

「そりゃこれだけ痛い目に遭えば学びもしますよ……。ありがとうございます」

じじいの課題の話が大袈裟《おおげさ》に漏れたのが、一番話をややこしくしたんだけどな……という突っ込みを、俺は呑《の》み込んだ。

◆

ゴドルフェンは、坂道ダッシュもきっちり俺と同じ本数をこなして、寮にまでついてきた。

休日にこの寮の皆がどのように生活しているのか、その目で見たいらしい。

「ふむ。お主は涼しい顔でやっておるが、やはりかなりの強度じゃの。お主が三年になる頃には、わしはついていけなくなりそうじゃ。しかし、ふ〜む。ここは変わらんが、わしがおった当時の陰《いん》鬱《うつ》な雰囲気が嘘のようじゃな」

「「おはようございます、ゴドルフェン先生！」」

寮へと帰ってきた俺とゴドルフェンを、寮の前庭で素振りをする、多くの寮生が出迎えた。

だが、挨拶《あいさつ》の後は心を乱す事なく、個別に剣や槍《やり》などの武器を持ち、一心不乱に振っている。

俺にとっては毎朝の当たり前の光景だが、ゴドルフェンは感銘を受けたようだ。

「先生もこの寮にいた事があったのですね。俺としては、こんなに人が増える前の、静かな寮の方が気に入っていたのですが……」

俺は寮の玄関に最近設置された、それぞれの武器を立て掛けているラックから木刀を取り、いつも通りきっちり三十分素振りをした。

何か思うところでもあったのだろうか。

ゴドルフェンは、近くで座禅を組んで、一言も言葉を発さずに皆の素振りを見ていた。その目は過ぎし日を丁寧に追憶しているように見えた。

閑話　五十年ぶりの一般寮

前庭での素振り後、俺とゴドルフェンは食堂へと入った。

食堂では、数人が慌ただしく配膳《はいぜん》を手伝っていた。

この寮はいきなり爆発的に人数が増えた。なのでとても従来の体制では寮の運営が回らず、仕方なく俺が大変そうなソーラの朝食の配膳や片付けを手伝っていたのだが、それを見た寮生たちが自発的に手伝い始めた。

今も特に当番などはない。それぞれが自分で判断して、食事の配膳などの寮を回すために必要な手伝いをしている。

これだけの生徒を抱えている寮だ。

追加で人を雇えるだけの、ある程度の補正予算を付けられ、実際何人かスタッフも入ったのだが、貧乏性の抜けない俺が、そんな事に金を使うのなら、可能な限り食材と研究に金を使ってほしいと主張した。

その事をなぜか皆が知っていて、スタッフの拡充は最低限に留《とど》め、足りない人手は自分たちの手や工夫で賄う今の形に落ち着いた。

「いやはや、大したものじゃ。王国騎士団でも、野営にシェフを同行させろ、我々は戦闘に集中すべきだ、などという腑《ふ》抜《ぬ》けた事を言う輩《やから》は後を絶たんが、ここの寮生たちは心配なさそうじゃのう。戦場で野営地を強襲された時、戦力外の人間がいる事が、どれほど全体の足を引っ張るか……。いくら口で説明しても、痛い目に遭った事のない者には、真の意味では伝わらん。じゃが、ここにおる生徒たちは、嫌な顔ひとつせずに自分たちで食事の準備をしておる。それなりに身分の高い者も多いじゃろうにのぅ」

ゴドルフェンが嬉《うれ》しそうに目を細めていると、ソーラがキッチンから顔を出した。

「誰かと思ったらゴドルフェンかい？　五〇年も昔にこの寮を卒業したっきり、一度も顔を出さなかったあんたが、どういう風の吹き回しだい？」

ソーラさん、五〇年も前からこの寮に居るのか……。

というか、今一体何歳なんだ？

「これはソーラ女史。わしにとってここは、屈辱に塗《まみ》れた記憶しかない、嫌な意味で思い出の地でしたからのう……。正直二度と足を運びたくなかった、というのが本音でしてのう。……じゃが、こやつらの輝いた顔を見て、ようやく過去の未熟な自分と向き合う気になりましてな。こうして中まで入ってきて、女史の顔を見よう、という気になりましての。すっかりご無沙汰《ぶさた》して、申し訳ありませんでしたの」

そう言って、ゴドルフェンは頭を下げた。

それを見たソーラは一瞬だけ感極まったように目を細め、しかしすぐ意地《いじ》の悪い顔へと変えた。

「ひゃっひゃっひゃっ！　何が女史だい、いっぱしな口をきくね。上級生に虐められて、夜中に風《ふ》呂《ろ》で灯《あか》りもつけずに、膝《ひざ》を抱えて泣いていたのは、ついこの間のように思えるのに……。時が経つのは早いねぇ」

ゴドルフェンは、ニコニコと笑顔を浮かべたまま、額に青筋を立てた。

「はて、そんな記憶はありませんのぅ？　もうよいお歳《とし》じゃし、流石《さすが》の女史も耄碌《もうろく》されましたかな、ふぉっふぉっふぉっ。まぁ、進級時にクラスが上がって、二度とこの場所に足を踏み入れないと誓ったのは確かですがの。そういう意味で、この寮での苦い経験を含めて、全てが今のわしに繋《つな》がっておるということですのう」

「ひゃっひゃっひゃっ。あの『泣き虫ゴドル』が、言うようになったじゃないか。まぁいいよ。あの日、あんたが寮を出ていく時、その燃えるような瞳《ひとみ》で『俺は二度とここには戻らない。だからソーラさんとは今生の別れだ。世話になった』と言って立ち去った日の事は、はっきりと覚えているよ。この子は強くなった、これからも強くなると思ったもんさね。……あんたは長らく、この寮の希望だった。この寮で自信をなくしている奴《やつ》がいれば、あの『百折不撓《ひゃくせつふとう》』も、ここで悔しくてえんえん泣いて、それをバネに今はあの通り身を立てたと言って、この何十年、何人の子を励ましたかねぇ。ま、今この寮にいる子らは、優秀なのが多いから、あんたの泣きべそ話を聞かせてやる機会はないけどね。久しぶりに、朝飯でも食べていくかい？」

過去の恥ずかしい話を皆の前で暴露されたゴドルフェンは、顔を顰めつつ、『では久しぶりに頂いていきますわい』と言った。

本日の朝食は、口がひん曲がるほど苦い、グリテススネークの肝ソース焼きと、こぼしたミルクを一度雑巾《ぞうきん》で拭《ふ》いて、再びコップに絞ったような、危ない匂いのするミルクとパンだ。

「諸君らが毎朝、寮の朝食を喜んで食べておると聞いて、わしの記憶に歳を経るごとにバイアスがかかり、実際以上に不味かったと記憶しておるだけかと思うたが……。記憶の中の朝食より明らかに不味いの。このようなものを苦もなく食べるとは、諸君らは大したものじゃ。わしはとても食べきれんわい」

ゴドルフェンはほんの一口ずつオカズとミルクに口をつけて、ナイフとフォークを置いた。

そこで、無敵の男アルが、満面の笑みでこんな事を言った。

「ゴドルフェン先生！　あそこに貼ってあるのはアレンに教えてもらった、ゾルドさんの言葉です！　要は覚悟の問題ですよ！」

アルが指差した壁を見ると、でかでかと『心頭滅却すれば火もまた涼し』という言葉が額縁に入れられ飾られていた。

「ひゃっひゃっひゃっ！　お前には『常在戦場』の覚悟は無理かね。五〇年経っても、中身は泣き虫ゴドルのままとは、情けないねぇ？」

ソーラは、たちまちマッドサイエンティストの顔に変貌《へんぼう》して、ゴドルフェンを煽《あお》った。

生徒の面前で、はっきりと『お前に常在戦場の覚悟がないから食えないんだ』と言われたゴドルフェンは、再び額に青筋を立てて、ナイフとフォークを手に取った。

「わしが戦地で強襲を受けて、仲間と散り散りになって帰還した時など、一週間木の皮だけを食べながら命を繋いだものじゃ。それに比べれば、これしきの料理《敵》など、何程でもないわい」

「ひゃっひゃっひゃっ。食う気があるなら、先にあそこの魔道具の上に立って、ハンドルを握りな。食事前後のデータを簡単に比較できる」

「……なんじゃあれは？　見た事のない魔道具じゃが……」

ソーラが指差した食堂の隅には、俺が前世のヘルスメーターを参考にフェイに作ってもらった魔道具が置いてある。

寮生は、毎日食事の前後にあの魔道具で記録を取っている。

「あれは、僕がアレンに言われて開発した、筋肉量や魔力量、体内魔力循環、性質変化の流れのスムーズさなどを計測・記録できる魔道具だよ。効果の視覚化は、鍛錬のモチベーション維持に、ひいては成果に直結するとアレンがうるさくってね……。ソーラに監修してもらって、開発に三百万リアルもかけた力作さ」

……そんな高かったの？

◆

その後、戦場もかくやと思われる殺気を放ちながら、朝食を終えたゴドルフェンと、大浴場へと向かった。

「変わらんのぅ。うっぷ。この寮は、まるで時が止まったかのように、五〇年前わしがいた時のまじゃ。唯一違うのは、ここにおる生徒たちの、おえっ、目の輝きが違うというくらいじゃの」

ス～。

そう言ったゴドルフェンの足元を何かが通過した。

「……何じゃあれは？」

「え？　あぁ、あれは自動お掃除ロボのルンボ君ｖ３です。水と魔力さえ補給すると、掃き掃除と拭き掃除を勝手に二四時間してくれる優れものです。あれもフェイが作りました」

「……ロボ？　……大勢の人間の仕事を奪いかねんから、世に出す時は慎重にの」

「その辺りの匙《さじ》加減は、開発者のフェイに一任しているので心配していません。……先生は、ここは変わらないとおっしゃいましたが、環境の改善にはそれなりの工夫をしていますよ？　無駄に華美な装飾などは不要ですが、能率を上げる、という意味では現状に満足していませんからね。例えばこれから行く大浴場には、疲れを取るためにサウナを設置しましたし。いやぁ、あれの維持費が高くて、寮に新規で回された予算はほとんどなくなりました」

なぜ俺に寮の予算の使途に口を出す権限があるのかというと、副寮長だからだ。

元々、リアド先輩が名ばかり寮長をやっていたのだが、『忙しくて不在にする事が多いから、アレンに全部任せるよ』と言って補佐に指名され丸投げされた。

もっとも、寮の金で設備導入したのはサウナくらいで、後の細かなものは、全て魔道具研究部が開発したサンプルを使用している。

説明を聞いて、ゴドルフェンは目を見開いた。

「何と！　サウナを学園の寮に！　それは素晴らしいアイデアじゃ。わしは無類のサウナ好きでのう。近場にないから滅多に入らんが、ここにあるなら、たまにはこの寮に顔を出してもいいやもしれんのぅ」

そんな事を言いながら、俺たちは朝風呂《あさぶろ》へと向かった。

湯の温度は、日本酒で言えば『飛び切り燗《かん》』と同じ五五度と、草津人《くさつ》もびっくりの高温だ。

ちなみに俺は、朝はサウナに入らない。

筋肉疲労のピークに、体を回復させる目的で使うからだ。

「今日は休みですし、時間が許す限りゆっくりとサウナに入ってください」

そう言って俺は先に風呂を上がった。

ついさっき、ライオがサウナに入っていったし、案内は不要だろう。

◆

アレンが先に風呂から上がった後、ゴドルフェンは、年甲斐《としがい》もなく、ワクワクとサウナへと向かった。

このところ忙しく、学園に設置されている簡易シャワーを使うだけで、満足に湯に浸《つ》かる事もなかった。

このところの会議続きで、こりにこった全身の筋肉をほぐすいい機会じゃわい。

そんな事を考えながら、逸《はや》る気持ちを抑えて悠然とサウナへと歩み入ったゴドルフェンは、その温度に驚愕《きょうがく》した。

寒い……。

そのサウナは、ユーハラド山脈の氷竜討伐を想起させるほどの、途轍《とてつ》もない寒さだった。

「翁《おう》？　なぜここに？」

先にサウナに入っていたライオが、意外そうに眼《め》を瞬かせゴドルフェンに問いかけた。

「いやなに、皆がどのように日々生活しておるのか見ておきたくてのう。アレン・ロヴェーヌの朝のランニングに引っ付いて、ついでに寮の様子を見て回っておったのじゃよ。しかし……寒いサウナとは、また変わった趣向じゃのう」

そう言ってゴドルフェンは、とりあえずライオの斜め後ろの、上の段へと腰掛けた。

その瞬間、幾人かが『あっ！』と悲鳴を上げた。

何じゃ？

「翁……。このアイスサウナは、マイナス三〇度に設定されています。アレンが言うには、疲労回復と筋肉の成長には、アイシングが重要という事でして。そのように濡《ぬ》れた体で、タオルも敷かずに腰掛けると、床に尻《しり》が引っ付いて、立ち上がれなくなります」

ゴドルフェンは足に力を込めた。

確かに尻が床にピタリと引っ付いて、まるで立ち上がれない。

力任せに強引に立ち上がる事はできそうだが、尻の皮が剥《む》け、大流血する未来を予感させるほどの張り付きだ。

先にサウナに入っていた一人の生徒が、慌てて外へ飛び出し、浴槽から湯を汲《く》んできてゴドルフェンの尻にかけた。

シューという音と共に、ゴドルフェンの尻は床から離れた。

「初めての人は皆同じ事をしますから。しっかり体を拭いて、タオルを敷いてから座れば大丈夫ですよ。緊急時には、そこかしこにある赤いボタンを押せば、停止します」

「すまんの、ちと迂闊《うかつ》すぎたようじゃ」

ゴドルフェンは素直に謝って、だが温泉やサウナが豊富なヴァンキッシュ領で鍛え上げげた、一流サウナーを自負する、そのプライドに火をつけた。

◆

サウナに入る男には、二種類の人間がある。

自分と戦う男か、他人と戦う男かだ。

ゴドルフェンは後者であった。

だが、この手の人間が意地っ張りであった場合、そしてたまたま同質の人間が同じタイミングでサウナに入った場合、悲劇を生む事があるのは、異世界も地球も同じだ。

ライオはゴドルフェンより少しだけ先に、このアイスサウナへと入っていた。

すでにゴドルフェンより先にサウナへと入っていた生徒は、ライオを除き全て入れ替わっていた。

ゴドルフェンは、今の時点で歯の根が噛《か》み合わないほどに体が冷え切っていたが、自分より先に入っていたライオがまだそこに座っている以上、自分が先に出るという選択肢はない。

そして何より、ライオは黙然と目を瞑《つぶ》って耐えているが、明らかにゴドルフェンを意識していた。

『今日の目標』を、ゴドルフェンが出るタイミングに設定している事は、火を見るよりも明らかだ。

その足はガタガタと震えており、唇はおろか、その耳などの末端部分も青紫色に変色している。

いかんのう……。

ライオはもう凍傷寸前じゃ。

どれだけ意地っ張りなんじゃ……。

ここは先に入った自分が先に出て、先輩サウナーである、わしを立てるところじゃろうが！

しかも足先に感じている感覚からして、どうやら下の段の方が冷える。

上の段に腰掛けている、一流サウナーのわしが、先に出られる訳がないじゃろう！

そんな事を考えていたら、ゴドルフェンは眠気を感じ始めた。

いかん……寝たら死ぬ。

ここは大人の駆け引きを使ってでも、前途ある若者が取り返しのつかない傷を負う前に決着をつけねば。

そう考えたゴドルフェンは、おもむろに立ち上がって『ん～』と伸びをすると、出口のドアへ向かって悠然と、一直線に歩いた。

とうに限界だったライオは、やっと出るのか、といった体《てい》で、ゴドルフェンに続いて立ち上がった。

と、そこでゴドルフェンは、はたと足を止めて、ドア前のスペースでアキレス腱《けん》を伸ばし始めた。

そして、もと座っていた場所へと再び腰掛けた。

ゴドルフェンについて出る体で立ち上がっていたライオは、驚愕の顔で一人その場で立ち尽くした。

ふぉっふぉっ。

この程度の基本的なフェイントに引っかかるとは、まだまだサウナーとして修業が足らんの、ライオ。

ゴドルフェンは心の中でほくそ笑んだ。

だが、ライオはその青紫色の唇をニヤリと歪《ゆが》めた。

そして、その場で屈伸を始め、何事もなかったかのようにもと座っていた場所へと腰掛けた。

馬鹿な！　どれだけ負けず嫌いなんじゃ！

「……二人とも、馬鹿な意地張ってないで早く出たら？」

たまたまその場に居合わせたココが声をかけたが、二人は黙然と目を瞑ったまま、その言葉には返事をしなかった。

そして三〇分後、タオル一枚を腰に巻いた二体の冷凍マグロが、ジュエの前に転がされたのであった。

3章　取るに足らない探索

夏休み

「さて、諸君らは明日から二ヶ月ほどの夏休みじゃ。本来は休みの間、気を緩ませすぎぬように引き締めを行うのがセオリーじゃが……学園入学から四ヶ月強。最初のオリエンテーションの時と比べ、ここにいる誰もが、見違えるほど引き締まった、いい顔をしておる。ふぉっふぉっふぉっ！　心配する事は何もないの。後期は林間学校など、前期で培った能力を現場で発揮できる場が数多くある。皆がどのように休暇を過ごし、どのような顔つきでこの教室に帰ってくるか、今から楽しみで仕方がないのう。健康や事故には注意する事。以上じゃ」

一年前期最後のホームルームが終わり、俺たちは夏休みへと入った。

ちなみに、一年前期の成績を上から二〇位まで並べると、総合順位はこんな感じだ。

Ａクラスの生徒が独占している。

1　ライオ・ザイツィンガー（ライオ）
2　ダニエル・サルドス（ダン）
3　フェイルーン・フォン・ドラグーン（フェイ）

4 ベスター・フォン・ストックロード（ベスター）
5 ジュエリー・レベランス（ジュエ）
6 シャルム・ハーロンベイ（シャル）
7 ケイト・サルカンパ（ケイト）
8 ステラ・アキレウス（ステラ）
9 アレン・ロヴェーヌ
10 ルドルフ・オースティン（ドル）
11 マーガレット・ステアー（マギー）
12 アルドーレ・エングレーバー（アル）
13 ココニアル・カナルディア（ココ）
14 レジーナ・サンハート（レジー）
15 ピスケス・ラヴァンクール（ピス）
16 エレナ・イスカンダル（エレナ）
17 パーリ・アベニール（パーリ）
18 ソフィア・ブランシュ（ソフィー）
19 ベルド・ユニヴァンス（ベルド）
20 ラーラ・フォン・リアンクール（ララ）

俺は入学時の総合順位七位から二つ落として九位だ。

騎士コースでは四位のままとなっている。

授業は真面目に聞いているが、試験のための勉強などをする気はないから、これからも徐々に学科の成績は落ちていくだろう。

ちなみに興味のある魔法理論の成績は、めちゃくちゃ勉強しているので断然トップだ。騎士コースでそんな奴《やつ》は過去にもいなかったらしいが……。

まぁそんな事はどうでもいい。

夏休み……何と心躍る響きだろう。

ゴドルフェンは、何やら全員が真面目に鍛錬や勉強をするのが当然のような事を言っていたが、もちろん俺は遊びまくる。

これまでは学園があったので、何泊も必要となるような長期の予定が組めなかったのだ。

この機に、一人旅をするつもりだ。

目的地もすでに目星をつけている。

出席必須《ひっす》とされている騎士団の仕事があるので、流石《さすが》にずっと王都を離れている訳にはいかないが、充実した夏休みにしてみせる！

そして、そのために重要なのは――

「アレン？　今日こそ吐いてもらうよ？　これまではいくら聞いても、『予定は未定の風任せ』なんてはぐらかして、そのくせ僕たちの誘いを全部きっぱりと断ってきたけれど、まさかそんな子供みたいなわくわくとした顔をして、予定が何もないなんて見え透いた嘘が通る、だなんて思っていないよね？」

――こいつらを、何とか振り切る事だ。

俺は自由気ままな一般人として、アクシデントなどに見舞われながらこの王国を旅したいのだ。

糞《くそ》目立つ大金持ちのこいつらと旅行などしては、どこに行くのも顎足《あごあし》付きで、特別扱い間違いなし、お付きや警備に囲まれて、アクシデントなど起こりようもない。

まだ庶民感のあるアルやココと、学生らしく目的のない旅をするなどの企画ならいいが、俺の行き先を誰かに漏らしたら、確実に面倒な奴らがセットで付いてくる。

「この場からの脱出を企んでいる顔をしていますね……」

ジュエが俺の心中をズバリ言い当てた。読心術か……？

フェイが一歩俺に近づく。

俺はすかさず間合いを取った。

まずいな……。

このゴリラ女に一度手首を拘束されたら脱出が不可能な事は、過去の苦い経験によって、すでに立証されている。

「アレンはいるかな？」

と、そこで実にタイミングのいい事に、廊下から俺を呼ぶ声がかかった。

しかもその聞き覚えのある声は……。

「リアド先輩！」

教室の入り口から、敬愛しているリアド先輩が、俺を呼んでいた。
◆

「やぁ友達とお話し中に悪いね。夏休みの予定の打ち合わせかな？　実は、アレンにお願いがあって来たのだけど……。忙しい君の事だ、夏休みの予定はもう埋まってしまったかな？」

「先輩が俺にお願いですか？　もちろんＯＫです！　夏休みの予定もがら空きで、何もありません！」

後ろからジトッとした視線を感じるが、無視だ無視。

「あはは。お願いというよりは、探索者としての依頼だから、内容を聞いてから決めてくれていいよ」

そう言って先輩は、依頼内容を説明してくれた。

王都から魔導列車と魔導車を乗り継いで半日ほど。そこから森を分け入った場所に、とある滝がある。

その滝の壁面には、先輩が発見した新種の魔苔《まこけ》が群生している。

魔素由来の薬の吸収効率を劇的に高めるその魔苔は、上級薬の素材として秀逸だが、生育速度や、群生している場所が他にもあるのかなどが不明であるため、年に二回、生育状況を確認しながら、少しだけ採取して実家に卸していたそうだ。

だが、実家の蓬莱《ほうらい》商会は、近頃上客向けの高級薬の素材の入手に難航しているらしい。

その主な原因は、西の大国ジュステリアからの素材の輸入量が急減しており、問題が解消する目処も立っていない。

仕方がないので市場に流通させるつもりはまだないその魔苔を、生態系に悪影響を及ぼさない範囲で調達して、実家に卸す量を増やすようだ。

だがその道程は、今の季節は特に魔物が手強《てごわ》く、その数も多い。

自分一人では安全確保に不安が残るし、うまく狩っても一人では魔物素材を持ち帰る事もできない。

かといって、見ず知らずの護衛や運び屋《ポーター》を雇うと、魔苔の群生地の情報が漏れて乱獲されかねない。

「そこで、秘密を守れて腕も立つアレンに協力してもらえないかと考えたのさ。探せば他にも頼れる人がいなくもないのだけど……。アレンには、何度も探索に誘ってもらっていたのに、忙しくてずっと断っていたしね。旅費や必要経費はこちら持ち。報酬は確定分で六万リアル。それ以外の、魔苔を除く素材……途中で入手した魔草や魔物素材なんかの分配は折半と考えていたけど、どうかな？　受けてもらえるなら、アレンに協会を通じて指名依頼を出すけど」

どう、も何もない。

めちゃくちゃに面白そうな仕事だし、報酬もいい。

俺である必然性はないだろうに、わざわざ俺を頼りたい理由を作って誘ってくれるあたり、相変わらずできる男の配慮に溢《あふ》れている。

「もちろんOKです！　わざわざお声掛けいただきありがとうございます！」

俺は即座にOKを出した。

「やっと夏休みらしくなってきたね？　本当はドラグーン家の別荘に連れてこいと侯爵《おばあさま》に口うるさく言われているのだけど、とりあえずそのキャンプで手を打つよ。あ、アレンの野営テントは僕が用意するね？　二人用で、入り口を閉めると外からは中が見えない、防音魔道具を付けた特別なやつを、ね」

「ほう。手強い魔物が大量に出現とは、興味をそそられるな。俺も同行しよう。信頼のできる運び屋を十人ほど家から用意する。どちらがより多く魔物を狩って稼げるか、勝負だな」

フェイとライオは目を開けたまま寝言を言った。

「俺と先輩は今、探索者としてビジネスの話をしているんだ。お前らみたいな素人《しろうと》が、遊び気分で首を突っ込むほど探索者の仕事は温《ぬる》くない！　ね、先輩？」

「え？　自衛できるだけの腕さえあれば、僕は別に——」

「断固反対だそうだ！　きちんとライセンスを持っているプロと、協会を通じて契約をする。それがプロの探索者が持つ矜持《きょうじ》だ！」

俺がクラス中に響き渡るような大きな声でそのように宣言すると、ジュエがフェイとライオを押しのけるようにずいと前に出た。

「ふふふっ。残念でしたねフェイさん、ライオさん。それではアレンさんの寝具は、Dランク探索者の私が用意します。もっとも、私はフェイさんのように持ち運び可能な野営テントも高性能な防音装置も持っていません。二人がやっと入れる小さな寝袋になってしまいますけどねっ」

ジュエのバカげた妄想を聞いて、フェイがネコ科の肉食獣のような目をランと見開く。

「……一体いつの間に探索者登録なんてしたのかな？　抜け駆けは良くないと思うけど」

「あら、抜け駆けなんて人聞きが悪いです。私は純粋に、探索者活動に興味があって探索者登録をしただけですのに。よろしくお願いしますね、アレンさん」

「いつ出発するのかな？　僕は三時間以内に探索者登録をするよ。それなら問題ないよね？」

こいつら本当に忙しいの？

俺はガックリと肩を落とした。

「問題ありありだ、アホども。形だけ登録なんてしても、お前らがお話にならない素人である事には変わりがないだろう。安全が確保されている学園内での訓練とは訳が違う。いくら腕が良くても運が悪ければ死ぬんだぞ？　秋には林間学校もあるのに、未《いま》だ探索者登録もしていないお気楽な奴らなど連れていけるか。悔しければ、きちんとライセンスを取得するのはもちろん、相応の実戦経験を積むんだな」

俺がそのようにはっきりと拒絶すると、ライオが反論してきた。

「実戦経験が皆無というのは心外だな。俺は学園に入学する前からそれなりに、レベルの高い魔物が出る地域で訓練を――」

「家庭教師に連れられて、安全を確保された環境での訓練の多寡など聞いていない。それともその訓練とやらは、死んでもおかしくない環境に、相応の目的を持つプロとして、自分の意思で飛び込んだのか？」

俺がそう言って首を傾《かし》げると、皆は沈黙した。

と、そこでおずおずとココが手を挙げた。

「僕は同行していいかな？　自衛はできるつもりだし、例の魔道具を試したい」

「おっ！　じゃあ俺も実家に帰るつもりだったけど、一緒に行こうかな。何日くらいかかる予定なんだ？」

「あぁ、ココやアルは、何度か探索者活動も一緒にして、相応に経験を積んでいるから俺は別に構わないが……」

　そう言って俺はチラリと先輩を見た。

「アレンが大丈夫だと判断するなら、もちろんＯＫさ。大体行きに二泊、帰りに二泊、予備で一泊で長くても五泊六日ほどの行程を見込んでいるよ。ただ、報酬はどうしようか？　流石に三人に同じだけ出すのは少し予算オーバーかな」

「先程の条件でいいですよ。俺の取り分を三人で等分しますので」

「うーん……それだと流石にアレンたちが不利だね。じゃあこうしよう。固定報酬は約束通り六万リアルを支払うから好きに分配して。魔苔以外の素材の利益は四人で等分、で、どうかな？　僕としても手練《てだれ》が増えれば道中の安全度が増すし、持って帰れる素材の量も増えるからね」

　アルとココが頷《うなず》いたので、俺たちはこの条件で合意した。

「それで、集合時間と場所だけど」

　先輩がそんな事を言い出したので、慌てて制止した。

「ここから先はビジネスとして、関係者だけで話をするべきです！　見てください、あいつらのあの物欲しそうな顔を！　先輩だけが知る魔苔の情報を掴《つか》んで叩《たた》き売《う》る気ですよ！」

「え、いや、流石に王立学園でＡクラスに所属する生徒がそんな事――」

「万が一に備えるのがプロの探索者です！　さ、先輩行きましょう！　お前ら、くれぐれも跡をつけて、先輩の秘密の採取場所を暴こうなんて考えるなよ！」

　俺は先輩の背中を押して、教室を無事脱出する事に成功した。

　くっくっく。

こうやって釘《くぎ》を刺しておけば、流石にこいつらも跡をつけたりはしないだろう。

◆

アレンたちが教室を去った後――

「ぷっ。アレンは探索者活動を『小遣い稼ぎ』だなんて言っていたけど……思ったより強い拘《こだわ》りがありそうだね？　……僕はこれから探索者登録に行くよ」

フェイがそのように宣言すると、パーリが慌《あわ》てて止めに入った。

「ほ、本気ですか、フェイ様。探索者など所詮《しょせん》は食い詰めた者がなる便利屋です。ドラグーン侯爵家の跡取りであり、すでに多くの人間に指示を出す立場にあるフェイ様が、人に使われる探索者など……外聞が悪すぎるかと」

「ふふっ。パーリの言い分も分かるけど、僕はアレンの他の人間とは明らかに視点が異なる『先見性』に信頼を置いててね？　そのアレンが、僕たちの事を……この王立学園Ａクラスに通う僕たちの事を、お気楽だと……お話にならないと言っているんだ。正直言って、常識的な思考で考えるとパーリの言う通り遠回りになると思うよ？　卒業後に探索者になる、なんて子もいないと思うしね。まぁ後は個々の判断かな？」

フェイがいつもの通りにこにこ笑いながらそう皆を見渡すと、クラスメイトたちは唇を噛《か》んだ。

本物のBランク

翌朝。

昨日のうちに、探索者協会王都東支所で指名依頼を受託した俺たちは、王都中央駅で待ち合わせた。

「アレンは随分と探索者らしい格好になったね。流石ユグリア王国のBランク昇格記録を塗り替えた『猛犬のレン』だけはあるね」

先輩が俺の格好を見て、からかうように言ってくる。

俺が『レン』として探索者活動をしている事は、三人にはすでに話してある。

「ありがとうございます。全てあの日、先輩に同行して探索活動を経験し、先輩が協会を紹介してくださったおかげです。まぁ俺の昇格記録は、オジキ《会長》が面白がって上げただけなので、インチキみたいなものですけどね」

俺は近頃、王都の武具店、シングロード王都東支店の支店長であるルージュさんに相談して、装備を一新した。

まずハニーアントの巣の駆除でなくしたナイフの代わりに、刃渡り40cmほどの、同じバンリー社製のごくシンプルな短剣《ダガー》をベルトに差している。

解体、採取はもちろん、戦闘にも十分利用可能だ。切れ味を優先した分、少々メンテナンスは厄介だが、その扱いにくさも含めてかなりのお気に入りだ。

防具は特に不便を感じていなかったので変えるつもりはなかったのだが、ルージュさんに今のあなたには初心者用の防具では性能が低すぎると心配そうに言われ、短剣を差すベルト付きのベストが動きやすく、防御力も高くお勧めだというので、勧められるがままに購入した。

加えて、愛着があったので大変名残惜しかったが、ライゴの弓を卒業し、パルティアの弓という名の、複数の素材を貼り合わせて作られた合成弓《コンポジット・ボウ》へと替えた。

商売上手《じょうず》のルージュさんに、纏《まと》めて購入した方が割引が利いてお得、なんて勧められたからだ。まぁいつかは卒業するんだし、試射したところ、今の俺ならこちらの方が素の弓の実力を伸ばす鍛練にも適していると感じたから、後悔はしていない。

有効射程は200m、最長飛距離は600mほどと、弓の強さとしては約二倍になった。

その分多少扱いにくいが、ルージュさんがライゴと特性の似ているものを選んでくれたので、操作性は基本同じだ。

新装備を身につけた俺を見たルージュさんには、『Bランク探索者としては最低限の装備だけど、少しは格好良くなったわね、レン』なんて言われた。

俺がBランク探索者『レン』だという事は、シェルのおじきが手を回してくれたおかげでほとんど知られていないはずなので、なぜ知っているのかを不思議に思っていたら『探索者「レン」のファンですもの。こう見えて口は堅いのよ？　誰にも言わないから安心して』と言って、コロコロと笑っていた。

予算は三万リアルと中々頑張ったと思うが、お会計の時に近づいてきた副支店長のルンドさんが苦笑いしていたので、もしかしたらこれでもかなりサービスしてくれたのかもしれない。

俺たちは朝一番の魔導列車へと乗り込んで、目的地、ダイヤルマック地方の都市、ロブレスを目指した。

◆

ダイヤルマック地方領都まで魔導列車で八時間。

そこから魔導車を借り切ってさらに四時間。

俺たちは地方都市ロブレスへと来た。

近くの密林や草原は資源が豊富で、中堅探索者を中心に、かなりの人がこの都市で活動しているそうだ。

「まずは探索者協会の支部に顔を出しておこう。危険な魔物の出没情報なんかがないか確認しないとね。ついでに魔物素材を持ち帰るための保存ザックを借りて、入手した魔苔《まこけ》以外の素材は、ここで売り捌《さば》く。用が済んだら今日は宿を取って早めに休もう。明日は夜明け前に出発するよ。皆異論はないかな？」

「分かりました」

リアド先輩にそう問われ、俺たちは頷いた。

レンタル可能な保存ザックは、冷蔵、防腐、防臭などの効果がある。探索者にとってはごく一般的なザックで、リヤカーを持ち込めない密林など、道の悪い場所の探索に利用される。

ココがリーダーを務める探索者パーティ『パーティ・ナイト』もよくお世話になるアイテムだ。

標《しるべ》となる先輩がいると、やっぱり安定感が違うな……。

……いつかこんな風になりたい。

そう思わせてくれる先輩がいるありがたみを、俺はひっそりと噛み締めた。

◆

探索者協会ロブレス支部は、王都とは異なり、いかにもな雰囲気を醸し出す木造の建物だった。

俺は何が起こるのかと、ドキドキとしながら戸をくぐったが、見ない顔の余所者《よそもの》のガキを、値踏みするような視線が一斉に集まる――なんて事はなく、俺たちは普通に受付へと辿《たど》り着《つ》いた。

それなりに大きな町で、王都も近いので、余所者なんてひっきりなしに来るのだろう。

まぁ大事な先輩からの依頼の最中だ。

無難に過ごせるのなら、それはそれでいい事だ。

血の気の多い馬鹿に絡まれて、たちまち喧嘩《けんか》になる展開は、王都ですでに嫌になるほど味わったしな。

「こんにちは～。僕たち王都から来て、南の森に採取に行こうと思っているのですが、何か手頃な依頼はありますか？　ついでに中型の保存ザックを二つほど借りたくて」

受付に座っていた小太りのおばちゃんは、リアド先輩を見て笑顔になった。

「あら、探索者なんてやらしとくのは勿体《もったい》ない、いい男だね。南の森は今の時期、魔物が多くて強いから、色男と坊や三人じゃ無理だよ。悪い事は言わないから西の草原にしておきな。ユーク草やコペル草なんかは、今採ってきたら割高で買い取れるよ」

「あはは。こう見えてもBランク探索者なので大丈夫ですよ。はいライセンス。後ろの彼らもそれなりに使えますしね。それとも、いつもと違う危険な魔物の情報が何かある？」

おばちゃんはリアド先輩のライセンスを見て目を丸くした。

「こりゃ失礼したね。王都東支所のエース、リアド・グフーシュかい。いやぁ、噂《うわさ》通りいい男だねえ。うちの支部職員にも、リアド様ファンはいるよ。時期的に魔物が多くて強いってだけだから、リアド君が大丈夫だって言うなら大丈夫なんだろうね。何か依頼を受けていくのかい？」

「うん、保存ザックを借りたいから依頼を受けようと思うんだけど、今回の探索の目的は別にあるから、それほど難易度が高い依頼を受けるつもりはないんだ。彼らが依頼を受けるから、ＥかＤランクの適当な依頼はあるかな？」

リアド先輩がそう説明すると、おばちゃんは快哉《かいさい》の笑みを浮かべた。

「そりゃ助かるね！　この時期はニャップの森で取れる素材がどうしても不足しがちでね。履行保証のないＤランクの常設依頼扱いで取ってきてほしい素材のリストを渡すから、見かけたら採取してくれるかい？」

俺たちはこのおばちゃんの依頼を承諾した。

「いや、助かるねぇ。本来ならＤランクの難易度じゃないんだけど、素材価値的にそれ以上の値はつけられなくてねぇ。じゃあ早速ライセンスを出してくれるかい？　リアド君はＢランクだから除外されちゃうけど、あんたらはちゃんと実績になるようにパーティ登録しとくから。パーティ名は決まってるのかい？」

アルとココは言われるがままにライセンスを出した。

「パーティ名は、『パーティ・ナイト』」

「パーティ・ナイト？　そりゃ楽し気な名前だね。ふむふむ、アルドーレ君に、ココニアル君ね。その歳《とし》でＤランクって事は、やっぱりリアド君と同じ王立学園生だね？　大したもんだ。それであんたは？」

「あの、俺も不本意ながらBランクなので除外してください」

俺が嫌な予感を覚えながら、しぶしぶライセンスを出すと、おばちゃんはその目元を厳しく尖《とが》らせた。

「……あんたが職員の間で噂になってる『猛犬』かい？　けっ！　ところ構わず暴れ回るクソガキだって話だけど、この支部で問題を起こしたらすぐつまみ出すからね！　そんな奴《やつ》をBランクにするなんて、上層部は何を考えているんだか……。ちょっと腕っ節が強いからって、調子に乗るんじゃないよ！」

おばちゃんの怒声に、無関心だった探索者たちがヒソヒソと指を差す。

……だから慣例破りのBランク昇格なんてしたくなかったのに……。

とにかく釈明しなくては。

俺も行く先々の支部で、『レン様ファン』とか言われてチヤホヤ、とまでは言わないが、せめて普通に扱われたい。

「ご、誤解です！　私は決して自分から喧嘩を売った事など――」

「言い訳しても無駄だよ！　あんた初対面のシェル会長に、いきなり鉄パイプで殴りかかって、ぶっ飛ばされたんだってね？　その他にも探索者がたむろする酒場で、先輩探索者たちを問答無用でぶちのめした後、全額奢《おご》りで店中を巻き込んだ酒の飲み比べをした挙句、ハニーアントの巣の駆除で稼いだ十万リアルを一晩で使い切ったとも聞いたよ！　その歳でどんなならず者だい！　うちの支部長が、シェル会長から飲み屋で直接聞き出したって話だから、知らないとは言わせないよ！」

支部内の騒《ざわ》めきが大きくなった。

「あんのハゲ！　また酒のつまみに、都合よく切り取った面白話を広げやがって！」

俺は改めて、あのハゲをいつか泣かすと決意し、思わず殺気を漏らした。

「ひぃ！」

「……レンが探索者を満喫しているようで、何よりだよ。とりあえず、受付の人が驚いているから、殺気を鎮めてあげて？」

「あ、すみません」

俺が殺気を鎮めると、受付のおばちゃんは息を吐いた。

「ふう。早速馬脚を露《あら》わしたね。それにしても……。あのシェル会長でも制御できないって噂の『猛犬』を一言で抑えるとは、流石《さすが》はリアド君、いやリアド様だねっ！　やっぱり本物は違うねぇ」

小太りのおばちゃんは、芸能人に恋する乙女《おとめ》のような、うっとりとした声音でそう言った。

馬脚を露わしたとは実に心外だが、俺は新たなリアド様ファンの出現に気を良くして、笑顔で告げた。

「リアド先輩には頭が上がりませんからね！」

恋する乙女は急にただの小太りのおばちゃんに戻った。

「けっ！　せいぜい、本物のBランクがどういうものか、教えてもらいな！　リアド様に迷惑を掛けるんじゃないよ！」

先輩への対応との落差がひどい……。

カナルディア家

リアド先輩の推薦のおかげ？　もあって、問題なくおばちゃんから素材採取の依頼を受けて、保存ザックを借りた俺たちは、探索者御用達《ごようたし》の宿に一泊し、まだ暗いうちに宿を出た。

借りたザックは俺とアルで一つずつ持った。

先輩は、いつか一緒に探索者活動をした時と同じ自前の竹籠《たけかご》を背負っていて、ココは地理研で開発した地図作成用の魔道具を入れたリュックを負っている。

夕飯は、宿に併設された食堂で、地の物を使った名物料理でも食べたかったのだが……。

リアド先輩が『嫌な予感がするからやめておこう』なんて言うから、携帯非常固形食を齧《かじ》った。

やましい事のない俺だが、誰よりも嫌な予感を感じていたので素直に従った。

というか、協会から多少腕に覚えがありそうな連中が跡をつけてきているのを、実は索敵魔法で捉《とら》えていた。

おばちゃんが大声出すから……。

どのような御用件かは不明だが、君子危うきに近寄らず、というやつだ。

「さて、早速だけど森へ入るよ。この季節は、普段はあまり警戒する必要のない、手強《てごわ》い魔物が何種類か出現するからね。気を引き締めて行くよ」

先輩は普段の優しげな顔を引き締めた。

「ニャップの森で、今の時期に警戒すべき魔物っていうと、子育て中のダンズタイガーと、発情期のリニューかな。稜線《りょうせん》には出るの？」

ココがごく自然に流石の知識を発揮する。

ちなみにリニューとは、地球でいうオカピのように、体の下半分にだけ縦縞《たてじま》の入った、普段はほぼ草食の魔物だ。

通常は人を襲う事は滅多にないが、発情期は気性が荒く、人間も襲う。

その速度は密林の中で時速60㎞にも達すると言われており、一度標的にされてしまうと逃げ切るのは難しい。

そういえばココは、近頃は随分と人見知りを克服してきた。

まだ積極的に人と話す、というほどではないが、狭い寮での集団生活や、地理研究部の部長を務め、否応なしに人とコミニュケーションを取っているのが理由の一つ。

もう一つは単純に、自信がついた事が要因だろう。

Aクラスの生徒は皆そうだが、例えばココの場合、寮での自立した生活、坂道部《さかどうぶ》、地理研究部の部活動に加えて、探索者活動をしながら、レベルの高い学園の授業についていっているのだ。

自分はこれだけやっている。

その自負があれば、人は他人の目などあまり気にならなくなるものだ。

さらに俺が、魔物関連を始めとしたココの尋常ではない知識の深さを、事あるごとに褒めているので、クラスメイトたちも明らかに一目置き始めていたりもする。

もっとも、俺に言わせると、それでもココの凄《すご》さがいまいち伝わりきっていないのが口惜《くや》しいところではあるが。

「へぇ～ココ君偉いね。昨日の今日で調べてきたのかい？　ちなみに、稜線を越える予定はないよ。

わざわざ聞くって事は、この辺りの稜線には、この季節はワイバーンが餌を求めて飛来する危険がある事も、予習済みなのかな？」

稜線とは、山峰を下から仰ぎ見た時、頂上を繋《つな》ぐ線の事で、峰と峰の連なりを指す。

つまり山を向こう側に越えるのかという質問だ。

「わざわざ調べなくても、ココの頭にはこの王国中の魔物の生態や分布がインプットされていますよ、先輩。ココの実家はあの『カナルディア魔物大全』を編纂《へんさん》したカナルディア家ですからね」

先輩は笑顔でそうココに問いかけたが、ココは曖昧《あいまい》に頷くだけだったので、代わりに俺が胸を張って答えた。

「カナルディア……なるほど、それは実に頼もしいね。これは固定報酬が六万リアルでは、優秀な人材を安く買い叩《たた》いてしまったかもしれないね」

先輩はそう言って、ココにウインクした。

流石は先輩、『カナルディア魔物大全』の素晴らしさを十分認識しているようだ。

発売から数百年の時を経た大全はもはや古典扱いで、今はもっと薄くて見やすく、使いやすい類似の書物が沢山出ている。それでも俺は、総合力では大全に勝るものはないと考えている。

何より、伝わってくる著者の情熱が俺の胸を弾ませる。

「……まだ頭で知ってるだけの事も多いから。自分の目で確かめて、ちゃんと生きた知識にするのが大事だと思う……。古い知識は、変わっている事も沢山あると思うし。だから、今回は同行させてもらえて、嬉《うれ》しいです。ありがとうございます」

ココはぼそぼそとした声で、だが一生懸命自分の言葉で答えた。

そんなココを見て、先輩はにっこりと微笑《ほほえ》んだ。

◆

俺たちは田舎《いなか》道から森へと続く小道に入って、順調に奥へと進んだ。途中から道と呼べるものはなくなって、鬱蒼《うっそう》とした密林をひたすらに進む。

昨日から跡をつけてきている、中堅探索者と思われる三人組は、あっという間に離されて索敵魔法の範囲外へと消えた。

最後のセリフはこんな感じだ。

『あのガキども、何てペースだ！』

『くそぅ！　ついてさえ行ければ、確実に持ちきれない美味《おい》しい素材をわんさかハイエナできるのに！』

『だめだ引き返そう！　俺たちだけで今の時期のこの森は無理だ！』

『……おい、あそ……何か動い……か？』

『……うそだ……？』

『『逃げろー！』』

最後の方は聞こえづらかったが、逃げろのところだけは明瞭《めいりょう》に聞こえた。

彼らの無事を祈るばかりだ。

ちなみに俺たちは、先輩が懸念していた手強い魔物と遭遇するリスクはかなり低い。

ココが、リニューの残した蹄《ひづめ》の跡やフン、ダンズタイガーが縄張りの境界線にある木につける爪《つめ》痕《あと》などを抜かりなく発見して、危険を事前に察知しているからだ。

こう言うと簡単に聞こえるかもしれないが、それほど単純な話ではない。

「これもリニューのフン。こうやってタンダの木の根元に固めてするのは、まだつがいになっていないメスかな。臭いや柔らかさからして、三日は経《た》ってる。特に危険はないと思う」

そんな事を言いながら、平気な顔をしてフンを手で掴《つか》み臭いを嗅《か》ぎ、感触を確かめる。

ただ本を読んだだけの俺には、草食系の動物のフンは、どれもこれも丸くコロコロしているだけで、同じにしか見えない。

現場探索に造詣《ぞうけい》の深い、リアド先輩ですら舌を巻いている。

ココは両親に連れられて、時には他領まで遠征しながら、徹底的に現地調査を叩き込まれたそうだ。

加えてココの実家には、大全を編纂した時代から、カナルディア家が積み上げてきた日誌や精密な記録が、分量で言うと大全の五〇倍はあるそうだ。

例えば、ココに先程『なぜリニューの下半身は縦縞なのか？　草食動物なのに目立っていいのか？』

なんて思いつきで聞いてみた。

すると、即座に『人の目には不自然に見えるけど、大体の魔物や動物は世界を白黒で見ていると言われている。白黒だとあの模様は草地に紛れやすい。森で暮らすリニューは、下半分が草地に、上半分は木に一体化する色と模様になっているみたい』、なんて、大全にも載っていないような知識が当然のように返ってくる。

カナルディア家の記録には、外に出せないような、不法行為ギリギリに当たる調査日誌なども含まれているようで、門外不出の書のようだが、いつか実家に遊びに行って、何とか頼んで目を通させてもらおうと目論んでいる。

ちなみにカナルディア家は、三〇年にわたる調査記録を魔物大全に纏《まと》め上げた功で、宮中伯爵家、つまり領地を持たない爵位貴族となり、長らく王国の魔物対策関係の官職を務めていた。

だが、一〇〇年ほど前に政治闘争に敗れ、その際過去の不法調査の一部を敵陣営に暴露され、爵位を男爵にまで落とされて、僻地《へきち》の王族直轄領で代官をしているらしい。

これだけの情熱を持っている一族を、一〇〇年も飼い殺しにするなど馬鹿げた話だ。

話が逸《そ》れたが、そんな訳でココの知識と、ついでに俺の風魔法による索敵をフル活用した俺たちは、最低限避けようのない魔物だけを片付けながらずんずん進んだ。

行き道に魔物を狩ったり、素材採取をしても、荷物になるだけだからだ。

ちなみに、すっかり存在を忘れそうになるアルも、少しは活躍した。

ココがフンを手で掴んだ後、手を洗う用の水を魔法で出したりしたのだ。

あまりに自分の存在が空気で、柄にもなく落ち込むアルを、優しい先輩はこんな感じで励ました。

『水属性持ちの魔法士は、探索者としてはとても貴重だよ。水の補給は探索の生命線だから、アル君が居るのと居ないのじゃ行動の自由度が全然違う。しかもアル君は剣も使えて、魔法が使えない場面でも戦えるし、このペースで山を歩いても平気なスタミナもある。協会でパーティへの加入を斡旋《あっせん》してもらったら、軽く百を超える勧誘があると思うよ』

根がポジティブなアルは、この先輩の励ましにすぐさま前を向いた。

流石先輩、できる男はメンバーのメンタルケアなど、チームビルディングにも抜かりがない。

まぁ、事実として水魔法が使え、かつアルほど動ける魔法士などその辺にいる訳がない。

俺の中ではすっかりいじられキャラが定着していたが、他のパーティから見たらアルも垂涎《すいぜん》の金の卵だろう。

そうして俺たちは、夕方には目的地の滝へと辿《たど》り着《つ》いた。

◆

密林の中、いきなり森が展《ひら》け眼前に現れた目的地、リプウプウ・ニャップの滝は、１００mほどの奥行きがある、なだらかな階段上の岸壁に、静々と水を湛《たた》える幻想的な滝だった。

滝のたもとには澄んだ直径15m程の泉が広がり、その水はいくつかの小さな流れに分かれて密林へと消えている。

「まさか今日中に、しかも明るいうちに着いちゃうとはね。ココ君の博識さにも驚いたけど、アレンの索敵魔法も反則だね。僕と以前採取に行った時は、確か索敵魔法を使っていなかったと記憶しているけど？」

「えぇ。先輩が夜の森を灯《あか》りなしで歩いているのを見て、いつか習得したいなと思ってたんですよ。たまたま師匠が索敵魔法が得意で、教えてもらったんです」

先輩は額を押さえて呆《あき》れた。

「それだけの精度の索敵魔法を、ほんの数ヶ月で身に付けたのかい？　本当に信じられない魔力操作のセンスだね……。さて、キャンプの準備をしようか。苔《こけ》の採取は明日の朝すれば十分だし、今日はもうゆっくり休もう。歩き詰めだったから、お腹《なか》がペコペコだ」

「ええ、俺も流石に腹が減りました。確かこの泉で魚を獲《と》る予定ですよね？　釣り道具なんてありませんけど、どうやって獲るんです？」

「ふふっ。アレンと二人なら、音を立てながら端に追い込んで、身体強化を使って仕留めるつもりだったんだけどね。どうしたって効率が悪い、でもアル君がいるから、少し楽をさせてもらおう」

先輩はそう言ってにこりと笑った。

招かれざる客

アルの水魔法を使った魚の獲り方は実に単純だった。

まずいくつかの流れに分かれている泉の出口を一つ残して石で適当に塞《せ》き止め、塞《ふさ》いでいない流れの先に、先輩が背負っていた竹籠《たけかご》を据える。

その後、アルが泉に入って水の体外魔力循環を利用して、泉に滞留している水の流れを掻《か》き乱す。

すると驚いた魚が、籠が設置してある流れに逃げてきて、勝手に籠に飛び込んでいくというだけの話だ。

アルが掻き乱す水はそれほど強い勢いではないが、魔力を使って水を掻き乱されると、魚は攻撃を受けたと勘違いして逃げる習性があるらしい。

師匠がいつか、魔力循環の風は魔物を追い込んだりするのに便利だと言っていたが、それと同じようなものだろう。

この方法は効果覿面《てきめん》で、あっという間に二〇匹ほどの魚が籠の中に収まった。

魚はほとんどがニジマスのような、いわゆる川魚だったが、同じ種類で五匹ほど青色に輝く個体が交ざっていた。

「まさか魔魚がこんなに溜《た》まっているだなんてね。今夜はアル君のお陰でご馳走《ちそう》だね」

魔魚は、川魚が魔物化したものだそうで、とても獲るのが難しいそうだ。

その味もよく、高値で取引されるが、同じ場所で継続して獲れるものではないようなので、水魔法士の錬金術とはいかないようだ。

無事夕飯の食材を確保した後、アル以外の三人も泉に入り、一日の汗を流して焚《た》き火《び》を囲んだ。

◆

「ところでアル。水に手をつけて、『氷の時代!』とか呪文を唱えれば、泉がカチンコチンに凍ったりしないのか?」

俺は、その辺で拾った枝をダガーで削って魚を波縫いに刺し、塩を振りかけながらアルに聞いてみた。

「相変わらずアレンは無茶言うな……。こんな量の、しかも流れのある水を一瞬で凍らせるのは、今の俺には到底無理だよ。というかアレン、分かってて聞いているだろう」

……まぁそうだろうな。

普段の体外魔法研究部での活動を見ていても、王都の図書館その他で研究した結果からしても、無理だろうなとは思っていた。

そもそも、もしそんな事が簡単にできたら、氷属性を持つ魔法士は水辺ではほとんど無敵だろう。

体外魔法研究部の部長を張るアルには、いつかその領域まで辿《たど》り着《つ》いてほしいけど。

木の枝に刺した魚を火にかける。

途端に脂が焼ける、芳《こう》ばしい香りが辺りに広がった。

特に魔魚が発する香りは強烈に食欲をそそる。

「……ところで、アレンはなんで一人だけ強風に煽《あお》られているのかな?」

先輩が苦笑して俺に質問してきた。

「あぁ、風魔法の鍛錬がてらに髪を乾かしているだけです。本当は温風を出したいのですが、才能がなくて……。一応、冬じゃなければ髪を乾かすのに使えます。先輩の髪も乾かしましょうか？」

温風にできたら、胸を張って『ドライ・ウインド』とか命名するが、ただ風が吹くだけなので、流石《さすが》に名前など付けられない。

風魔法レベル一、『ウインドカッター』習得への道のりは遠そうだ。

まぁ、自分で風を起こしている、その事実だけで楽しくって仕方ないんだけど。

先輩は、俺の完璧《かんぺき》な魔力循環のコントロールによって、ゆらりともしない焚き火をじっと見ながら言った。

「……遠慮しておくよ。何だか貴重な何かを無駄遣いしている気になりそうだ」

ただ魔力を循環しているだけで、ほとんどロスもないから無駄遣いではないんだけど。

と、そこで、ココが森の方を見て静かに立ち上がった。

「……何か向かってきてる。戦闘準備」

風の音がごうごうとうるさくて、全然魔物の接近に気がつかなかった……。

◆

俺は弓に弦を張りながら、改めて索敵魔法を発動した。

「三時の方向、体高が2m、全長は4m近くはありそうな、かなり大型の四足獣です。あと一五秒ほどで到着します。どうします？」

「……リニューじゃないね。魔魚を焼く匂いに釣られちゃったかな。他の魔物が集まるから、野営地の近くであまり戦闘はしたくないけど……仕方ないね。まずアレンとアル君で遠距離攻撃で威嚇。それで逃げてくれたらいいけど、逃げずに突っ込んできたら四人で近接戦闘で行くよ」

「「了解」」

俺はアルの後ろに立った。

正確な方角と、タイミングを指示するためだ。

アルの魔法で最も射程が長いのはアイス・ランスだ。

まだ硬度と鋭さが足りないから、当たっても貫けないだろうが、牽制《けんせい》には俺が矢を放つよりもいいだろう。

魔法で逃げそうになければ、俺が追撃する。

アルの右手には、みるみるうちに氷の槍《やり》が形成されていく。

「アイス・ランスと言え！」

「うるさい気が散る！」

俺とアルが短くこんなやり取りをする。

この世界は魔法を使用する際、詠唱はおろか、魔法の名前すら言葉にする必要がない。

というか、決まった名前がなかったりする。

詠唱破棄はチートの王道だが、誰も魔法名すら言わない世界というのは、日本人的感覚でいうと味気ない事この上ない。

本当は、『氷の精霊よ。絶対零度の茨《いばら》にて、魔なる者を貫け！　アイス・ランス！』とか言わせたい。

だが、魔法研での活動中に、一度監督権限で無理矢理アルに言わせたら、俺を含めて全員が爆笑して、アルは真っ赤っかになっていた。

それ以来、詠唱をしてくれない。

言っておくが、俺は厨二《ちゅうに》病的詠唱を笑ったのではなく、照れて恥ずかしそうに詠唱しているアルが面白かっただけだ。

こうなったら、俺が誰も笑えないくらい凄《すご》い風魔法を詠唱付きで使って、詠唱の素晴らしさを世に広めるしかない。

俺の合図と共に、アルが森の中へ魔法を放つ。

着弾と同時に四足獣が唸《うな》り声を上げた。

「ブォォオ！！」

「「ヒュージボア！」」

鳴き声を聞いて先輩とココが叫んだ。

その顔色はあまり良くない。

獲物は一気に加速して、俺たちの前へと飛び出してきた。

俺は視界に入ると同時に右前脚の付け根を目掛けて鉄矢を放った。

矢は腿《もも》に刺さったが、僅《わず》かにその速度を落としただけで、ヒュージボアは構わず突っ込んできた。

俺が左、アルが右へとすんでのところで避《よ》ける。

躱《かわ》されたヒュージボアは、勢い余って派手な水しぶきを上げながら泉へと突っ込み、ゆっくりとこちらへ向き直った。

その目は、攻撃をした俺とアルへの憎悪に燃えている。

「……よりによってただでさえ硬いヒュージボアの、土属性持ちとは、面倒な事になったね。この辺りでこいつが出る事は想定していなかったから、火力不足は否めない。森へ逃げるのは逆に危険だから仕留めるより他ないけど、削りきるのにかなり時間がかかりそうだ。血の匂いで他の魔物も寄ってきそうだし、今晩はここから距離を取って、明日出直すしかないね」

「ニャップの森は西ルーン山脈の東端だし、はぐれが出るのは仕方がない。安全第一」

「「了解」」

俺たちは即座に方針を固めた。

ヒュージボアは前半身だけ水から上がり、ガリガリと右前脚で地を掻いている。

一気に飛び出して加速するつもりだろう。

だがそれを大人しく待っているほど俺はお人好《ひとよ》しではない。

先程射った右前脚に二の矢、三の矢を繰り出していく。

「ブォォォ！」

怒ったヒュージボアは、その琥珀色《こはくいろ》に輝く牙《きば》を光らせながら、土魔法で石礫《つぶて》を形成し始めた。

だがその礫は射出される前にアルが氷の礫をぶつけて潰《つぶ》した。

「アイス・バレット！　と言え！」

「馬鹿言ってないで集中しろ！　嫌がってるぞ！」

俺は無駄口を叩《たた》きながらも、四、五、六の矢と、何とか走り出そうと足をつくヒュージボアの、右前脚の腿の『点』に照準し、矢を突き刺していった。

ヒュージボアの右前脚からは夥《おびただ》しい血が流れ、肉が半分近く削れている。

「ブォォ！」

堪《たま》らずヒュージボアはバシャバシャと水の中に後退した。

だが前脚の腿はまだ水面ギリギリに露出している。

俺は貫通力に特化したマックアゲート鉱石の矢尻《やじり》がついた矢をつがえて、さらに右前脚を撃ち抜いた。

放たれた矢はヒュージボアの右前脚を切り飛ばした。

右前脚を失ったヒュージボアは泉の中で横倒しになった。

何とか起き上がろうともがくが、水の中で三本になった脚ではうまく起き上がって歩き出せないようだ。

しばらく暴れていたヒュージボアだが、大量の出血と酸欠で、程なくして動かなくなった。

◆

「いい感じで血抜きできていますね！　アイツは暫くあそこに浸《つ》けておいて、魚が焦げる前に食べましょう！」

「……まぁいいんだけどね。この魔魚は少し香りが強烈すぎたね。ヒュージボアのお陰で周辺の魔物は散っているだろうけど、早く食べないとまたすぐ集まってきそうだ。それにしても……凄い腕だね、アレン。あれだけの速度で、一点に集中して矢を射れる弓使いは見た事がない。アレンの火力を完全に過小評価していたよ。学園の弓の訓練施設で、尋常じゃない量の矢を消費しているという噂《うわさ》は聞いていたけど、地獄の特訓というやつかい？」

俺は魚の塩焼きを一口齧《かじ》って首を傾《かし》げた。

弓の鍛錬はもはやルーティンの一部になっているので、地獄でも何でもない。

歯磨きと同じで、どうしてもできない日は気持ち悪いと思うほどだ。

「う～ん、美味《うま》い！　強烈な香りに反して何て上品な味なんだ……。えーっと、それほどでもありませんよ？　騎士団にはキアナさんという弓の名手がいて、たまに教えてもらっていますが、俺なんてまだまだです。動いている……特に横に動く獲物を狙う精度では、キアナさんに比べたら子供のお遊びです。今回も泉を横に走られると嫌でしたが、頭が良くない獲物でラッキーでした」

俺は美味すぎる魔魚の塩焼きを、モグモグと食べながら答えた。

弓や鉄砲などの飛び道具は、前後に動いている獲物は狙いやすいが、横に動いている獲物に照準を合わせるのは難しい。

「……なるほど、半ば伝説的な探索者、『神射手キアナ』と比べるほどの腕だという事だね。流石弱冠一二歳で王国騎士団に所属するだけはある。何となく納得したよ」

「脚を狙ったのが良かった。突進が武器のヒュージボアは、顔面の耐久力が異常に高い。最後の形まで最初から計算してたの？」

ココが興味深そうに質問してきた。

「いや、初めての獲物だし、そこまでは見えていなかった。ただ顔、特に額が硬いって情報は『大全』に記載があったからな。持久戦ならまず機動力を削《そ》ぐために脚を集中的に狙って、後は臨機応変でいこうと思っていた。鉄矢の刺さり具合を見てからは、泉へ下がったら脚を飛ばすチャンスだとは思ってたけどな」

「アル君が即座に魔法を潰したのも見事な連携だったね。普段から連携の鍛錬をしているの？」

この質問にはアルが答えた。

「いえ、ですが何となくお互いの狙いは見えるようになってきてます。一般寮では、一緒に過ごす時間が長くなりますから」

「そういえば、アレンは即座にアル君の後ろに移動したね。普通なら――」

こんな感じで、俺たちは絶品の川魚を味わいながら、先程の戦闘の反省会をした。

泉に浸けておいたヒュージボアから、いい具合に血が抜けた後、先輩とココにやり方を教わりながら、俺とアルが毛皮と魔力器官である牙、そして肉や内臓などを部位ごとに解体していった。

その後、アルが氷魔法で肉を凍らせる。

「今夜と明日食べる分も凍らせちゃっていいのかい？」

先輩が不思議そうな顔でそう聞いてきたので、俺は力強く頷《うなず》きココが背負っていた荷物から鉋《かんな》のような形状の肉専用スライサーを取り出した。

スラムの鍛冶師《かじし》ベムに特注し、持参したものだ。

幾度かの探索ですでに要領を理解しているアルが、絶妙な加減でシャリシャリに凍らせた肉に鉋を当て極薄にスライスしていく。

先輩といつか狩ったツノウサギもそうだったが、狩猟した直後の魔物肉は、魔素の影響か味はいいのだが死後硬直でめちゃくちゃ硬い。この世界には身体強化魔法があるので噛《か》めない事もないのだが、咀嚼《そしゃく》筋を魔法で強化しながら食う硬い肉というのは、ＷＡＧＹＵを知っている俺からしたら、いかにも妥協の産物という感じがして許しがたい。

「なるほど……アル君がいるから成立する手法だね。それにしても凄い拘《こだわ》りだ」

先輩は薄くスライスされた肉を摘《つま》み、焚《た》き火《び》に透かすようにかざして苦笑した。

「本当にアレンは不思議な拘りが多い。……キャンプで食べる夕飯を『宴《うたげ》と呼べ』とか……意味不明な言動も多い」

そう言いながらココは、これまた俺がベムに特注した肉の筋切り機（針状の刃が数十本飛び出している道具）をカチャカチャと厚めに切った肉に押し当てている。

ちなみに、このイメージ図を持っていった時、ベムはその形状の細かさに白目を剥《む》いていた。

「ほんとになぁ……よく次から次に思いつくなと感心するけど……一度使い始めたら差が歴然だからやめられないんだよな」

アルがこれまた特注の、とげとげがついたミートハンマーでドスドスと肉を叩きながら相槌《あいづち》を打つ。

「………レンたちのパーティ名の由来が分かった気がしたよ……。でも、いつでも何に対しても楽しもうとする姿勢は素晴らしいね。それじゃ、僕からはこれを提供しようかな」

そう言って先輩は、準備していたさまざまな乾燥ハーブと塩がミックスされた特製スパイスや、ペースト状になっている真っ赤な調味料などを出してくれた。

流石《さすが》はリアド先輩。前回先輩に同行した際は急に泊まりになったので、岩塩ぐらいしか調味料がなかったが、今回は元々泊まりの予定だったので、できる男の準備は万端だ。

説明によると、疲労回復や魔力回復などの効能に拘りぬいた、リアド先輩特製の調味料との事だ。

味の方ももちろん絶品だった。

やや癖のある肉の匂いはハーブの爽《さわ》やかさに抑えられ、濃厚な旨味《うまみ》のある焼肉は食欲をそそる。

内臓のうち、小腸は、開いて泉でよく洗い、甘辛いペースト状の調味料とこれまたリアド先輩が近くで摘んできた、ローリエのような葉っぱと一緒に朝まで煮込んで、美味《おい》しく頂いた。

食べきれず持ち帰れないものは、勿体《もったい》ないがサークルオブライフへと返す他ない。

ちなみに、俺が不寝番をしている時に、ダンズタイガーと思《おぼ》しき二匹が音もなく野営地へと忍び寄ってきたが、俺が風魔法で威圧するとあっさり逃げていった。

やはり体外魔力循環による索敵とこの威圧は中々便利だ。……俺の使いたい風魔法じゃないけど……。

俺たちがここを出発した後、彼らがヒュージボアの残り物を食べるかな？

明け方には目的の魔苔《まこけ》を採取し、俺たちはキャンプを引き払った。

「さて、ヒュージボアの素材でリュックは大方埋まっているし、行き道と同じように真っ直《ます》ぐ帰れば今日中にはロブレスに着くと思うけど、どうする？　予定より一日早いから、何か希望があれば付き合うよ」

先輩の問いかけに、ココが手を上げた。

「時間に余裕があるなら、魔道具の試験のために、一度稜線《りょうせん》、できればこの山の頂上へと出てきたい。僕たちなら一時間半も登れば行けると思う。もちろん、ワイバーンと戦闘するつもりはないけど」

地理研究部で開発した魔道具は、いわゆる『点の記』を作るための魔道具だ。

地球には、人工衛星を活用して位置情報をどこでも簡単に取得できる仕組みがあったが、もちろんこの世界にはない。

あらゆる種別の有効な地図を作るには、とにかくベースとなる正確な地図が必要だ。

だが、この世界の小縮尺、つまり広い範囲を表す地図は、押し並《な》べて、いい加減な事この上ない。

例えば侯爵地方全域という規模になった途端、海賊がフリーハンドで描いた宝の地図、とまでは言わないが、俺に言わせるとそれに毛の生えたような代物しかないのだ。

大縮尺の地図も、都市部や大きな街道などの地図は比較的正確に描かれているが、田舎《いなか》に行くほどいい加減になっていって、今回のニャップの森などは地図すらない。

探索者は勘と経験に頼って活動するので、当然ながらよく遭難事故が発生する。

一般人が街中で日常生活を送るには不便はないかもしれないが、日本の地理情報システムの恩恵を、スマホを通じて受けていた俺からすると、容認できるレベルではない。

そんな訳で、まずは正確な地図を作ろうと思い立ったのが、地理研究部の始まりだ。

人工衛星は流石にハードルが高いので、その前の時代、すなわち三角点を山の頂上など視通の取りやすい場所に置いて、その位置を正確に把握する手法を実現するための魔道具を開発した。

もっとも、俺はやりたい事と基本的な三角測量の原理をフェイに伝えただけで、どのように実現するかは丸投げだ。

どうやら魔石が特定条件下で引かれ合う性質を利用するらしいが、難しい仕組みの部分は、ドラグーン家が抱える機微な情報を含みそうだったので聞いていない。

まぁ纏《まと》めると、その魔道具を山の頂上などに設置すると、視通が取れる場所から正確な方位が把握できるので、後は探索者協会を通じて国中に魔道具設置の依頼を出していけば、『点の記』が拡充されていく。

あとは点と点を結ぶ繋《つな》がりを増やせば増やすだけ、正確な距離や方角を表す地図ができるという訳だ。

ここからなら、王都東のグリテス山の山頂に設置した魔道具とギリギリ繋がるだろう。

そうすれば、王都の近くに設置した点や、昨日の朝ロブレス近郊に距離を測って二点設置した点とも繋がる。

こうやって『点の記』を増やしていく事が、地理研究部の第一歩だ。

この魔道具の開発費は、目が飛び出るほど高かったらしいけど……。

まぁフェイは、俺が見たところココ同様にその有用性を認識しているみたいだから、ゆくゆくはうまく活用して元を取るだろう。

「あぁ正確な地図を作るための魔道具を持参しているんだったね。それほどの労力をかけてまで、こんな山奥の正確な地図を作る意義があるのかは僕にはよく分からないけど……。もちろん構わないよ。ただしワイバーンと戦闘するのはこのメンバーでもリスクが高いから、その点だけは安全第一で頼むね？」

先輩が快く承諾してくれたので、俺たちは山頂へと登った。

慎重に辺りを警戒しながら、魔道具を設置し、時間に余裕があったので、俺たちは周辺を警戒しながら稜線を西に進み、時間を見ながら二つ隣の頂上まで魔道具を設置してから山を降った。

ジャングルとしか言いようのない、道なき道を戻る途中、先輩は豊富な知識を発揮して、貴重な魔草やキノコをいくつか採取した。

これでロブレス支部でおばちゃんから受けたパーティ・ナイトの依頼も完璧《かんぺき》だ。

それに加えて、途中で俺の索敵魔法で捉《とら》えた水が落下する音を頼りに新たに滝を発見した。

落差は約40ｍで、毎分何トンかは分からないが、中々の水量だ。

俺のテンションは、この滝を見て急上昇した。

先輩に案内された魔苔の生えているリプウプウ・ニャップの滝は、階段状の岩肌を静々と水が流れている、何というか上品な滝だった。

滝と言えば、やっぱりこれだろう。

「アル！　水の魔法士が絶対に避けては通れない修行ができるぞ！　滝行だ！」

俺は嫌がるアルを無理矢理滝壺《たきつぼ》に引き込んで、滝にひたすら打たれた。

リアド先輩とココは気の毒な目でアルを見ていたが、もちろん俺はお構いなしだ。

「寒い！　一体これに何の意味があるんだアレン?!」

「精神の鍛錬だ！　理屈なんて考えるな！　打たれる事に意味がある！」

「精神鍛錬なら水属性関係ないだろ！」

こんなものはただのノリだ。意味なんてある訳がない。

そう思っていたのだが、偶然滝の裏に洞穴がある事を発見し、そしてそこには今回の依頼の目的である魔苔がびっしりと生えていた。

瓢箪《ひょうたん》から駒というやつだ。

俺たちはここでもう一泊し、翌朝ロブレスへ帰還する事にした。

ちなみに、この場所からは、先程魔道具を設置した三つの山頂のうち二つが見えていて、その方角を測る事で、正確な自位置を把握できた。

いわゆる三角測量というやつだ。

当然、山頂と繋がっているロブレスとの位置関係も正確に計算できるので、帰りはさらに効率的に進めるだろう。

先輩は唸《うな》った。

「う～んなるほど。土地勘のない場所でこれは……思った以上に便利だね。何となく、地理研究部の狙いが見えたよ。僕は三年で、もうあと半期しかないけれど、微力ながら力になりたいから、地理研究部にも加入していいかな？　ココ部長」

「もちろん。リアド先輩なら、大歓迎」

ココは先輩とかなり馬が合うようで、嬉《うれ》しそうに言った。

得意分野が動物と植物に分かれているものの、類は友を呼ぶというやつだろう。

二人がここで仲良くなれたのは良かったな。

それから、俺たちはこの滝でもアルの魔法を使って、五匹ほど魔魚を獲物に追加した。

真《ま》っ直《す》ぐロブレスのある北東方向に進むものかと思ったが、先輩は進路をやや北寄りに取った。

そちらに突っ切ったら午前中には街道に出られるはずなので、結果的には早くて楽との事だ。

早速魔道具の恩恵を最大限に活用しているあたり、センスが抜群だ。

そんな訳で先輩からの依頼は無事完了し、俺たちは昼過ぎにはロブレスへと帰還した。

俺たちが街に入る時、出発時に跡をつけてこようとしていた三人組が、ボロボロになった体と新しくなった安物の装備で西の草原へと出かけていくのを見た。

彼らが無事で何よりだ。

ちなみに、ヒュージボアを始めとした採取素材は八万リアルで買い取ってもらえた。

リアド様ファンのおばちゃんが、納入所の査定担当にわざわざ口を利いてくれたのが大きい。

俺への態度は相変わらず散々なものだったけれど……。

消費したマックアゲートの矢も含め、経費は全て先輩が賄ってくれ、しかも新しい魔苔の群生地を発見できたから、という理由で、固定報酬を三倍の一八万リアルにしてくれた。

それは当初の契約に反するという事で一度は断ったが、現場評価Aを付けて、報酬を最大三倍まで増やすのは依頼主の権限で可能だと言われた。

さらに今の情勢で、この魔苔を一定期間は安定供給できる目処《めど》が立った価値は計り知れない、さらにその倍でもおかしくはないというので、有り難く受け取る事にした。

今回の稼ぎを割っても一人八万リアルの純利益で、思った以上に大仕事になり、何だか申し訳ない気持ちだ。

こんな感じで、俺の楽しい夏休みの遊びは幕を開けた。

◆

後に、燦々《さんさん》と光り輝く彼らの経歴を思うと、このロブレス探索の記録は意外なほど平凡だ。

だが、後世から振り返って見ると、この取るに足らない探索の歴史的意義は重い。

まず第一に、王国地理院第二代院長、『百般の友』ココニアル・カナルディアが中心となり、数十年の後に完成させ、世界が一変したと言われる『王国地理総覧』の本格整備が、実質この探索活動からスタートを切ったという点。

第二に、この探索活動以後、ココニアル・カナルディアと、その生涯の盟友となる『分類学の父』リアド・グフーシュが、さりげなく引き合わされている点。

そして第三に、『大瀑布《ばくふ》』アルドーレ・エングレーバーの、その数奇な運命へと与えた影響。

その異常なまでの先見性により、後に『タイム・トラベラー《未来から来た男》』とまで言われるアレン・ロヴェーヌは、一体どこまで、この探索が後の世に与える影響を見通していたのか。

それは同時代人であり、当事者でもある彼ら三人をしても、ついに分からなかったという。

4章　一人旅

一人旅

俺は懐かしい匂いのする空気を胸一杯に吸い込んだ。

もっとも、今世では初めて嗅《か》ぐ匂いなので、懐かしいと感じるのは前世の記憶があるからだ。

王都ルーンレリアから北東へ、直通の魔導列車に乗って一日半の場所にあるグラウクス侯爵地方の領都、コスラエール。

そこから乗合馬車を乗り継いでさらに東へ四日。

サルドス伯爵領第二の都市ソルコーストは、刀を始め、黒虎鉄を使った武器や防具などを輸出している事で有名なベアレンツ群島国とユグリア王国の交易拠点だ。

その港町へと到着した俺は、久しぶりに磯の香りを堪能した。

◆

探索者協会で探索者用の宿を紹介してもらった後、軽装に着替えた俺は、早速街へと繰り出した。

今回の気ままな一人旅には、目的が二つある。

一つは物価の高い王都では、ゼロの数を数えるのが億劫《おっくう》になるほど高価な刀を、この交易拠点で安価で手に入れられないか、と考えた事。

もっとも、これはついでだ。

剣の訓練は続けているが、今のところ、弓とダガーを組み合わせた戦闘スタイルで、特に不自由を感じていないし、ルージュさんに勧めてもらったバンリー社製のナイフも気に入っているしな。

今回の一番の目的、それはズバリ魚だ。

もっと言うと、生の魚、つまり美味《うま》い寿司や刺身を食べたい……。

王都の魚料理には碌《ろく》なものがないからだ。

何度か王都でも評判の海鮮料理屋の話を聞きつけて足を運んだが、そのレベルは江戸前で慣らした俺からすると、残念以外の何物でもなかった。

特に生魚は、一応酢でしめた刺身もどきのようなものは存在したが、コメントする気にもならないお粗末さだった。

原因の一つには、やはり鮮度の問題があるのだろう。

内陸部にある王都から海は、どちらの方面に向かってもかなりの距離がある。

最近は、魔導動力機関が大幅に進歩して輸送手段が改善され、また保冷道具なども進歩してきているとはいえ、生魚を食べる文化が浸透していない。

そうなると当然市場が、ひいては料理人の腕は育たない。

そして、食べられないと分かると、どうしても食べたくなるのが人間だ。

米食もあるにはあるが、パン食が中心のこの国で寿司とまでは言わないが、せめて刺身を食べたい。

そうして悶々《もんもん》としていたある時、ふと気がついた。

俺が毎日のように通い詰めている蕎麦屋《そばや》のかえしは、どう考えても醤油《しょうゆ》ベースで、そのツユには品のある魚介出汁《だし》がブレンドされており、箸《はし》を使って食べる。

王都の食文化を何となく把握してきた頃、その異色さに気がついた。

箸自体は、地球でもナイフとフォークに並ぶほどポピュラーなものなのでさほど違和感はないが、ここまで揃《そろ》っているという事は、自然や文化の成り立ちが日本に近い地域があるはずだ。

そこで、蕎麦屋の店主……謎に凄《すご》みのある、中肉中背の六〇ほどの男に、出自について聞いてみた。

その店主はベアレンツ群島国出身で、蕎麦もツユも故郷の味だという。

話してみると意外と気さくな、毎日のように蕎麦を食いに通い詰めるケチな王立学園生を面白がっていたらしい店主は、色々と教えてくれた。

予想通り、ベアレンツ群島国は文化的に日本に近く、刺身はもちろん、かえしに漬け込んだネタを米と握って、辛子を添えて食べる島鮨《しまずし》のようなものまであるという。

だが、ベアレンツ群島国に行くには二つ問題があった。

一つは旅程がかかりすぎる事。

もう一つは入国に審査があり時間がかかるという事だ。

このユグリア王国を始め、大国に対して中立で、貿易により国を立てているベアレンツ群島国において、特に今の不穏な世情では簡単には外国人観光客というのは受け入れられないだろう、というのが店主の見解だ。

そこで妥協案として提案してもらったのが、ベアレンツ群島国との貿易拠点である、このソルコーストの街という訳だ。

ソルコーストでは、シンプルに塩で刺身を食べるようだが、醤油は王都でも手に入るので、俺は今回マイ醤油を持参している。

さらにリアド先輩に頼んで、蓬莱《ほうらい》商会経由でわさびに近い辛味のある香辛料も入手し持参していたりする。

準備は全て整った。

後は刺身を口に放り込むだけだ。

逸《はや》る気持ちを抑えて、俺は港沿いの食堂が立ち並ぶ、賑《にぎ》やかなエリアへと足を踏み入れた。

◆

夕まずめ。

朝の早い漁師たちは、すでに出来上がっている時間なのか、目抜き通りに立ち並ぶオープンな店から酔客の喧騒《けんそう》が漏れ聞こえる。

アクシデント上等の、気ままな一人旅とはいえ、待ちに待った久方ぶりの刺身であり、できるならば当たりの店を引きたい。

俺は漂ってくる匂いを正確に嗅ぎ分けるべく、鼻に魔力を集中し、そして気がついた。

これだけ港町独特の生臭い匂いや、ニンニクやバターなどが混じった焼き物の香りが漂う中、美味い刺身の匂いなど嗅ぎ分けられるはずもない。

前世ではどのように美味い店を探していたかな……。

などと考えたが、前世で鉄板だった店の選択方法は、お馴染《なじ》みのユーザー評価がついたグルメサイトをスマホで検索しまくる事だ。

検索した情報の吟味にも色々なポイントはあるのだが、もちろん今は何の役にも立たない。

後は、タクシーの運ちゃんに聞くという方法も聞いた事があるが、まだ魔導車は高価で、王都でも庶民は乗合い馬車が中心なのだ。

こんな辺鄙《へんぴ》な場所にある街、しかも身体強化魔法のある世界で街乗りタクシーなんてある訳もない。

仕方なく俺は、店の看板や雰囲気から、己の勘を頼りに店をチョイスする事にした。

ここは貝の網焼き……後で来よう。

ここはイカバター……後で来よう。

ここは干物中心か……後で来よう。

ここはソーラの朝食を想起させる生臭い匂い……論外だな。

まずいな……。

グルメ検索はスマホに依存しすぎていて、何も勘が働かない。店構えを見て適当な店に飛び込むという事に、ある種の恐怖すら感じる。

一度迷いが生じると、いかにも美味そうな店も、人が集っている店も、どうにも決め手に欠ける。

何となく焦りを覚えながら、散々大通りを行ったり来たりしている途中、とある細い路地にある、何となく前世の寿司店を想起させる店の存在に気がついた。

造りはシンプルだが落ち着きがあり、だがそれなりに歴史のありそうな佇まいの店だ。

何度大通りからその店を見ても、客が出入りしている様子は全くない。

だが……何となく目につく。

俺は自分の勘を信じて、路地へと入った。

◆

店に入ると、カウンターの中にはやや長身で痩躯《そうく》の、頭髪を短く切り揃えた厳《いか》つい大将が立っていた。

店には客の姿はおろか、その他の店員の姿もない。

ふむ。

これは『安くて美味い店』の線は消えたな。

この店は索敵防止魔道具による魔素の撹乱《かくらん》がない。にもかかわらず中から全く音が聞こえない時点で、何となく予想はついていた。

だが久々の刺身だ。

多少高くても、今日は奮発すると決めている。

俺は後ろ手で引き戸を閉めた。

ギロリ、と大将が俺を睨《にら》む。

「余所者《よそもの》の、しかもガキか……。うちはそれなりの値段を取るぞ。悪い事は言わんから、余所へ行け」

ほう?

今の大将のセリフから、安くて不味《まず》い店と、法外な値段を請求するぼったくり店の線も消えたな。

この商売が下手《へた》そうな大将が出す料理というのは、いかほどのものか。

だがその前に……。

「生の新鮮な魚を切り身にして出す料理が食いたい。ここにはあるか？」

俺は大将の厳つい風貌《ふうぼう》とその言葉から、取り繕った敬語ではなく、平易な言葉で質問した。

何となく、対等と認められなくては、ここの客にはなれない気がしたからだ。

「ちっ。生意気そうなガキだ。『刺身』はある。だが、そこらのガキが気軽に払えるような額じゃねぇ。もっとも、お前が仮にどこぞのボンボンで、たとえ金を持ってたとしても、お前みてぇなガキに料理を出して、高い金を取るほど俺は落ちぶれちゃいねぇ。さぁ帰れ！」

……これは思った以上に頑固な大将だな。

前世でこんな対応をする店があれば、即ネットで炎上間違いなしだが、ここはネット社会ではなく、俺ももやしっ子ではない。

なにより刺身（もちろん日本語で『さしみ』と発音した訳ではない）があり、腕がいい可能性が残されているのに、この程度で、はいそうですかと言って帰る訳にはいかない。

俺は構わずカウンターに座った。

「金は多少ならあるから、予算を言ってくれ。おっと誤解するな、俺は貧乏貴族の三男坊で、とてもボンボンとは言えない。探索者として自分で稼いだ金でここにいる。ランクはBだ。必要ならライセンスを出すが？」

俺のセリフに頑固親父《おやじ》はピクリと眉《まゆ》を動かし、だが頭《かぶり》を振った。

「勝手に座ってんじゃねぇ。おめぇみたいなガキが、探索者ランクBだと？　どうせつくなら、もう少しマシな嘘をつきやがれ。もういい。刺身を食いてえなら、路地を出て大通りを左手に進んで、200mほど歩いた所にある、ゆうき亭に行け。それなりに値は張るが、そこそこのものは食えるはずだ」

頑固親父はしっしっと俺を手で追い払う仕草をした。

そこそこのものだと？

わざわざ刺身食いたさに王都くんだりからやってきた俺に、妥協しろと。

そこそこで。

くっくっく。

俺は、絶対にこの店で刺身を食うと心に決め、はっきりとした声で宣言した。

「断る！　俺は何があってもここで、大将が切った刺身を食う。何があってもな！」

俺が目に力を込めて言うと、大将は少し怯《ひる》んだ。

「何だってんだ、妙なガキだな……。まさか、あの馬鹿どもの回しもんか？　いや、あいつらもおめぇみてぇな子供を使いに出す理由もねぇだろうが……。とにかく俺ぁもう商売をやる気はねぇんだ！　今日はもう店終《みせじま》いだから、出ていきやがれ！」

「断る！　俺は何となく店構えが気に入って、開店している店にふらっと入ったんだ。そっちの事情なんて知るか！　商売をやる気がないだと？　この、チリ一つ落ちてない店内で、年季は入っているが、ピカピカに磨き上げられたこのカウンターでか？　俺が店に入った時、背筋を真《ま》っ直《す》ぐ伸ばして、入り口を睨みつけていた大将は、この店に誇りを持っていた。何があってもこの店を守ると決めてるんだろう？　下手な嘘をついてるのはどっちだ……しのごの言わずにさっさと刺身を切れ！」

「何でおめぇが断るんだ！　こっちはおめぇのためを思って言ってんだ！」

「こちらの心配など不要だ！　俺の道を邪魔する奴《やつ》は、誰であろうと叩《たた》き潰《つぶ》す！」

尚《なお》も俺が大将と睨み合っていると、奥からおかみさんらしき人が出てきた。もっとも、店の奥からこちらの様子を窺《うかが》う人の気配は感じていた。

浅黒い肌に艶《つや》のある黒髪。

そして、ベアレンツ群島国のものだろうか、割烹着《かっぽうぎ》に近い服を着ている。

「妙な客が来てるみたいだね……。おや？　ぷっ。中々気合の入った客が来たと思って起きてきたら、ホントに子供じゃないか。でも……いい目をしてるねぇ。あんた、切っておやりよ」

「……寝てろ、クロエ。また夜潜るんだろう」

「そうはいかないよ。この機を逃したら、次あんたが包丁を振るうのを見られるのは、いつになるか分からないからね。ただし……」

そう言っておかみさんは、俺を真っ直ぐに見据えて言った。

「この『銀銀杏《ぎんいちょう》』は、常連も一見《いちげん》も、値引きも割増しもなしできっちり決まったお代をいただく事を誇りにしてる。うちのお代を払えるっていうなら、あんたは客さ」

俺は頷《うなず》いた。

「当然金は払う。予算を言ってくれ」

「そうだねぇ。今手に入る食材は、この人が近場で釣ってくる地魚と、私が潜って取ってくる貝くらいだからね。だが、この人の包丁捌《さば》きに惚《ほ》れた私が、技の安売りは決してさせない。食事のみで一三〇リアル。探索者なんだろう？　酒を飲むなら二〇〇リアルだ。ただ同然で仕入れた食材に、それだけの金を払う気はあるかい？」

二〇〇リアルだと！

……やす……。

◆

俺が探索者となった後、Gランクで初めてガラ出しの仕事を受けた時、確か日給は一五〇リアルの契約だった。

それでもあまり割の良い仕事とは言えないらしく、人手が集まり難く困っていると現場監督が言っていたはずだ。

という事は、王都であれば、その辺りのGクラス探索者でも奮発すれば手が届く値段だ。

いや、一三〇リアルといえば、日本円換算でおよそ一万五〇〇〇円から二万円の感覚だ。

王都のアホみたいに高い物価に慣れてしまったから安く感じるが、仕入れが釣《タダ》りで、食事のみでこの価格は、それなりに取っているともいえるか？

近頃、Bランクなんかに昇格して、オマケに騎士団では時給一〇〇〇リアルなんて貰《もら》っているから、金銭感覚がおかしな事になっているな。

……俺は別に贅沢《ぜいたく》が嫌いな訳ではない。

だが、贅沢というのは普段の生活に対して、相対的に恵まれているかどうか、という個人の感覚の話だ。

どんな贅沢も、日常になってしまえばそれは本人にとって普通の事となる。

そうなると、感動を生むのにより大きな贅沢が必要となる。

今生では地位や名誉、財産には拘《こだわ》らず好きな事をして生きると決めているのに、水準の高くなった『普通』を維持しようと、収入を気にするようになれば、自由気ままに生きる事などできなくなる。

……先程はつい安いなどと考えてしまったが、俺がこの世界で勝手気ままに生きるためには、自分の中の感覚をインフレさせるべきではない。

俺はそんな事を考えながら、おかみさんに告げた。

「職人の技術に相応の対価を払うのは当然だし、価値をいくらに設定するのかも自由だ。もっとも、その妥当性は客が決める。適正であれば、客は増えるし店も儲《もう》かる。そうでなければ——淘汰《とうた》されるだけの事だ。メニューは大将に任せる。酒はいらない」

俺がガランとした店内を一瞥《いちべつ》してからそう告げると、大将は唇を噛《か》んだ。

「ちっ、言ってくれるじゃねえか。そこまで言われたら仕方がねぇ。七代目イチョウの仕事を見せてやる」

目をぎらつかせ、僅《わず》かに笑みを浮かべてそう言った大将の口元は、包丁を握ったその瞬間には真一文字に引き結ばれていた。

◆

「確か、刺身が食いてぇんだったな」

今朝釣ってきたばかりなのだろう、氷水の張られた桶《おけ》から、次々に丸のままの魚を取り出して、あっという間に柵《さく》にしていく。

この世界には珍しいオープンキッチンなので、見事な手捌きがカウンター越しによく見える。

ちなみに、俺の眼前には箸《はし》がセットされている。蕎麦屋《そばや》から聞いていたので知っていたが、この辺りは箸を使うらしい。

「……それ、もしかして、黒虎鉄の包丁か？」

俺は大将が握る漆黒の包丁を指差して聞いた。

「ふん。宝の持ち腐れだと言いたいのか？　確かにこんな下魚を切るのには過ぎた道具だ。だが俺はこいつじゃなければ仕事ができねえ。俺の分身みてぇなもんだ。あいよ、みやこアジの造りだ」

目の前に出てきたのは、美しいアジのお造りだ。

皿が透けて見えるほど薄く、飾り切りにされたウリの上に、開ききる直前の薔薇《ばら》の花びらのように盛られている。

添えられた小皿には、粉状の真っ白な塩が添えられている。

「宝の持ち腐れなどとは思わない。刺身は包丁の切れ味が命だと言うからな。この一息に引き切られた見事な断面はともかく、顔が映り込みそうなほど綺麗《きれい》に残された銀の薄皮は、普通の包丁じゃ無理だろう？　魚は、皮目の脂が一番美味《うま》い」

俺はそう言って、塩をつけて一口食べた。

美味い……。

だがそれ以上に懐かしい。

「ほーう。少しは分かってやがんな。……何涙ぐんでんだおめぇ」

「すまない。少し昔を思い出していた。またこのレベルの刺身が食えるとは思ってなかったのでな。気にせず次を頼む」

「ちっ。いやにませたガキだと思っていたが、歳《とし》の割に苦労してそうだな、お前も。どうせ他に客なんて来ねぇ。今日はネタがなくなるまで腹一杯食っていけや」

次に出されたものも見事な品だった。

下処理して臭みを取ったタラコのような魚卵を酒で伸ばして、小さな大葉に塗ったものを、観音開きにしたイワシを僅かに炙《あぶ》ったもので挟み込んでいる。

俺はたまらず酒を頼んだ。

その後も、カリカリに揚げられ塩胡椒《こしょう》された骨煎餅《せんべい》などで箸を休めつつ、タイのような白身やイカのお造り、塩じめ、蒸し鮑《あわび》など日本の一流料亭を思い起こさせる大将の仕事に舌鼓を打った。

◆

「素晴らしい仕事だった。俺はこの春から王都で探索者をやっているが、王都で食べたどんな魚料理よりも、大将の料理は見事だった。掛け値無しで大満足だ。厳つい顔からは想像もできない、実に繊細な仕事をするな！」

大将はニカッと笑い、『厳ついは余計だ』と言った。

俺たち三人は、お互いの顔を見回して笑った。

「ふふっ。満足いただけて何よりだよ。見ていて気持ちのいい食べっぷりだったね。まだ暫《しばら》くこの街にいるのかい？　碌《ろく》な食材がないけど、また食べにおいで」

「あぁ、そうさせてもらおう。おっと、自己紹介が遅れたな。俺は探索者のレンだ。さて……。これだけの腕で何で客が入らないんだ？　確か食材が手に入らないと言っていたな。お決まりのパターンとしては、お代官様と結託した越後屋が、くだらない理由でこの店を目障りに思って、何かと圧力をかけて店の営業の邪魔をしている、といった展開が考えられるが……」

俺のテンプレを聞いて、夫婦は顔を顰《しか》めた。

「エチゴヤ？　それはよく分かんねぇが、ま、大体おめぇの想像の通りだ。この街には元々造船を生業《なりわい》にしている、凪風《なぎかぜ》商会っつう古い商会があるんだが、当代が中々やり手でな。元々港町の命とも言える、造船と修理ドックを握ってやがるから、そこそこ力の強い商会なんだが、当代になってから商売の手を貿易やら飲食にまで広げてやがってなぁ。うちの店も傘下に入れたいらしく、裏で仕入れや客入りに手を回して、店が立ち行かなくしてやがるのさ」

何と捻《ひね》りのない……。

俺はため息をついた。

「なるほどな。街の代官ともそれなりに繋《つな》がりがあって見て見ぬ振りをしているか、下手《へた》をすれば結託している、と。それで、俺が店の外に出た途端に、待ち構えている三人組が、この店には二度と近づくな、なんて脅しをかけてくるという訳か」

夫婦が驚いたように目を見開いた。

「探索者だと言っただろう。索敵防止魔道具も何もない店なんて、酒を飲んでたって嫌でも外の気配が耳に入る。『嬢』と呼ばれている女が一人。造船所の社員ぽいガチムチが一人、用心棒っぽい探索者が一人だ。探索者はショートソードを二本差している」

「……耳がいいと、なんで風貌《ふうぼう》まで分かるんだ？　探索者の連中は何人も客で見てきたが、そんな耳がいいなんて話は聞いた事がねぇぞ？　……その女が、当代のミモザだ。ガタイのいいのは番頭のカッツォ。もう一人は、この辺の探索者じゃ一際腕が立つって話の『双剣のジュレン』だな。だが……ミモザがわざわざ右腕のカッツォの野郎を連れてきてやがるとは、面倒な用件なのは間違いねぇ。おめぇは勝手口からさっさと逃げろ。後は俺がうまく誤魔化しとく」

「あぁそれには及ばない。なぜなら――」

ガラリと戸が開けられた。

「もう今入ってくるところだからだ」

ミモザ

カラカラと引き戸が引かれ、二人組が入ってきた。

後ろの女は落ち着き払っているが、戸を開けた男の表情は険しい。意外な事に、用心棒は表で待たせているようだ。

「何の用だ、ミモザ。ついこの間、『これが最後の忠告』、なんてセリフを聞いた記憶があるが？」

歳の頃は二〇代半ばから後半ほどだろうか。

いや、日に焼けた健康的な小麦色の肌と、後ろに結われた明るいトーンの黒髪が若々しく見せているが、身に纏《まと》う雰囲気からして案外三〇は超えているかもしれない。

その顔の小さな、勝気そうな美人はちらりと大将を見て答えた。

「……あんたも大概頑固だね。意地張ってたっていい事なんてないよ。ま、今日はあんたに用があって来たんじゃない。この街にBランク探索者、『猛犬のレン』って、ヤバい探索者が入ってきてるって報告が協会のソルコースト支所を通じてあってね。この街の顔役として挨拶《あいさつ》して、揉《も》め事《ごと》が起きる前に話を通しておかないとと思って表で待ってたんだが……。あんまり遅いから本当に中にいるのか、確認がてら入ったのさ」

そう言ってミモザは真っ直《ま す》ぐに俺を見た。

その目には一二歳のガキを嘲《あざけ》るような色は全くない。

……なるほど、独立気風の強い探索者協会も抱き込まれているという訳か。

これはただの反社会的な方々ではないな。

まぁどんな手を使ったかは知らないが、これだけの規模の街の顔役に収まっているんだ。ただ血の気が多いだけで務まる訳もない。

だが、俺が『猛犬』などと失礼な渾名《あだな》を付けられている事が、こんな田舎《いなか》の支部にまで広まっているとは……。

探索者協会のネットワークは侮り難いな。

「お、おめぇ、本当にBランクだったのか?!」

大将が狼狽《ろうばい》しながら聞いてくる。

まぁ全く信じていなそうだったからな。

「あぁ俺がレンだ。猛犬、なんて言われる覚えは全くない紳士だがな。なぜ俺が銀銀杏《ここ》にいると？」

ミモザは肩をすくめた。

「なに簡単な話だよ。あんた協会で宿を紹介してもらったろう。それを聞いて宿まで足を運んだんだが、それらしき人物は宿で食事を頼まず外で食べに、東の方へ出たって言うから、じゃあこの港通りだろうと当たりをつけて、その辺で聞き込みをしたんだ。そしたらよりによって銀銀杏にそれらしき人物が入ったのを見たって情報があってね……。この店に入れば話がややこしくなりそうだから、表で待ってたのさ」

協会に続いて宿屋もか……。

相変わらず個人情報もクソもないな……。

まぁ日本でも個人情報の取り扱いにやかましくなったのは、ＩＴ機器が発達してからだ。

この世界で期待するだけ無駄だろう。

次からは、迂闊《うかつ》な行動を控えるしかない。

「なるほど。ところで俺の風体を見て、『本物か？』、とか『弱そう！』、とか思わないのか？　大体はそれでバカが喧嘩《けんか》を売ってきて、返り討ちにしていたら、不愉快な渾名を付けられたんだがな」

俺が顔を顰めながらそう聞いてみると、ミモザは笑った。

「あはは！　偽者はわざわざそんな事を聞かないだろう。私からしたら、この街を平和に回すのが重要で、あんたが本物かどうかなんて、さほど重要じゃない。仮に偽者だったら、厄介事を起こしても実力で排除できるんだから、むしろラッキーさ。ま、私が見たところあんたは本物で、実力も相応だね。残念ながら、人を見る目には多少自信があってね」

そう言ってミモザは手を上げて降参のポーズを取った。

ほう。

顔役としての仕事は、それなりにきちんとしているという事か。

「ま、そんな訳で少し話をする時間を貰《もら》いたいんだけど……。まだ食事中かい？　なら終わるまで外で待っているよ」

ほほう。

最低限の物の道理も分かっていると見える。

「いや、今ちょうど終わったところだ。で、用件は？」

「なに、小難しい事を言うつもりはないよ。さっきも言ったように、私としては、問題が起きなければそれでいいからね。外に一人腕の立つ探索者を連れてきているけど、そいつより多分あんたの方が強い。正直言って、この街で暴れられたら、すぐにあんたを止める術《すべ》がないんだ。差し障りがなければ、王国全土でも注目のルーキーが、わざわざこんな辺鄙《へんぴ》な街に来た理由を聞かせてもらえるかい？」

ほほほう。

先に自分たちの弱みを見せてきたか。

用心棒を外で待たせている事といい、中々肝が据わった人だな。

何らやましいところのない俺は、正直に答えた。

「美味い魚が食いたくて来たんだ。王都には碌な魚料理がなくてな。あとはそうだな。『刀』が安く手に入るようなら購入したいが、こちらはまぁついでだ」

「刀じゃなくて、魚が本命かい？　あんたほどの男が？　まるで観光にでも来たかのように聞こえるけど……？」

ミモザは俺の真意を見極めるように目を細めた。

が、探られて痛い腹などない。

「ま、一言で言ってしまえばその通り、観光、バカンスで来た。なにやらお宅とこちらの大将は因縁があるらしいが、そこに介入するつもりもない。俺は別に正義の味方ではないし、すぐにこの街を去る俺が、力で何かを解決しても何にもならないからな。ただし――」

そこで俺は、ミモザとカッツォの顔を、一人ずつ丁寧に見て、極力感情を排除した声ではっきりと宣言した。

「俺はこの大将の料理の腕を気に入っている。敬意を持った、とすら言えるな。俺は明日もここで飯を食う。何があってもな。くれぐれも『証拠が出なければ大丈夫』などと考えて、この店にくだらない妨害工作などをしない事だ。俺は気が短い方ではないが、俺の道を理不尽に邪魔する奴《やつ》がいたら、すべて叩《たた》き潰《つぶ》すと決めている」

淡々とそう告げた。

このM&A《吸収合併》がどうなろうと、弱い者が食われるのは自然の摂理だから仕方がないが、その煽《あお》りを受けて、俺が大将の魚料理を食えなくなるのは耐え難い。

頭のキレそうな人だし、ここまで言っておけば、俺がここで飯を食ったからといって、得体の知れない何者かが店を襲撃して明日はお休み、などという事にはならないだろう。

口を開きかけるカッツォを片手で制し、ミモザは唇を歪《ゆが》めて聞いた。

「へぇ？　どうやらこの頑固なイチョウから、初対面で事情を聞き出したみたいだね。今のセリフは、食事の邪魔さえしなければ、この店が凪風商会《うちの》の傘下に入る事には反対ではない、とも解釈できるけど？」

大将は俺をギロリと睨《にら》んでから、『言ってやれ』とでもいう風に顎《あご》をくいっとしゃくった。

すぐさま『分かっている』という風に頷《うなず》いてから言い放つ。

「むしろ大賛成だ。そうすれば仕入れに問題はなくなるんだろう？　俺はこの大将が、万全の状態で振るう仕事を堪能したい」

「テメェ～！　なに意味ありげに頷いて、あっさり裏切ってやがんだ！　そこは俺の男気に惚《ほ》れて、こいつらを叩き出すところだろうが！」

「え？　だって大将はどう見ても経営に、もっと言うと政治に向いているようには見えないし、少し話しただけでも器量が全然違う。どうせいつか負けるなら、早めに素直に従った方が、ここにいる全員が幸せだ。大将も万全の状態で仕事がしたいだろうし、拒絶する理由もどうせ老舗《しにせ》の意地とかそんなんだろう。それとも何か懸念があるのか？　例えば法外な上がりを求められるとか……」

ここまでのミモザとのやり取りで、その可能性は低いとは思ったが、俺は念のため大将とミモザを交互に見ながら聞いてみた。

「ぷっ。あっはっは！　支部長が、あんたが通った後は草木一本残らない、会長から聞いた確かな情報だ、なんて脅かすから、どんな危険人物かと思ってたけど、中々話が分かるじゃないか。……ちょうど切っ掛けが欲しかったんだ。今日は腹を割って話そう。カッツォ。お前ちょっとゆうき亭まで行って、魚分けてもらってきな。今日は久しぶりに銀銀杏《ぎんいちょう》の仕事で酒を飲むよ！」

……草木一本残らないとは⁈

俺は改めて、あのハゲをいつか泣かすと――、

◆

ミモザはからみ酒だった。

「あたしもねぇ～、顔役なんてやりたかないんだよ……。うぃ～ひっく。単純にうちの商会をでかくする事だけを考えて、銭を儲《もう》けて、でかくて強い船作って、いつか外海に出て……。そうしたいのに御輿《みこし》に担ぎ上げられて、どこからも文句の出ないように調整調整さ。周りの目が厳しくて、悪どい事一つできやしない！　オマケにあんたみたいな危ない奴が街に来た、なんて呼び出されて……やってられないよ！」

そんな事言われても……。

そもそも圧力をかけてこの店を追い込むのは、悪どい事に入らないのか？

どんな判定基準？

「嬢。お酒はその辺で……」

隣のカッツォがすすっと水を差し出す。

「うるさいよ！　うぃ～ひっく。れん～。カッツォが舐《な》めた事を言ってるよ。ほら、噂《うわさ》の『呑《の》むか死か！　ゲ～ム』をやろ～！　あんたが勝ったらあたしの事は好きにしていいよ」

ミモザは馴《な》れ馴れしく腕に絡みつきながら、謎のゲームを提案してきた。

何なんだその危ない響きのゲームは……。

全くもって聞いた事もない。

シエル《オジキ》のせいで、噂がどんどん独り歩きしているな……。

「箸《はし》が使いづらいから利き腕に絡みつくな、鬱陶《うっとう》しい！　俺は食事のクオリティを上げるために酒を飲むのであって、酔うための酒は飲まない。ん～！　美味い！　この海老《えび》の刺身に載せている海老味噌《みそ》の、爽《さわ》やかな風味は何だ?!」

「普段は男には見向きもしねぇミモザが、何てざまだ……。『鉄のパンツ』の異名が泣くぞ。あぁそりゃ、ジゴの実を青いうちに捥《も》いだのを絞った果汁だ。味噌に練り込んである」

ねっとりと肉厚な刺身に、濃厚な味噌、そこへスダチみたいな青い酸味のコントラストが素晴らしい。

やはり食材が充実すると、この大将の腕は一際光るな。

「ところで鉄パンツは、何でこの頑固な大将が欲しいんだ？」

「誰が鉄パンツだ！　これでも若い時はモテたんだよ！　ふんっ！　単純に、商会を継いで軌道に乗せた後に周りを見渡したら、私より気合いの入った男がいなかっただけさ。姉がシングルマザーで、可愛《かわい》い甥《おい》っ子《こ》の面倒を見るのも楽しかったしね。ちなみに今日は酔っちゃってるから、お持ち帰りのチャンスだよ？　あんたこそイチョウの腕にそれだけ惚れといて、なんで欲しいのとは、不思議な事を聞くねぇ」

「お前の目的は銭を儲けて、でかくて強い船を作る事だろう？　大将を取った後、どこかのでかい店《はこ》にでも移動させるのかと思いきや、銀銀杏を続けさせるみたいだし……。多少単価が高いとはいえ、こんな小さな店の売上なんて、骨までしゃぶってもお前の目的からしたら大した事ないだろ」

酔っ払った上でのセリフだが、その『自分のやりたい事』を語る声音には嘘はない、俺は何となくそう感じていた。

大根のつまのようなものを切っていた大将がぴたりと手を止めた。

おかみさんも真っ直《ます》ぐミモザを見ている。

が、一瞬虚をつかれたような顔をしたミモザは、また腕を絡ませながら話をまぜっ返した。

「これだけ女が積極的に迫ってるのに、無視かい？　つれないねぇ。もしかしてD《童貞》かい？」

「そそそ、そんな事は今関係ないだろう！　鉄パンツの癖に初対面でアルコールの魔力分解もせずに、あえて酔っぱらっている女に釣られるバカがどこにいるんだ！　まずは大将を引き込みたい理由。次に俺に何をやらせたいか。さっさと喋《しゃべ》れ、時間の無駄だ！　俺にも旨味《うまみ》があれば、手を貸してやらんでもない」

おかみさんが『間違いなくDだね』、なんてうんうん頷いた。

ミモザはグレーの瞳《ひとみ》を細めて、不敵に笑った。

「ふふふ。気がついていたのかい？　今までばれた事はなかったんだけどねぇ。女は酔って男に甘えたい時もあるし、焦《じ》れったいのも好きなのさ。あんたみたいにすぐ核心に迫《い》ろ《れ》う《よ》と《う》するDは嫌われるから、女の焦らしに付き合う事も覚えなよ？　……近くサルドス伯爵邸で領主子息の誕生日パーティが盛大に行われる。普通はあり得ない事だけど、このグラウクス地方を治めるグラウクス侯爵も出席するらしい。……そこに潜り込みたい」

「目的は？」

「……可愛い甥っ子の誕生日を、直接祝ってやりたいのさ」

◆

ミモザは事の経緯を説明し始めた。

そもそもの始まりは、一〇数年前。

サルドス伯爵がこのソルコーストに視察に来た際に、案内役を務めていたミモザの姉が伯爵に見《み》初《そ》められ、いわゆる婚外子がもうけられた事だった。

伯爵は養育費として一定の金銭は支払ったが、すでに貴族出身の正妻と内縁の第二夫人がおり、庶民の姉を伯爵邸に迎え入れる事はしなかった。

かといって、姉やその婚外子であるダニエル君が不幸だった訳ではない。

実家の凪風《なぎかぜ》商会はある程度裕福だし、子供が女の子二人しかいなかった先代は、男孫の誕生を喜んだ。

母親である姉はもちろん、先代を始め、凪風商会の男衆に可愛がられ、造船所を遊び場に育ったダニエル君は、将来は船乗りになる事を夢見て、順調にワンパクに育った。

また、叔母《おば》であるミモザが、これからの時代は勉強ができなければスケールの大きな船乗りにはなれないと、小さな頃から言い聞かせてきた事もあり、ただの腕白《ワンパク》ではない、真面目な努力もできる少年へと成長した。

だが運命の歯車は狂った。

ダニエル君はあまりに優秀すぎたのだ。

地域の幼年学校で飛び抜けて優秀な成績を収め、魔法的な素養も高い。

下手《へた》をすると、あの『王立学園』へ入学できるレベルまで伸びる可能性すらある。

そう判明した時、ダニエル君が生まれて以後、一度も顔を見せた事のなかった伯爵は掌《てのひら》を返した。

何せ、そうでなくても養子に取るか検討するレベルの成績を、自分の血を継ぐ人間が修めているのだ。

伯爵邸で手塩にかけて育てている嫡出子たちは、残念ながら押し並《な》べて平凡で、ここ何代もサルドス伯爵家が成し遂げていない、王立学園入学を果たす事はできそうもない。

そこで、難色を示すダニエル君を、領主命令の形で誘拐同然に伯爵邸へと移し、母であるミモザの姉は、改めて内縁の第三夫人へと召し上げ、ダニエル君も嫡出子として正式に認知した。

そして、サルドス伯爵家が集められる限りの優秀な家庭教師陣をつけて、一〇歳からの三年間徹底的に鍛え上げたところ、ダニエル君は何と王立学園入試を見事突破した。

その合格祝いも兼ねての誕生日パーティであるが、侯爵以下グラウクス地方の実力のある貴族が招かれている重要な会で、叔母とはいえ庶民が出席できるようなものではない。

伯爵は、ダニエル君を庶子として育てた事は揉《も》み消したいらしく、面会する事すら禁止されている。

だがせめて、その想像を絶するであろう努力に、そして掴《つか》み取った栄光に、直接賛辞を送りたい。

そこで現在、伯爵が募集しているパーティのメインディッシュのコンペで勝ち残り、会場に関係者として潜り込む事を考えた。

伯爵は沢山来客のあるこの機会に、サルドス伯爵領名物の海鮮料理をアピールしたいようだ。

だがコンペ参加条件の、身元のクリアランスが厳しいので、イチョウに包丁を使ってもらうには、同じ商会の社員となってもらうしかない。

元々銀銀杏はいつか自分の下に欲しいと考えていた。

本当は自分の『器』を時間をかけて認めさせて、傘下に入れるつもりだったが、この機会を逃したら次があるとは限らない。

自分はともかく、可愛い孫を取り上げられ、すっかり意気消沈して家業を引退し、家督をミモザに譲った先代のゴンドに、何とか死ぬまでにもう一度孫に会わせてやりたい。

そこで多少強引な手を使ってでも、イチョウをすぐに手元に引き込もうとした。

ミモザが語った経緯は概ねこんな感じだった。

◆

「……あのバカ《ゴンド》、うちの店にもとんと顔を出さねぇとは思っていたが……。そんなくだらねぇ理由で塞《ふさ》ぎ込んでやがんのか」

大将は呆《あき》れたように首を振った。

「まぁそう言わないでやっておくれ。あんたら夫婦から見たら贅沢《ぜいたく》な悩みに見えるかもしれないが……。すぐそこにいるのに会えない、というのも寂しいもんさ。先代《とうさん》も、今更あの子を取り返したい、なんて思ってはいないよ。むしろ伯爵には感謝しているくらいさ。あの子を育てるには私らの腕では短すぎた。まさかそこまでの、王立学園に行くほどの器だとは思いもしなかったからね。ただ……あと一度でいいから会いたい。そしてよく頑張ったな。偉かったな。そう言ってあげたいだけなんだ」

『どうか力を貸してくれないか？』ミモザはそう言って、大将に頭を下げた。

ちなみに、先程からちゃんと魔力分解をしているので、多少アルコールは抜けたようだ。

「はぁ～。なんで最初から、そうやって素直に頼んでこないんだ」

大将は頭を掻《か》いた。

「ダニエルが伯爵の落胤《らくいん》だって事、そして今となっては庶子としてこの町で育った事すらも秘密だからね。できれば身内になる前に、事情を漏らすような事は控えたかったのさ。話せばあんたは力を貸してくれるとは思っていたけど、弱みを見せて頭を下げるのは趣味に合わないしね」

「ふん。まぁいいだろう。ゴンドには若い頃から何度も助けられたからな。だが、おめぇがだらしねぇところを見せたら、すぐに傘下を抜けさせてもらう。いいな」

話がついたようで何よりだ。

これで明日から大将は十全にこの店で腕を振るってくれるだろう。

だが……。

「大将の仕入れに懸念がなくなってなりよりだ。それで、そんな秘密を俺にまで聞かせて、俺に何をやらせたいんだ？　それと、俺のメリット。言っておくが、俺はその貴族のパーティとやらには何の関心もないぞ」

俺が尋ねるとミモザは表情を曇らせた。

「あぁ。あんたには探索者として仕事を依頼したい。エグい弓を使うと聞いているよ。ただ王都でも注目のスーパールーキーだからね……。相場が全然分からないけど、あんたに仕事を頼むのは安くはないだろう？　私は生まれつき酒に強くてね。できれば噂の『呑むか死か！　ゲ～ム』で勝って、割安で依頼を受けてもらいたかったところなんだがね。あんたのメリットは、イチョウが捌《さば》く『海のルビー』、デュアライゼを食べられる事。ダニエルも、昔から年に一度伯爵の海軍から払い下げられるこの魔魚が大好きでねぇ……。これを食べたら、もう他の魚じゃ満足できないよ？」

……『海のルビー』だと？

金なんてどうでもいい。

それは是非とも味わってみたい。

俺は即座に了承しようとしたが、大将が横から口を挟んだ。

「……おいおい。お前民間の帆船で、シーファルコンがわんさか飛ぶコリーダ海峡のデュアライゼ漁をするつもりか？　危険すぎる！」

「危険なのは分かっているよ。だから、どんなに金を積んでも、レンに依頼を受けてほしいのさ。王立学園へ進学した以上、もうこの先、私たちはあの子に会う事はないだろう。巣立っていく大事な甥っ子への、凪風商会からの最後の手向けだ。ケチケチする気はないよ。さ、報酬を言ってくれ。五〇〇万リアルか？　それとも一〇〇〇万リアルか？」

そのとんでもない金額に、大将は絶句した。

一〇〇万リアルだと……？

俺は『カナルディア魔物大全』の記述を思い出しながら、首を振った。

そんな仕事を受けたら、金銭感覚のハイパーインフレ間違いなしだ。

「……察するに、シーファルコンから船を護衛しろという依頼だろう。はっきり言って、俺にとっては大した仕事じゃないが……。俺は今バカンス中だ。いくら金を積まれても、仕事を受けるつもりはない」

シーファルコンは、海岸沿いの岸壁に巣を作る、船乗りの天敵だ。

特に帆船は、シーファルコンの突撃で帆が破られて、航行不能に追いやられる事が多い。

ミモザとカッツォは何か言いたげな顔をして、だが悔しそうに言葉を呑み込んだ。

「仕事を受けるつもりはないが、大将が捌くその『デュアライゼ』を食べないという選択肢はないな。俺は、何があってもその『海のルビー』とやらを食べる。普通の鉄矢で構わない。矢は船に十分な数を積んでおいてくれ」

ミモザは一瞬呆気《あっけ》にとられ、ついで泣き笑いを始めた。

「あっはっは！　あんた本当にあの『猛犬』かい?!　本当に……甘すぎだよ。じゃあせめて、約束通り私の体は好きにしていいよ」

そう言って再びアルコールの魔力分解を止めたミモザは、酒を呷《あお》ってシャツのボタンを上から二つ開けた。

「いいいい、いつそんな約束をした！」

奥の手と枯れない涙

翌日の朝九時。

俺はソルコーストから80㎞ほど離れた場所にある、サルドス伯爵領都、ラカンタールへとやってきていた。

明朝の未明にデュアライゼ漁へと同行するため、わくわくと港へと行ったのだが、問題が起きていたからだ。

航路上にオジロシャチという魔物の集団が出て、出船の許可が下りないという。

「参ったね……。まさかこんなタイミングでシャチとは、運がないね。コンペは一週間後だ。それまでにいなくなってくれる事を祈るしかないが……。別の代用品で挑むより他ないかもしれないね」

そんなバカな。

あれから散々、いかにデュアライゼが美味《うま》いかを聞かされたんだぞ？

話から察するに、デュアライゼという魚は、寿司ネタの王様マグロの一種だ。

体重が５００kgを超えるものも珍しくなく、部位ごとに多彩な味わいのある、その上品な香り、酸味、脂。

そんな説明から、ルビー色に輝く赤い刺身を想像して、俺は昨日の夜よく眠れなかったほどだ。

散々、あれに代えられるものはない、なんて説明を受けておいて、代用品などで諦《あきら》められる訳がない。

「う、嘘だろう……？　何か……何か方法はないのか？」

「……難しいね。サルドス伯爵家が所有する、船用の魔物除《よ》け魔道具があるなら通れるんだろうけど、あれはとんでもなく貴重なもので、金を積めば手に入る類《たぐい》のものじゃないしね……」

………はぁ。

仕方がない、か。

この手だけは使いたくなかったが……。

俺はサルドス伯爵領都、ラカンタールへ身体強化魔法を全開にして駆け抜けて、伯爵邸正門前へと乗り込んだ。

そして、門の前で迂闊《うかつ》にも大声で叫んだ。

「だーんーくーん！　あーそーぼー！」

当然ながら、あっという間に警備の騎士に取り囲まれた……。

◆

その頃、サルドス伯爵邸では、家族が集まった朝食の後の優雅なティータイムがダイニングで行われていた。

「事前の合否判定からしても、必ずややってくれるとは思っておったが、まさか、あの神童ライオ・ザイツィンガーに次ぐ総合順位二位でAクラス合格とは！　本当に、ダニエルはサルドス伯爵家の誇りだ！　流石《さすが》はわしが、サルドス伯爵家全ての経験知見を注ぎ込んで、手塩にかけて育てただけの事はある！」

ダンこと、ダニエル・サルドスが、優秀な成績で王立学園へ入学してからこちら、サルドス伯爵の機嫌の良さは留《とど》まるところを知らない。

正妻である伯爵夫人も顔を紅潮させて相槌《あいづち》を打った。

「まったくですわね、貴方《あなた》。これほどの成績となると、一体どこまで出世する事になるのか……私には想像もつきません。このグラウクス侯爵地方はもちろん、他の地方の貴族家からもお茶会のお誘いがひっきりなしで、目が回りそうですわ。ビーナさんは庶民出身で、貴族のお茶会など無理でしょうから、私が！　貴方の代わりに対応をして、ダンの後押しをしますからねっ」

ダンの実母である、つまりミモザの姉であるビーナは、その顔に能面のような笑顔を貼り付けて答えた。

「ええ。私に貴族社会のお茶会対応は無理です。全てブリランテ様にお任せいたします」

この返答にブリランテ伯爵夫人は気を良くして続けた。

「ダニエルが国の要職につけば、サルドス家はかつてない繁栄を遂げる事となるでしょう。私たちが妾腹《めかけばら》の、あぁいえ、今は正式に側へと上がりましたが、その貴方のためにここまで心を砕くのですから、くれぐれもその恩を忘れる事なく、このサルドス家の跡を継ぐコーディちゃんを始め、皆の引き立てをするのですよ？」

ダンもまた、その内心をおくびにも出さず、能面のような笑顔で答えた。

「もちろんです、ブリランテ様。俺はこれまで育ててくださった皆様への恩を、決して忘れたりはしません」

調子に乗りに乗っているコーディちゃんも、ニヤニヤとこんな事を言った。

「おいダニエル！　俺は騎士コースのお前と違って頭脳派なんだ！　軍閥に推薦されて、戦地送りなんかになったら堪《たま》らないから、今のうちに官吏コースの友達を沢山作って、そちらにもコネが利くようにしておけよ！」

下の兄弟姉妹たちも、次々に追従した。

「あ、ずるいですわ、コーディ兄様！　コーディ兄様は、そのだらしなく弛《たる》んだお腹《なか》を、軍で少しは引き締めてもらってはいかが？　わたくしは、素敵なご学友のご紹介をお願いしますわ！　できれば兄様と同じAクラスで、伯爵家以上の家格でお願いしますわよ！」

「俺はグラウクス地方の高官でいいや。できるだけ仕事がないところ。趣味の乗馬を自由に続けられるなら軍でもいいぞ。もちろん前線には出ないようお前の力で調整してくれよ？　あー、でも、可愛《かわい》くて優秀な奥さんの紹介というのは、確かにいいかもな～。身分も子爵家出身あたりなら、俺でも十分家で威張れそうだし」

「お前目標低すぎ～！　ぎゃっはっは！　俺はそうだなー」

……彼らはダンがこの家に引き取られた時、御多分に洩《も》れず、散々卑しい庶民め、妾腹めと、陰に陽に下らない嫌がらせをしてきた異母兄弟たちだ。

事前の合否判定で『合格ほぼ間違いなし』のA判定を受けて、事前に王都の成績優秀者だけが招《しょう》聘《へい》される会合に出た辺りから、あまりあからさまな嫌がらせはなくなったが、冷たい態度は相変わらずだった。

幼い頃から沢山の職人に囲まれて、真《ま》っ直《す》ぐ育てられてきたダンは、そのあまりの程度の低さに呆れ返り、内心全く相手にしていなかったのだが、流石にこの帰省後の掌返《てのひらがえ》しには辟易《へきえき》としている。

と、そこへ家令が部屋へと入室してきて言った。

「失礼致します。その、ダニエルおぼっちゃまのご友人という方がお見えなのですが……。何でも『ダン君と遊びたくて来た』との事で……」

上機嫌だったサルドス伯爵は、途端に鬼のような形相になり家令を怒鳴りつけた。

「ばかもん！　ダニエルにはこの夏季休暇中、諸侯への挨拶回《あいさつまわ》りを始め分単位のスケジュールが待っておる！　遊んでおる時間などある訳がなかろう！　ましてや庶民どもとは、最早住む世界が違う！　そんな事も分からんのか！」

そう言って、ゆっくりとダンへと目を移し、睨《にら》みつけた。

「ダニエル貴様、あれだけ言い聞かせておるのに、まさか、まだ庶民どもと下らん交流を持っておるのではあるまいな？」

ダンは能面のような顔を僅《わず》かに歪《ゆが》め、きっぱりと首を横に振った。

「いいえ、父上。言いつけ通り、面会はもちろん、手紙のやり取りなども一切差し控えています」

そのダンの返答を聞いて、伯爵は『ならばよい』と言い捨てて、家令に『さっさと追い返せ！』と怒鳴り、紅茶に口をつけた。

だが家令は、しどろもどろになりながら、さらに口を開いた。

「それがその。本人曰《いわ》く、ダニエルぼっちゃまの、王立学園のご学友だとおっしゃっておりまして……。お名前を『アレン・ロヴェーヌ』様と名乗っております」

伯爵は紅茶を吹き出した。

◆

「確認して来ましたが、紛れもなく本人でした。俺も来るとは聞いていませんでしたので、驚きましたが。アレンは先日報告した通り、いささか破天荒な奴《やつ》でして……。それで、本人曰く、本当にただ遊びに来たらしく、秋の林間学校に向けた訓練も兼ねて、二、三日、二人で狩りでもしようとの事でしたが……。流石にスケジュール的に無理ですよね？」

伯爵の上機嫌メーターは振り切れた。

「何を言うか！　先程遊ぶ時間などないとは言ったが、優秀な学友と親交を温めるというのであれば、もちろん話は別だ。スケジュールはわしが何としても捌《さば》くから、是非とも遊んで来なさい。なに、予定をキャンセルしても、『あの』アレン・ロヴェーヌ君が、ふらりと遊びに来ましてなぁ、参りましたなぁ……などと一言言ってみろ！　ハンカチ噛《か》んで羨《うらや》ましがられるだけで、文句など出るはずもない！　それどころか、あっという間に王国中の貴族の羨望《せんぼう》の目が、このサルドス領に向くに決まっておる！　あぁ〜想像するだけで頭がどうにかなりそうだ！　今は客間かな？　すぐにわしが応対に出よう！」

「それが……アポイントもなしに突然伯爵家に訪ねて、邸《やしき》に上がり伯爵にご挨拶する訳にはいかないと言うので、外で待たせています」

サルドス伯爵は一瞬キョトンとしたが、すぐに上機嫌そうに頷《うなず》いた。

「ふむっ。流石、貴族社会の見られ方をよく弁《わきま》えている。確かに軽々にわしが応対するより、ダンに任せた方がサルドス家としては重みが出るな」

「……では、二、三日家を空けさせていただきます。あ、そうだ。海で釣りもしたいみたいで、安全のために魔物除けの魔道具も借りたいみたいなのですが、一つお借りしても？」

「もちろんもちろん！　流石、安全配慮にも余念がないとは、これで安心して遊びに出せる。親友のアレン君との時間を大事にしなさいよ。帰りにうちに遊びに寄っても構わないと伝えておくれ」

「……では、行って参ります」

ダンは、猫撫《ねこな》で声《ごえ》で勝手に『親友』などと言い始めた伯爵を見て込み上げてくる苦笑いを堪《こら》えながら、伯爵邸のダイニングを後にした。

◆

ダンが出ていくのを見届けた後。

あまりの伯爵の豹変《ひょうへん》ぶりを見て、それまで口をつぐんでいた長兄のコーディちゃんが伯爵に尋ねた。

「いいのですか、父上？　いくら王立学園Aクラスの学友とはいえ、アポイントもなしに訪ねてくるような無礼者を、あれほど立てて。ダニエルの奴は今年の試験全体順位二位ですよ？　序列で言うとダニエルよりは下なのでしょう」

貴族学校を下から数えた方がずっと早い成績で卒業したコーディちゃんは、自分の事を棚の上にぶん投げて、偉そうに踏ん反り返った。

身内や知り合いに偉い人間がいると、自分も偉くなった気になれる便利な脳みそを持っている。

「あれやこれやと理由を付けて王都にも出ず、碌《ろく》に社交もしておらん貴様らは知らんだろうがな……。今年の王立学園入試の騎士コース実技試験で、あのライオ・ザイツィンガーを抑えて、しかも試験官全会一致でトップ評価を獲得した彗星《すいせい》、『アレン・ロヴェーヌ』。かの国の英雄『仏のゴドルフェン』とすでに対等に話をするとまで言われ、やれ誰と採取に行っただの、誰を家に招いてバーベキューをしただのと、王国中がその挙動に注目して噂《うわさ》が飛びまくる、途轍《とてつ》もない少年だ。国王陛下の勅令で一年前期にしてすでに王国騎士団に籍を置き、ダンの誕生日祝いにグラウクス侯爵が来られるのも、アレン・ロヴェーヌの話を直接ダニエルの口から聞きたい、とおっしゃっての事だ」

伯爵がそう説明して首を振ると、ダイニングは静まり返った。

「その夏季休暇中の挙動にも注目が集まっておったが、その行方《ゆくえ》はようとして知れず、クラスメイトの誰にも漏らさなかった事から、騎士団の極秘任務でも受けているのではと噂になっているそうだが……。そのアレン・ロヴェーヌが、ダニエルと遊ぶために、わざわざうちの領まで……。足を運んで……。あぁっ」

キャパシティをオーバーした伯爵は、その場でヘニャヘニャと崩れ落ちた。

◆

「よぅ待たせたな、アレン。いやぁ、夏休みの間中挨拶回りをさせられそうで、げんなりしてたから助かったよ。で、本当のところは、何の用で来たんだ？」

ちなみに、ダンと共に伯爵邸から出てきた家令が、『魔導車でお送りします』とか言ってきたが、俺は鍛錬を理由にキッパリと拒否した。

風任せの旅に送り迎えなど不要だ。

ましてや領主様の家紋入りの車などで移動しては、目立ってしょうがない。

「ん？　本当に釣りが目的だ。より正確に言うと魚だな。この近くのソルコーストという街では美味い魚料理を食わす、という噂を王都で通っている蕎麦屋《そばや》のオヤジに聞いててな。王都の魚料理があまりにいまいちだから、気ままな一人旅をしながら足を延ばしたんだが……。そこでデュアライゼという魚が美味いと聞きつけたのはいいが、航路に魔物が現れて漁に出られないいんだ。それで、急で悪いとは思ったんだが、ダンの実家の魔道具を当てにさせてもらった」

「ええ⁈　デュアライゼは俺も好物だが……アレンがグルメ旅か？　あの食生活のアレンが……。相変わらず、何を考えているのか全く分かんねぇな。人を驚かすのが趣味なのか？」

……なんて失礼な奴だ。じゃがいもみたいな顔しやがって。

ここは一つ、ソルコーストで俺の魚に対する深い造詣《ぞうけい》を開陳して、俺が馬鹿舌だと思っているダンの鼻を明かしてやる必要があるな。

「そんな悪趣味はない。ところで、俺は王立学園生としてチヤホヤされたり、間違っても偉いさんへの挨拶回りなどをさせられたくないから、一介の探索者レンとして旅をしている。手間だがダンも探索者登録をしてくれるか？　一般人として街を回ろう。地元だし、詳しいだろ？」

「あぁ、あの前期最後の日に、アレンがライセンスを持ってきちんと活動しているプロじゃないとお話にならない、なんてクラスで宣言しただろ？　それを聞いて、あの後全員で探索者登録をしに行ったから、Ａクラスの生徒は全員ライセンスを持ってるぞ。……しかし、ただの一般人か。ソルコーストにはちょっと馴染《なじ》みがあってな。アレンの用事が終わった後でいいから、俺の用事にも付き合ってもらっていいか？」

……どんなに鈍感な奴でも流石に気づく。ダンは碌に挨拶もできずに生家から出たそうだし、間違いなくミモザや凪風《なぎかぜ》商会関連だろう。

ミモザはサプライズを考えていたかもしれないが、まぁ逆サプライズになっても問題ないだろう。

全ては俺が、デュアライゼを食べるためだ。

俺たちはラカンタールから、港町ソルコーストへと走った。

ちなみに、伯爵邸からこっそり跡を付けてきている護衛兼監視っぽいのを索敵魔法で捉《とら》えていたから、最初別方向の森へと走って、撒《ま》いておいた。

俺と、坂道部《さかどうぶ》でもトップクラスの身体強化の練度を誇るダンが全力で走ったから、あっという間に見失ったようだ。

◆

ちょうどお昼時にソルコーストに戻った俺たちは、ミモザたちとの待ち合わせ場所である銀銀杏《ぎんいちょう》へと入った。

「待たせたな」

「思ったよりも早かったねぇ。それで、大して期待してはいないが、その心当たりとやらは――」

カウンターで大将と話していたミモザは振り返って、そして固まった。

俺が横目でちらりとダンを見ると、こちらも驚愕《きょうがく》に目を見開いている。

俺は別に、人を驚かすのが趣味ではないのだが……。

「たまたまこの近くにいた、知り合いの探索者ダンだ。偶然にも船の魔物除《よ》けの魔道具を持っていたから、持ってきてもらって、ついでにデュアライゼ漁にも手を貸してもらう事になった」

俺はそのように淡々と探索者ダンを紹介した。

ミモザは、ハッと気を取り直して何とか涙を堪え、歯を食いしばった。

だが、隣のカッツォが『ダン！　でかくなりやがって！』と叫んで泣きながらダンへと抱きついたから、すぐにミモザも涙を溢《あふ》れさせた。

「馬鹿！　何であんたが先に泣くんだよ。誰が見てるか分からないんだよ！」

ミモザは泣きながらカッツォの頭をはたいた。

俺はカウンターに座り、ちらりと大将の手元を見て言った。

「お、鰻《うなぎ》か！　大将、俺は今日のメインは鰻の白焼きだ。……鰻の格は、いかに時間をかけてじっくり焼き上げるかで決まるらしいぞ？　焦らずじっくり焼いてくれ。あぁダン。俺はここで鰻が焼けるのを待つから、先にデュアライゼ漁の船を出してくれる、この凪風商会の人たちと造船所に行って、貴重な魔道具を船に装備してもらってきてくれ。ここは索敵防止魔道具もないから、そんな貴重品があると落ち着いて飯も食えない」

俺が振り返らずにそう言うと、大将はにかっと笑った。

「あぁ、うちの白焼きは二時間じっくり蒸した後、炭火できっちり一時間だ。……これは穴子だけどな」

「……あぁ。あぁ分かったよレン。ちょっと行ってくる！」

ダンはそう言って、ミモザとカッツォと共に出ていった。

……そんな太い穴子あり？

◆

穴子が焼けるまでの間、大将とおかみさんと雑談しながら、大将が本気で仕入れて包丁を振るった魚料理を堪能する事三時間。

夕方になって、ダンとミモザとカッツォ、それに凪風商会の先代であるゴンドが銀銀杏へとやってきた。

商会から索敵防止魔道具を持参したようだ。

「待たせたな、レン。それと……ありがとうな」

一様に目の周りを腫《は》らして帰ってきた四人を代表して、ダンが俺に礼を言った。

「別に礼を言われる覚えはないさ。俺は、俺がやりたい事のために動いただけだ」

「ちぇっ。またそれかよ。ほんと、お前には敵《かな》わないな。だがじっちゃん……じゃなくて、この凪風商会先代のゴンドさんが、どうしても直接お礼が言いたいって言うから、一緒に来たんだ。どうか受けてやってくれ」

ダンは唇を尖《とが》らせて、だがどこか嬉《うれ》しそうに先代を紹介した。

「おたくがレンさんかい？　わしはゴンドだ。今回の件は、個人的にも、商会一同としても本当に感謝しとる……。本当に本当に……ありがとう」

そう言って、両膝《りょうひざ》に手を置いて頭を下げたゴンドさんのお辞儀の練度は今一つだが、本当に心が籠もっていて、俺は居心地が悪くて頭を掻《か》くよりほかなかった。

本当に、自分が食いたいがために、必要な要素《ピース》を集めただけなんだけどなぁ……。

「まぁもう分かったから、とりあえず頭を上げてくれ。湿っぽいのは苦手でな。とりあえず、大将が焼いているうな……穴子がもうすぐ焼き上がるところだ。明日の大漁を祈願して、こいつで一杯やろう」

そう言って俺は、わざわざ王都から持参してきたわさびとマイ鮫肌《さめはだ》を見せた。

「……なんだいそれ？」

ミモザが不思議そうな顔で聞いてくる。

ふっふっふ。

昨日は大将の仕事が秀逸すぎて、出すのをすっかり忘れていたが、俺はわざわざこの旅に醤油《しょうゆ》とわさびを王都から持参している。

「これは、俺の大好きな香辛料で、『わさび』という植物の根っこだ。通の間では、白焼きといえばこいつをつけて食べるのが乙なんだ」

日本の本わさびよりも刺激が強いから、つける量には注意が必要だが、鮫肌で擦りおろしたわさびから広がる風味は、日本の本わさびに勝るとも劣らない。

「ほーう。そいつは初めて見るな。ちょうど今焼けたところだ。後でいいから、俺にも少し味見をさせてくれ」

流石《さすが》は大将、美味《うま》いものを求める飽くなき向上心は一流の料理人には必須《ひっす》だろう。

「もちろんだ、ぜひ味わってくれ。ちなみにこれは生魚にもよく合う。ベアレンツ群島国で作られる、醤油という調味料と合わせて生魚につけて食べると最高だ」

そう言って俺は塩が振られた穴子の白焼きに、ほんの少しだけわさびをつけて口に放り込んだ。

瞬間、鼻をツンとした辛味が抜けて、次の瞬間穴子のジューシーだがさっぱりとした脂の旨味《うまみ》が口の中を駆け抜ける。

じっくりと蒸されたあと炭火で焼き上げられた淡白な白身は、信じられないほど中はふっくら外はカリッとだ。

くぅ～！　た、堪《たま》らん！

俺が懐かしさに感極まって涙ぐみながら頭を振っていると、様子を見ていた全員がごくりと生唾《なまつば》を飲み込んだ。

おかみさんが、興味深そうに俺の手元を覗《のぞ》き込んでくる。

「へぇ。醤油を知ってるのかい？　私はベアレンツ群島国の出身なんだが、その『わさび』というのは聞いた事がないね。私もいいかい？」

だがそれを聞いたミモザが横から割り込んだ。

「ちょっとちょっとクロエ、ここは客が先だろう。レンが驚かすから、すっかり飯を食うのも忘れていたんだ。お腹《なか》がペコペコだよ」

ミモザがやけに距離を詰めてきて、『あーん』みたいな感じで、口を開けて目を瞑《つぶ》ったので、俺はお約束通り鮫肌からわさびを少し取って、ミモザの口に放り込んだ。

「くぅ〜！　穴子はどこいった?!　しかしなんつう辛さだい。さっき出し尽くして、枯れたはずの涙がまた出てきたよ！」

ミモザは涙目で俺に抗議して、そしてそれを見たカッツォは苦笑した。

「嬢。辛さと涙は関係ないでしょう。流石の嬢も、少し涙腺《るいせん》が緩んでますね」

まぁそう思うのも無理はないだろう。

いわゆる唐辛子系の辛味では、辛くて涙が出る、なんて事はないからな。

一口に辛味と言うが、このわさび特有の鼻にくる辛さは、食べた者でないと分からない。

「カッツォあんた……信じてないね？　まぁあんたは昔から、舌がいかれてるのかと思うほど辛味に強いからね……。あんたなら割りかし平気かもね。とりあえずあんたは男らしく、どかっと盛って食ってみな」

ミモザは明らかに悪い顔でカッツォにそう勧めたが、カッツォは不敵に笑い、白焼きにわさびをてんこ盛りに盛って、一息に食べた。

「うぉぉぉおお！？？　鼻がモゲるぅぅう？？！」

そしてお約束通り、1m90はありそうな大男のカッツォは、鼻を押さえて涙を流しながら、床を転げ回った。

その様子を見て、皆は再び目に、枯れたはずの涙を浮かべて大笑いしたのであった。

が、ダンだけは、『流石はアレンお気に入りの香辛料だな……』、なんて苦笑していた。

違うんだ……俺は旅の探索者『レン』だし、断じて馬鹿舌なんかじゃないんだ……。

帆船

明朝。

朝日が昇ると同時に、俺は声を張り上げた。

「錨《いかり》を上げろ～！　帆を張れ～！」

「お、レン！　お前まさか帆船動かした事あるのか？」

ダンが見ていて恥ずかしくなるほどの、満開の笑顔で近づいてきた。

久々に船に乗れるのが嬉しいのだろう。

いつもはどこか大人びていて、一歩引いたところからクールに皆を見ているダンだが、今日は年相応の子供のような顔をしていて、ジャガイモ感が半端ない。

「もちろん全くの素人《しろうと》だ。ただ言ってみたかっただけだ」

俺が胸を張ってそう宣言したら、ダンはガックリと肩を落として、『皆が混乱するから、海に出てからはやるなよ……』なんて言ってきた。

海に出たらヤマ勘で『面舵いっぱい！』などと叫ぼうとも思っていたのに……。

俺たちが今回乗船するのは、ダンの生家である凪風《なぎかぜ》商会が、ダンが一二歳になって、上級学校へ進学するタイミングで伯爵家に進呈しようと密かに建造されていた、凪風商会渾身《こんしん》の帆船だ。

もっとも、ダンが王立学園に進学を果たしてサルドス領はおろかグラウクス侯爵地方すら離れたので、お蔵入りになっていたそうだが。

この船は、某有名RPGで中盤に手に入れるような、進行方向後ろからの順風を受ける事を基本にしている横帆船《おうはんせん》ではなく、風に向かって切り上がる事のできる縦帆船《じゅうはんせん》だ。

ちょっと大きめのヨットを想像すればいいだろう。

ちなみに、軍船は、そのほとんどが、一応補助的な帆を備えてはいるものの基本的には船の横から多数飛び出したオールを多人数で漕《こ》いで進む、いわゆるガレー船との事だ。

海戦域として想定される沿岸域や内陸の大河では、風向風速が安定せず、漕ぎ手のスタミナに限度はあるものの、帆船に比べて加速・減速・旋回などの機動力に優れているらしい。

……そんな大人数の身体強化魔法でゴリ押しするスタイルは、ロマンのかけらもないな。

ちなみに、大貴族が保有する船には、魔導動力機関が備わっているものもちらほら出てきているようだが、速度が出ないので軍船にはまだ採用されていないらしい。

魔物除けの魔道具は昨日のうちにこの船に設置されている。

俺たちは、朝の冷んやりと心地いい風を浴びながら、凪風商会のドック横の港から船出した。

◆

港湾から海へと出ると、風は向かい風だった。

縦帆船は向かい風でも前に進む事ができるが、真正面から吹く逆風に向かって走れる訳ではない。

目的地が風向（風が吹いてくる方向）と一致している場合は、風向から左右四五度ほどの角度をつけてジグザグに進んでいく事になる。

船の性能にもよるが、これ以上角度が小さくなるといかに縦帆船でも進まないそうだ。

ダンは船の後方に設《しつら》えられた運転席《コックピット》に立ち、たった一人でこの全長20m近い帆船を操船している。

それを見て、ダンの隣に立ち操船のサポートをしようとしていたカッツォが呆《あき》れ返《かえ》って言った。

「一応コックピットに全てのラインを引き込んでいるから、操舵手《シングルハンダー》が一人でも操船できる設計にはなっているが……。あの糞重《くそ》たいメインセイルのラインを、片手で楽々《やすやす》巻き上げるとは、信じられん。しかも初めての船で、この風の中で帆を全部出して、こうも易々と捌《さば》くとは、操船センスの方も相変わらず尋常じゃないな」

メインセイルは船で一番大きな主帆の事で、ラインとは、帆の上げ下げや、風の当たる向きをコントロールするためのロープの事だ。

このラインで帆を操作し、併せてティラーと呼ばれる舵棒《かじぼう》を切る事で、船の速度や方向をコントロールするそうだ。

ダンは、魔力器官が発現する八歳の頃には小さな帆船を操縦して遊んでいたらしい。

ちなみに、カッツォの他にも、クルーとして凪風商会の社員が何名か乗船している。

造船が正業ではあるが、船乗りや漁師上がりの社員も多く、伯爵家への手前、ダンが気兼ねなくデュアライゼ漁に勤しむには、外部の人員を入れない方がいいと判断したとの事だ。

「大した事じゃないよ、カッツォ。王立学園には、もっととんでもない化け物がいるしな」

そう言って、ダンは俺に笑いかけた。

俺は、王立学園にも籍を置くダンの学友だという事を、結局ミモザたちに話した。

たまたま王都で知り合った探索者が、ダンを伯爵邸から連れ出して、しかも貴重な魔物除《よ》けの魔道具を借りてきた、というのは流石に無理がある。

変に想像を巡らされて噂《うわさ》になるよりも、認めるところは認めて、その上でしっかり口止めした方が上策だと判断したからだ。

ミモザとカッツォは少なくとも他言しないだろうと踏んでいる。

「楽しそうだな、ダン！　俺もやってみたい！　代わってくれ！」

自在に船を操って、風を切ってぐんぐん進む帆船を操作するダンはめちゃくちゃ楽しそうで、且つかっこよかった。

俺はたまらず操船の交代を要求した。

「お！　興味あるのか？　じゃあ基本的な事を教えるから、こっち来いよ」

その後俺はダンから縦帆船の基本操作とポイントなどを一通り教わり、操舵手を交代した。

◆

ダンは、舳先《へさき》から突き出ている棒の上に立って、手信号を交えながら、俺に操船の指示を出してくる。

「スターボード・タック！」

「スターボード！　タッキング！」

俺は進路をポートサイド、つまり風向から船首を右側にずらした方向から、逆のスターボードサイドに向けるべく舵棒《ティラー》をゆっくりと切った。

この風向に向かって行う回頭を、タッキングと言う。

進行方向が風向に対して右四五度から左四五度へと変わると、当然ながら帆に風が当たる向きが逆になる。

緩められ、風をいっぱいに孕《はら》んで膨らんでいる主帆《メインセイル》が、転進の途中で暴れないように、マストを軸に時計回りに帆が回転するのに合わせて、ラインを素早く引き込んで、帆を引き締める。

「クローズホールド！」

ダンはこの船で、風に向かって切り上がる事ができるギリギリの角度で、船の回頭を止めるように指示した。

この角度で切り上がる事を、クローズホールドと言う。

「これだけ波風で上下左右に揺られる船の上で、よくあんなところに立っていられるな……」

俺は呆れたように呟《つぶや》いた。

こうやって、小さい頃からバランス感覚を鍛えていたのか。ダンが異常なまでにバランス感覚がいい理由が分かったな……。

ダンのバランス感覚の良さは尋常じゃない。

王立学園での実技授業には、高い場所に組まれた細い木やロープ、池に配置された遊動する石などの特殊な足場を進む訓練がある。

難易度の高いアスレチックのようなものだ。

その授業でのダンの踏破スピードは、一人だけ桁違《けたちが》いに速く、まさに独壇場だ。

「あそこに立ってると風や波の動きがよく見えるってんで、九歳になる頃にはもうやってたな。危ないからやめろっていくら言っても、『大丈夫』って言い張ってな。実際、操船を誤って船がいきなり傾いても全然落ちないし、最後はこっちが諦《あきら》めた。ま、俺に言わせれば お前も十分やべえけどな。一回聞いただけで普通に操船しやがって……どんな頭の構造しているんだ？」

カッツォは顔を引き攣《つ》らせて俺に聞いてきたが、これは別に驚くほどの事ではない。

「俺はダンの指示通りに操船しているだけだからな。この程度の手順、あの学園の生徒ならまず間違いなく全員が一発で覚えて実践できる。悔しいが、先程ダンが見せた、この場所から風と波を見切りながらしていた細やかなラインワークとは、やっている事の次元が違う」

自分でラインと舵《かじ》を持ってみて、その奥深さはすぐに理解した。

実際、同じような風が吹いているのに、ダンが操船している時と比べて船足は八割ほどの速度に落ちている。

その二割の差は、容易には埋まらないだろう。

「ど素人にあっさり操船を任すから、何考えてるんだとハラハラしたが……。王立学園は化け物の巣窟《そうくつ》だと言われる理由が分かったよ……」

カッツォはそう言って頭《かぶり》を振り、続けてこんな事を言った。

「……ダンは小さな頃から何をやらせても出来が良くてなぁ……。大人に交じるとイキイキとしているんだが、同い年くらいの子供に交じるとどこか浮いていてな。そつなく合わせてはいるんだが、その背中が、こっちから見るとどうにも寂しげでなぁ……。その上堅苦しい貴族の世界なんかに引っ張られて、俺はダンが可哀想《かわいそう》で仕方がなかった。……だがお前と屈託なく対等に話しているのを見て、考えが変わったよ。ダンは、やっと自分が本気でぶつかり合える友達と出会って、自分が生きる場所を見つけたんだな……。ありがとうな、レン。あいつはやっと、孤独から抜け出した」

……まぁカッツォが言わんとしている事は分かる。

この世界は魔法もある分、余計に個々人の能力差が大きく、そしてそれは、持つ者と持たない者どちらにとっても残酷だ。

俺も幼年学校では浮いていたし、あの学校に通う者は、みな大なり小なり似たような経験があるに違いない。

ライオが『才能ある学友と切磋琢磨《せっさたくま》して、己を高めるために学園《ここ》にいる』、なんて言っていたが、あいつなどその孤独の最たるものだろう。

ライオの、あのニヤリと笑う不敵な口元とチグハグな、尻尾《しっぽ》を振りまくっている子犬のような瞳《ひとみ》を見ると、多少うざったくても邪険にする気が失《う》せる……。

これは、姉上が俺を異常なほど可愛《かわい》がる理由の一つでもあるだろう。

地元では俺ですら浮いていたからな……。あの天才としか言いようのない姉上は、さぞかし馴染《なじ》めなかったはずだ。

近頃はフーリ先輩やら、話の合いそうな人間が周りに増えて、楽しそうなのは結構な事だ。

このまま俺の存在感が、消滅してくれる事を祈るばかりだ。

そんな他愛《たあい》もない話をしながら、しばらくタッキングとクローズホールドを繰り返しながら進んでいると、ダンがコックピットに戻ってきた。

「あの島と大陸の間がコリーダ海峡だ。帆を畳んで船足を落とすぞ」

ダンは流れるような手順で帆を畳み、デュアライゼを逃がさないために魔物除けの魔道具を停止した。

今広がっているのは、小さな補助帆と、スパンカーという船が風で流されるのを抑制する船尾の帆だけだ。

コリーダ海峡から、『クァークァー』という、シーファルコンの鳴き声がうっすらと聞こえてきた。

◆

「ようし、掛かった！」

艫《とも》（船尾）から本日四度目の歓声が上がった。

流されているロープの先には、グリファイトという鉱物で生成された糸を束ねて作られた、特殊なワイヤーがついており、その先のでかい餌針に小型の魔イカが仕掛けられている。

グリファイト製のワイヤーは錆《さ》びにくく、引っ張り強度に優れていて、少々値が張るがこうした大型の魚の漁にはよく利用されるらしい。

後ろの様子が物凄《ものすご》く気になるが、俺は四方八方から船に向かって飛来するシーファルコンを、船の中央に立ち、ミモザに頼んで大量に用意してもらった鉄矢で次々に叩《たた》き落としているので、後ろを見に行く余裕がない。

ちなみに、ダンは操船しているので、漁をしているのは凪風商会の社員たちだ。

シーファルコンは、浅い角度で翼を半分畳み、一直線に滑空してくる。

最初は船の揺動で狙いがつけにくかったが、今は波のリズムにも慣れてどうという事もない。

加えて、ダンの操船技術だ。

先程自分で船を動かしたからよく分かる。

俺の狙いとリズムを察して、矢を放つ時に揺動が最小限となるように繊細な操船をしてくれるおかげで、あくびが出るほどリズムが乱れない。

タッキングやジャイビング（船を風下に向けて回頭する事）などの大きな動きがある時も、ダンがアイコンタクトで伝えてくるので何も問題はない。

俺はコックピットの後ろで行われている漁の様子が気になって、必死に後ろを見ているだけなのだが、どうしたってダンのじゃがいも顔が目に入る。

嬉《うれ》しげに親指なんて立てやがって……。

漁の様子が全然見えない。

数えちゃいないが三〇〇羽は叩き落としただろう、というところで、後ろの様子を見に行ったカッツォが戻ってきて、俺が背負っている矢筒に矢を補充しながら言ってきた。

「……しかし……とんでもない腕をしているな。最初の方に二、三矢しくじって以降、百発百中じゃないか……。嬢がレンへの報酬に一〇〇万リアル払うと言い出した時は驚いたが……トップクラスの探索者の仕事というのは、尋常じゃないな。後ろの方も、もうすぐ四匹目が上がりそうだぞ。ダンがうまく船を動かして、デュアライゼを弱らせながらロープを巻き上げる『溜《た》め』を作ってくれるから、ずいぶんと早く片が付きそうだ。これ以上は持ち帰れないから、こいつが上がれば漁は打ち止めだ」

ダンめ……後ろの様子が見えないから全然気がつかなかったが、俺の狙撃に合わせながら漁のサポートもしていたのか……。

やはり俺のお遊びの操船とは次元が違う。

「俺は別にトップクラスの探索者という訳じゃ――――」

俺が口を開きかけた時、後ろから『切れた?』という言葉と共に、どよめきが聞こえた。

「なんだ?　グリファイト製のワイヤー仕掛けが切られたのか?」

カッツォがそう呟いた次の瞬間、船の後部が大きく持ち上げられる。

一瞬後に、浮遊感と共に船は海面へと叩きつけられた。

漁をしていた凪風《なぎかぜ》商会の社員が叫ぶ。

「「オ、オジロシャチだー！」」

◆

転覆寸前にまで傾けられた船を、ダンは瞬時に立て直し、畳んでいた帆を開きながらソルコース方面へ回頭《ジャイビング》した。

隣に立っているカッツォが真っ青な顔で叫んだ。

「そうか、レンが散々叩き落とした、シーファルコンの臭いに釣られてきやがったな！　最悪だ！　奴《やっ》らの鼻の良さを舐《な》めていた！」

「ダン！　指示を出せ！　……原因など今はどうでもいい。魔物除けの魔道具のスイッチを入れてもダメなのか？」

俺はダンに指示を依頼しながらカッツォに聞いた。

ダンからは即座に指示が飛ぶ。

「レンはコリーダ海峡を抜けるまでシーファルコン対応を優先！　帆に穴を空けられたらかなりやばいぞ！　オジロシャチはとりあえずこっちで対応する！　コンじい！　舵柄《ティラー》の補助を頼む！　ラインに集中したい！　他はデュアライゼを船の中心に持ってきて、レンの射線に入らないよう船の真ん中で伏せていてくれ！　重心を真ん中に寄せる！」

カッツォは急いで魚を運ぶ手伝いに走り、その後その場に伏せながら、先程の問いに震える声で答えた。

「あの魔道具は海の魔物が嫌う音を出して、近寄らせないものだ。捕捉《ほそく》された後にスイッチを入れても、怒らせるだけで効果はないと聞いている」

『カナルディア魔物大全』も、流石《さすが》に海の魔物までは網羅していないと思うが、このオジロシャチは確か記述があった。

最大体長10ｍ、最大体重12ｔにも達する、尾の白い、シャチの魔物だ。

群れで狩りをする非常に好戦的な性格で、一度ターゲットにされると、どこまでもしつこく追いかけてくる厄介な奴。

確かオジロシャチの泳速は時速一五㎞ほどだが、瞬間的なトップスピードは八〇㎞近くにまで達する。

この船足では引き離すのは厳しいだろう。

俺は索敵魔法の範囲を縮め、その分近くの音をできるだけ鋭敏に感じ取れるよう集中した。

オジロシャチの襲来をチャンスと見たのか、シーファルコンが飛来する頻度が増加する。

俺が片っ端から叩き落としていくと、海面に落ちると同時にオジロシャチが、バカでかい口で丸《まる》呑《の》みにしていく。

その間にもオジロシャチは船に体当たりをしてくる。

早々船体に穴が空くような事はなさそうだが、どちらにしろ転覆したら終わりだ。

ダンは、浮遊感を感じるほど船を浮かされても、即座に立て直す。

体当たりを躱《かわ》せない時は、転覆に繋《つな》がらないようにオジロシャチが当たってくる角度を調整しているようだ。

この短いやり取りでは確実とはいかないが、6mから10mほどの個体が、六頭。

「ダン！　おそらく六頭だ！　把握しているか⁈」

ダンは難しい顔でラインを操作しながら、親指を立てた。

……別にいいんだが、普通に口で返事をしてほしい。

◆

シーファルコンを矢で落として、捕食するために顔を出すオジロシャチを、鉄矢で狙い撃っているが、距離がある事と、体の表面が滑りやすく弾性も高そうで、容易には刺さらない。

ミモザに頼んで積み込んでもらった鉄矢はまだ十分あるが、持参した貫通力の高いマックアゲートの矢は五本しかない。

手札が限られている現状では、できれば奥の手として残しておきたい。

俺はタイミングを計って運転席《コックピット》の上へと飛び移った。少しでも矢を刺さりやすくするために、角度をつけたかったからだ。

シーファルコンを限界まで引き付け、撃ち落とす。

すぐさま二の矢を矢筒から引き抜き、それを捕食しに顔を出したオジロシャチの頭を、至近距離から角度をつけて貫いた。

まず一頭。

俺は再び船の中央へと戻った。

ダンならずっと立っていられるかもしれないが、この場で急旋回されると俺では振り落とされる危険がある。

「合わせる！　任せろ！」

俺の狙いを即座に察したダンは、親指を立てて言った。

……いや、ラインワークで忙しいんだから親指いらないだろ！

オジロシャチは、俺が仕留めた個体の周りを、まるでその死を悼むかのようにグルグルと旋回した後に、再び一直線に俺たちを追いかけてきた。

同じ手でできればもう一頭は仕留めたかったが、それからいくらシーファルコンを仕留めても、オジロシャチがそれらを捕食する事はなくなった。

……かなり頭がいい魔物だな。

おそらく、地球のイルカやシャチと同様、言語によるコミュニケーションも取っている。

これは思った以上に厄介な事になりそうだ。

そうこうするうちにコリーダ海峡を抜け、シーファルコンの飛来はなくなった。

オジロシャチは執拗《しつよう》に追跡してくるが、戦略を、ぎりぎりまで水中に潜っての体当たりに切り替えた。

呼吸のために顔を出すのはかなり離れた場所で、鉄矢を放つが当たっても刺さらない。

といって、遠くに浮上するオジロシャチにマックアゲートの矢を使うのは、流石に距離がありすぎて無駄打ちになるリスクが高い。

船はまだ何とか持ち堪《こた》えているが、一つ操船をミスしたら、あるいは船体が耐えられなくなったら終わりだ。

俺は再び運転席《コックピット》の上に飛び乗った。

「口惜《くや》しいが、デュアライゼを捨てたらどうだ？　全部で、1・5tはあるだろう」

俺はダンに聞いてみたが、ダンは首を振った。

「それは俺も考えた。確かに捨てれば少しはスピードが出るが、奴らを振り切れるほどじゃない。それよりも船の転覆を避ける重りとしての効果の方が今は欲しい」

……なるほど、ダンなら当然気がついているとは思ったが、バラスト《重し》としての効果を優先しているのか。

「分かった。だがこのままじゃジリ貧だろう。威力の高い矢が五本だけある。とりあえず数を減らそう。スターボード《右舷》でやるぞ！」

そう言って、俺は右舷後部デッキに立った。

ダンならばこれだけ言えば十分通じるだろう。

俺は、左右どちらも鍛えているが、どちらかというと右手で矢を引く方が得意だ。

矢をつがえ、右舷側に浮上してくる気配に集中しながら声を出す。

水中の音は原理的にどうしても索敵魔法では拾えないので、水面の波が僅《わず》かに乱れる音や、泡の音を頼りに接近を察知する。

「スタ——ボ——ド……ジャイブ！」

俺の合図に合わせ、右舷側からの影が僅かに水面に映るか映らないかのタイミングで、舵《かじ》が急激に左に切られる。

俺はマックアゲートの矢を、船が元あった水面に向かって打ち込んだ。

水中に真っ赤な血が広がる。タイミング的に頭を命中したはずだ。

残り四頭。

◆

再びやられた仲間の周りを旋回しているオジロシャチを見て、俺は、まだ諦《あきら》める気はないな、と感じた。

むしろ仲間がやられた事に対する、憎悪のようなものを感じる。

「ダン！　魔道具のスイッチを入れよう！」

どうせ怒らせているのなら、不愉快な音を出して、少しでも冷静さを失わせた方がやりやすい。

音で会話しているとすると、うまくいけば仲間とのコミュニケーションを崩せるかもしれない。

この俺の狙いは当たり、まだ若い個体と思われる６ｍほどのオジロシャチが、真《ま》っ直《す》ぐ後部デッキに立つ俺の方へ向かって突っ込んできた。

背鰭《せびれ》を出して近づいてくるなど、冷静さを欠いている証拠だ。

十分に引き付け、海面に頭が浮上したところで、俺は鉄矢を三連射して、その個体も仕留めた。

残り三頭。

それからオジロシャチは、体当たりをするでもなく、といって諦めた様子もなく、俺たちから一定の距離を取って追跡し始めた。

時々一番大きな個体から、嫌がらせのように水魔法による大量の水が噴射されるが、どうやら連発はできないらしく、この船の排水能力でも十分船足は維持できる。

俺はダンに聞いてみた。

「……何が狙いだろう……単なる嫌がらせか？」

「……諦めた、とは考えにくいな。勝負をかけるタイミングを計っているのか、あるいはこの先に、あいつらが有利になる何かが――」

ダンが言い終える前にその答えは分かった。

先程までは一頭しかいなかった10m近い水魔法持ちの個体が、両舷《りょうげん》の前後に新たに三頭浮上してきて、四方向から一斉に水魔法を射出してきたからだ。

……これは本格的にやばいな……。

流石にこのペースで水を浴び続けてたら、排水が間に合わず喫水が下がり船足が落ちる。

そしてさらに問題なのは、両舷側から水が来る事で、帆の操作に重大な支障が出ている事だ。

縦帆船《じゅうはんせん》は、進路の切り返しの瞬間に風を帆から抜くので、どうしても船足が落ちる。

水魔法を当てられて、主帆《メインセイル》が逆に振られても、何とかダンが立て直しているが、これだけ頻繁に船を切り返させられると流石のダンでも船足を維持できない。

奴らは仲間を鼓舞するかのように、あるいは勝ち誇るかのように、属性なしの個体が離れた場所で次々にジャンプし始めた。

遠くで跳ねている個体をマックアゲートの矢で打ち抜こうかと思ったが、思い止《とど》まった。

デカい奴以外もわんさか連れてきたらしく、残り二十頭以上もいる。

残り四本しかない矢で小物の数を減らしても焼け石に水だし、時間が惜しい。

俺はメインセイルの隣に立って、ダンに向かって叫んだ。

「一か八か、風魔法を使うぞ！　合わせろ！」

当然ながら、俺の風魔法を帆に当てて船を加速する、という考えはあった。

だがすでに風は俺が魔力循環できる限界の、相対速度で風速15m近く吹いている。

これ以上強い風を生み出しても、体外に放出した魔力を体内に循環できない。

限界まで魔力を取り込みながら、例えば風速30mまで加速したら、俺の魔力は三分と持たず枯渇するだろう。

だがこのままでは間違いなく詰む。

今は何としてでもオジロシャチの包囲を突破して、一か八か座礁させるなどの打開策を模索する必要がある。

俺はそう決断し、風魔法を帆の内側へ向かって放った。

◆

次の瞬間、船は俺の想像とは全く異なる動きをした。

風を受けて満帆に膨らんでいた帆は、途端にバタバタとはためいて動きを乱した。

急激に船足が落ちる。

ダンが即座にラインを引いて船を切り返し、堪《たま》らず抗議の声を上げた。

「おい！」

「考える！」

……加速するどころか、まさか失速するとはな。

ヨットが進む原理って何だったか……。確かいつかどこかで見た覚えはあるのだが、全く思い出せない。

前世の俺は、何であんなに頭が悪かったんだ……。

今世の事なら絶対思い出せるのに！

オジロシャチの水魔法によりさらにがくんと船足が落ちて、背中に嫌な汗が伝う。

だが、それなりに実戦を積んできたおかげで、頭は冴《さ》えている。

そういえば、これだけの危機に、弓を撃つ時に指先が震える事もなかったな。

グリテススネークの時は、あれだけ震えていたのに。

必死に思考を巡らせながらも、頭の片隅でそんな事を考える余裕がある自分に少し驚く。

俺は風の流れを感じるために、帆を吹き抜けていく風に溶けるくらいの気持ちで、吹いている風と同化するよう魔力を循環してみた。

風の流れを感じたその瞬間、頭の奥底に沈んでいた記憶の扉がやっと開いた。

「そうか……ベルヌーイの定理……！」

「え?!　なんだって?!」

ダンが聞き返してくるが、答えている暇はない。

俺は魔力循環を使って、帆の内側を通る風を、ゆっくりと弱めた。

途端に船がグンと加速する。

さらにほんの僅かずつ風速を調節していく。

船は面白いほどグングンと加速していった。

そこでダンが叫んだ。

「ちょっと待てレン！　ヒールがきつすぎる！　転覆するぞ！　カッツォ！　デュアライゼを全部ポートサイド《左舷側》へ運んで全員移動してくれ。できるだけ重心を左に取りたい！」

ヒールとは、船が風下側に向かって傾く事だ。

エンジンのある船は、基本的には船体が真っ直ぐの状態で進むが、縦帆船は常に帆が引かれている方向に傾きながら進む。

ダンの『ヒールがきつすぎる』という言葉は、斜め前に引かれる力が強すぎて、横の復元力が限界を超えそうだという意味だ。

カッツォたちは、急いで船体の浮き上がった方に移動して、船をなるべく真っ直ぐにするように船の重心を動かした。

それを見て俺は、さらに少し、帆の内側を通る風を弱めて、船を加速した。

◆

ベルヌーイの定理。

それは飛行機が空を飛ぶ理由であり、ヨットが風上に向かって進める理由でもある。

飛行機の場合、主翼の上部を通過する風が、ヨットの場合だと帆の外側の、丸みを帯びている部分を通過する風が、その逆側よりも速くなる。

すると何が起きるかというと、スピードの速い方の気圧が低下し、そちら側に引っ張ろうとする力、すなわち揚力が発生する。

気圧差により発生する揚力は、あの馬鹿でかい旅客機が空に浮き上がるように、風に押される力などよりも遥《はる》かに強力だ。

その揚力の一部をうまく活用する事により、ヨットは風上に向かって走れる、という訳だ。

そこで今回俺は、帆の内側を通る風を減速する事で、外側との速度差を広げ、発生する揚力を高めた。

重要なのは、この『減速』の意味合いだ。

魔法による風の減速が、運動エネルギーを圧力（密度）へ転換する事を意味するのか、それとも外部エネルギーによるブレーキなのかは、やってみなければ分からなかった。

魔力変換数理学の魔力と運動の基本法則からしても、いけるのでは？　と考えたが、確信はなかった。

俺がやったのは単なる内側の風の減速だが、減速するとその分、帆の外側を通る風はなぜか加速された。

これ以上は色々と検証してみないと、詳しい事は分からない。

ちなみに、最初内側の風を加速した際に、帆がバタバタとはためいて失速したのは、その逆の事をしたせいだろう。

そしてこの手法には、今の状況に対する大きなアドバンテージがある。

それは魔力を無理なく循環できるので、同じような風が吹いている限り、半永久的にこの加速状態で走れる、という事だ。

船は今時速三〇キロほどで走っている。

オジロシャチの泳速は、一五キロほどなので、今は結構頑張って泳いでいる状態だろう。

その証拠に、水魔法による攻撃が止《や》んでいる。

このまま我慢比べになっても、全く負ける気がしない。

すると、ダンがコックピットから、不安そうな顔で声をかけてきた。

「おい、レン！　そろそろどこかでジャイブしないと大陸にぶつかるぞ！　それ、一度やめてもまたできるんだよな……？　やれるよな！」

俺は、会心のどや顔で、ダンに向かって親指を立てた。

◆

その後オジロシャチたちは、一か八かの体当たりを二度仕掛けてきたが、ダンが卒なく捌《さば》いて振り切った。

回頭《かいとう》に合わせて、凪風《なぎかぜ》商会の社員と協力して、クソ重たいデュアライゼを運んで重心を移動させるのが一番厳しかったほどだ。

俺たちが昼過ぎに帰港したソルコーストの港では、桟橋にミモザとゴンドを始め、凪風商会の社員たちが期待に目を輝かせて待っていた。

「お帰り。随分と早いねぇ。て事は……大漁なのかい？」

ミモザは俺とダンに向かってにっこりと笑った。

「あぁ、何とか三匹は確保できた。最後の一匹は、オジロシャチに横取りされちまったけどな」

俺がそう答えると、出迎えに来ていた凪風商会の面々は騒《ざわ》めき、ゴンドが代表して俺たちに問いかけてきた。

「オジロシャチだと⁉　魔物除《よ》けの魔道具は役に立たなかったのか⁉　一体何があったんだ……ダン！　お前の手、ボロボロじゃねぇか！」

ダンの掌《てのひら》は、皮がずるりと剥《む》け、ポタポタと血が滴っている。

振り切ったとは思ったが、念のため港のすぐ近くまで俺の風魔法とダンの操船で帰ってきたから、手当てする暇もなかった。

「ははは。久々だったから、ちょっと鈍《なま》ったかな。帰りは、ウインチ巻いてる余裕がないタイミングがいくつかあって、直接ライン引っ張ったりしたしな。……ごめんじっちゃん、流石《さすが》にちょっと疲れた。説明するのも億劫《おっくう》だから、皆に聞いてもらえる？　俺はちょっと宿で休むよ。レンも来いよ。帆船は乗っているだけで随分消耗する。特に慣れるまではな。流石のお前も疲れたろ？」

……確かに俺は、運動量からはちょっと考えられないくらい疲労していた。

半日帆船で風に当たりながら、波に揺られる船上で常に無意識下にバランスを取っていたのに加え、一つ間違えば死ぬ、という死線をくぐり抜けてきたので、当然と言えば当然だろう。

今すぐベッドで横になりたいと思うほどに、体が重い。

「そうだな。流石に……疲れたな。ミモザ、夜に銀銀杏《ぎんいちょう》へ顔を出す。大将に、『期待している』と伝えておいてくれ」

そう言って、俺とダンは宿に向かって歩き始めた。

ダンは生まれ育ったこの凪風商会の母屋で寝ればいいと思うのだが、『宿屋に泊まってみたい』と言って、昨日から俺と同じ宿を取っている。

単に年相応の自立心かもしれないし、伯爵家に憚《はばか》っているのかもしれない。

その辺りの事情に立ち入るつもりはない。

「待ちなダン。傷薬と、サンドイッチを持っていきな。一応用意しておいたんだ。二人とも腹が減っているだろう？」

ミモザはそう言って、バスケットを差し出してきた。

「あぁ……そう言えば腹は減ってるな。助かるよミモ姉《ねえ》。じゃあ、また後で」

俺とダンは、受け取ったサンドイッチを齧《かじ》りながら、宿へ向かって歩き出した。

「……本当に、まだ一二歳だってのに、かっこいい背中を見せるようになりやがって……」

ミモザはその迫力ある二人の背中を見て、嬉《うれ》しいような悲しいような、言葉にし難い複雑な感情を胸に感じ、そっと唇を噛《か》んだ。

◆

宿で仮眠を取った俺たちは、一八時に起き出して、銀銀杏へと足を向けた。

寝る前にサンドイッチを軽く食ったとはいえ、腹はめちゃくちゃ空《す》いている。

「きつかったな……」

少し休んで落ち着いた事で、実感が湧いたのだろう。

ダンがポツリと、噛み締めるように呟《つぶや》いた。

俺は素直に頷《うなず》いた。

「あぁ。正直言って、ダンの操船の腕と、そして何より運に助けられた。二度とごめんだな」

ダンは苦笑した。

「よく言うぜ。……最後のあれは一体なんだ？　あれがなければかなり厳しかったろう」

……うーん、どう説明するかなぁ。

気圧という概念すら朧《おぼろ》げなこの世界で、現象を体系立てて説明すると、その理論をダンは間違いなく自分も学びたいと主張するだろう。

だが情報の出所は教えられない。

今更だが、俺は転生者だという事を誰にも言うつもりがないからだ。

この世界にはない、数々の科学理論を保持している……そんな事が万一知れ渡ったら、安穏な生活など送れる訳がない。

この王国に情報提供を強要される、ぐらいであればまだましだ。

冗談抜きで過激な団体に拉致《らち》されて、鞭《むち》で打たれながら知識を搾取され、絞りつくした時点で情報保全のために消される……といった可能性も、十分考えられる。

俺は知識ではなく、発見として説明する事にした。

「体外魔力循環を応用した風魔法で、空気の流れを分析したんだ。ポイントは、帆の外側と内側で、風が吹き抜ける速さが違う、という事だ。……ここからは、より感覚的な話になるが……流れの速い外側の方が、空気が薄く感じたんだ。帆船は、風に押される力を推進力に変えている事も間違いないが……それよりも、むしろその空気の薄い方へ、つまり帆の外側へ船が引っ張られる事により、速度が出ているように感じた。内側の流れを少しだけ遅く、つまり空気の濃度を濃くしてみたら、勝手に外側がさらに少し薄く速くなって、結果は見ての通りだ。まぁ偶然の産物だし、検証すべき事はまだ多いが、再現性がある事は間違いない」

俺がそう告げると、ダンは黙りこくった。

こいつは物理学が得意だし、頭の中で色々な事を検証しているのだろう。

その証拠に、時折鼻梁《びりょう》を一、二回しごくように摘《つま》む。深く集中してものを考えている時の、ダンの癖だ。

俺は考えの邪魔をしないように、そっとしておく事にした。

ダンは結局、銀銀杏に着くまでの間、一言も口を開かなかった。

「……着いたぞ、ダン」

「ん？　あぁ。……いやぁ、アレンのそれ、実はとんでもない発見じゃないのか……？　今までも経験則として、縦帆船《じゆうはんせん》はなぜか追い風よりも、真横《アビーム》からの風の時が一番速度が出やすいとは言われていたんだ。もしかしたら、その空気の濃度の違いによる力が働いている事が理由かもしれない。……もっと検証したいな」

ダンは魚よりも、今すぐ紙と鉛筆が欲しそうな顔をして言った。

◆

「こんばんは～」

俺たちは、銀銀杏の戸を引いた。

中には昨日のメンバーに加え、今日漁に同行したメンバーの姿も見える。

「よう、起きてきたな。あれだけ無茶な動きをしたから、ちょうど今、もしかしたら明日の朝まで起きてこんやもしれんと話しておったんだ」

そう言ったのは、帰りにコックピットで、ダンの操船の補助をしていたコンじいだ。

商帆船の船乗りを四〇年やって、引退後に凪風商会に入り、主に船の設計に関わっているらしい。

「動き？　あぁ操船自体は、普段の鍛錬に比べたら大した事はないよ。部活動の鬼監督が考えた、地獄の基礎鍛錬で力を振り絞った後に、悪魔みたいな担任に実技授業でシゴかれる毎日だからね。……今日はどちらかというと精神的な疲れだよ。下手《へた》したら死んでたから。コンじいは元気だね」

そう言ってダンは俺をちらりと見て笑った。

何が鬼監督だ……効率よく全身を鍛える方法を教えてあげただけなのに……。

そもそも初めから一軍にいたダンを追い込んだ事などないぞ。

コンじいを始め、全員がそのダンのセリフにごくりと唾《つば》を飲んだ。

「……何という奴《やつ》だ。この道四〇年のワシが呆《あき》れる他ない今日の操船以上の運動を、毎日しておるのか……。流石はあの『王立学園』、としか言いようがない。……ワシはダンの指示通り舵柄《ティラー》を切っておっただけだからな。この歳《とし》になると、命の見切りだけは早い。正直、もうダメだろうと何度も諦《あきら》めた。ダンと、レン君だけは、決して諦める事がなかったがな」

コンじいがしみじみとそう言うと、カッツォが興奮した様子で話を引き取った。

「まったく大したもんだ！　俺たちいい歳したおっさんが、ただ震えているしかなかったってのに……。瞬時にやるべき事を判断して、次々に正確無比な手を実行していく胆力には、ほとほと痺《しび》れたぞ！　でっかい男になりやがって！」

船で漁を手伝ってくれていた凪風商会の社員たちも、一斉に口を開こうとしたが、ミモザが制してカッツォに雷を落とした。

「痺れたぞ！　じゃないよ、まったく。あんた何のためについていったんだい？　その状況で、この子たち二人にだって、余裕があった訳がないだろう。できない事をやれというつもりはないけれど、せめて背中で引っ張って、この子たちの気持ちを軽くしようという心意気くらい見せないでどうする！　どんなに優秀だって、この子たちがまだ一二歳だって事を、私ら大人が忘れちゃいけないよ」

……何だか母上を思い出すな。

親父《おやじ》は、姉上や俺が、他の子より出来がいいばっかりに、大人としての、親としての責任の線の引き方を間違えて、母上によくこうした説教をされていた。

「ま、俺の場合は、こいつがいるからきっと何とかするだろうと思っていただけだけどな」

やや気まずくなった空気を和ませるように、ダンが俺を肘《ひじ》で突《つつ》いた。

「王立学園で学年二位の成績を誇る天才、ダニエル・サルドスが、じゃがいもみたいな顔をして冗談言うな。ま、俺は自分がしくじっても、ダンが何とかするとは思っていたけどな」

ダンは凪風商会の皆に言ってなかったらしく、ダンが王立学園でもトップクラスの成績と知って、皆は驚愕《きょうがく》した。

まぁいちいち自慢するような奴じゃない。

「じゃがいも?! お前も人の顔の事言えるほどカッコよくないだろ! 地味な顔しやがって!」

「誰が地味顔だ! 奥ゆかしい顔と言え!」

平凡顔の俺たちのこの泥仕合を見て、皆は笑った。

「あっはっは! まったく、赤ん坊の頃から知ってるダンが、あの王立学園で学年二位とは……開いた口が塞《ふさ》がらないよ。まぁあんたら二人はどっちも顔以外で勝負できるんだから、凡顔でも良いじゃないか。ぷっ。それに、それほど信頼できる友達がいる事の方が、最終的にはずっといい女を引き寄せると思うよ? さ、飯にしよう。イチョウ、準備はいいかい?」

……『ぷっ』って吹いたの聞こえてるからね?

ミモザに問われて、イチョウは不敵に笑った。

「誰に聞いてんだ? 今日はこの七代目イチョウの仕事を、心ゆくまで味わっていきやがれ!」

◆

今日は、ミモザの計らいで、一番の大物である700kg級のデュアライゼが振る舞われるらしい。

デュアライゼは、基本的にはクロマグロと同じで、大きいものほど味が良い事が多いそうだ。

イチョウの目利きでも、この個体が一番だろう、との事だ。

ちなみに、この世界にも熟成という概念もあるにはあるが、魔物も魔魚も一概に寝かせた方が美味《うま》いとは言えないようだ。

「ダンがここにいる以上、出し惜しみする意味がないからね」

そう言って、ミモザは笑った。

イチョウの仕事は流石の一言だった。

まず出されたのは、デュアライゼのアラで引かれた、透き通った品のある出汁《だし》だった。

それに、湯引きしたデュアライゼの薄皮が浸されており、三つ葉のような葉物がアクセントで添えられている。

寝起きの体に何とも優しい。

次に刺身。

これは僅《わず》かに鉄分を感じる芳醇《ほうじゅん》な香りの頬肉から、歯応えのある尾に近い部分までの、八つの部位に分けられて出された。

もちろん俺は、その艶《つや》のある赤い身を、わさび醤油《じょうゆ》で心ゆくまで堪能した。

その後もホシ、つまりコリコリとした心臓の塩焼きや、弾力のある腸を酢で締めたもの、脂の乗ったカマの塩煮、スパイスの利いた中落ちの骨付きフライ、背肉のローストなど、銀銀杏のフルコースを堪能して、〆《シメ》のデュアライゼ丼へと移った。

ベアレンツ群島国で食される米は、その交易都市であるこの街では普通に食べられる主食の一つだ。

それを知った俺が昨日、米と刺身を合わせて食べたいと大将にリクエストしたから、それに応えてくれた形だ。

「とりあえず昨日聞いた通り、炊き立ての米に、酢と砂糖と塩を合わせた、合わせ調味料を混ぜ込んでみた。だが、時間がなくて検討が不十分だ。本来はこの銀銀杏で出せるほど洗練した品じゃねぇが、レンの希望だから出す。これについては仕事料は取らねぇ。意見をくれ」

大将は怒ったようにそう告げた。

納得のいっていない品を、客に出す事に抵抗があるのだろう。俺が昨日かなり強く希望したからな。

俺は載せられた刺身に醤油をかけ、わさびを添えて食べてみた。

「……美味い！　だが、もう少しシャリの砂糖を抑えた方が俺は好みだな。後は薬味類や海苔《のり》などで味と香りに変化を付けてもいいと思うが、その辺りの工夫については、大将のセンスに俺が言う事はないだろう」

甘みを感じるシャリにはやや抵抗があったが、ちゃんとシャリになっている。

何より俺のリクエストに最大限応えようという、その心の籠もったサービスに俺は感動した。

「大満足だ。俺が心から求めていたものが、もう決して手は届かないと思っていたものが、この店にはあった。大将、いい仕事をしてくれて、本当にありがとう」

俺はカウンターに座ったまま、頭をきっかり四五度下げた。

イチョウは俺の本気のお辞儀に面食らったようだが、照れたように笑って頬を掻《か》いた。

◆

「ところでレン。こいつを受け取ってもらえないか？　私たちは、本当にあんたに感謝しているんだ。このまま手ぶらであんたを帰したら、流石《さすが》に恥ずかしくって、胸を張って表を歩けない」

そう言ってミモザは拵《こしら》えの豪華な黒刀を取り出した。

「第一四代・ザンステート・ジ・ニングローズの品さ。うちの傘下の貿易商会で取り扱っている刀で、最高級の品だよ」

ミモザとゴンドが、不安そうな顔で俺を見ている。

俺は今回の漁の報酬を一度断っているが、心から、受け取ってほしいと思っているのだろう。

それだけ評価してくれるのは嬉しい限りだが……。

俺は首を横に振った。

「……これじゃあんたのお眼鏡《めがね》には適《かな》わないのかい」

ミモザとゴンドは、悲しそうに俯《うつむ》いた。

「そうじゃない。この品は、素人《しろうと》の俺がひと目見ただけでも、分不相応なほど優れた品だという事は分かる」

「だ、だったら遠慮なんて――」

「そういう問題じゃないんだ。俺が最初にこの店に来た時、おかみさんは言っていた。『この人の仕事の誇りに懸けて、お代はきっちり決まった金額をいただく』とな。大将も先程言っていただろう。海鮮丼《これ》は銀銀杏《ぎんいちょう》の仕事のレベルではないから、料金は取らないとな。それと同じだ。俺は今回バカンスで来た。そして、徹頭徹尾バカンスとして動いた。やりたい事を好きなようにやって、結果誰かを満足させたとしても、そんな高額な返礼品などを受け取る訳にはいかない」

こんな高額な品をほいほい受け取っていたら、金銭感覚が、ひいては人生観がおかしな事になる事間違いなしだ。

差し迫った命の危機などがあるならば、なりふり構っていられないが今は焦る理由などない。

親父にもよく、謙虚・堅実に生きろと言われていたし、きちんと経験を積んで、自分の実力に見合う道具を自分の目で見定めて、ゆっくりと揃《そろ》えていきたい。

それは俺がこの人生で最も大切にしている『好きな事』の一つだ。この点に関しては決して妥協できない。

俺がそのように説明すると、ミモザは真意を測るように目を細めた。

「……ほんと、意味分からないところで頑固だな。ミモ姉《ねえ》、こいつは変わった奴で、学校でもこんな感じだから、気にしなくていいと思うよ」

ダンはお茶をのんびり啜《すす》りながら言った。

「でだ。ここから先はビジネスの話なんだが……。……凪風《なぎかぜ》商会は、王立学園帆船部のスポンサーに興味ない？」

◆

あったかいお茶を美味そうに啜っていたダンは、途端に顔を引き攣《つ》らせた。

「ちょっと待てアレン。帆船部なんて存在しているのか？　聞いた事ないぞ？」

そりゃ俺だって聞いた事ない。

たった今思いついたからな。

「もちろんこれから作る。ちょうど王都の南には、ルーン川という大河があるからな。部長はもちろん、サルドス伯爵領が誇る天才、ダニエル《ダン》・サルドスだ」

ダンは頭を抱えた。

「そんな事だろうと思ったよ！　軍船に採用されているガレー船ならともかく、民間の漁船や輸送船にしか使われていない帆船に、あの王立学園で人なんて集まる訳ないだろ！　その輸送船だって、これから魔導動力機関に置き換わっていくって言われているのに」

俺はため息をついた。

「はぁ。なんでそう、どいつもこいつもあの学園に来る奴は頭が固いんだ。人なんて、集まらなくたっていいだろう。人気取りのためにやる訳じゃない。ガレー船だと？　お前必死こいて、オール漕《こ》ぐ部活動に入りたいのか？　大切なのは、俺がやりたいかどうかであり、ダンが楽しそうだと思うかどうかだ。で、どうなんだ？」

「いや、そりゃ俺は帆船動かすのは好きだけど、そんな遊んでいる時間なんて……。坂道部の副部長もやってるし。そもそもそんな部活動の設立申請が通るのか？　そりゃアレンが発見した力の話は、研究の余地がかなりあると思うけど、それなら力学研究部とかにした方が――」

くっくっく。

これは、内心はやりたがっているな？

本当に迷惑そうなら自分一人でやるが、言い訳《建前》が欲しいだけなら、強引に押させてもらおう。

ダンには是非とも操船のイロハを教えてもらいたい。

「通るのか？　じゃなくて、通す。坂道部は後期から全学年を統合する予定なんだから、ライオとステラに部長と副部長をやらせればいいだろう。もちろん、ダンも副部長として真剣に活動に取り組んでいる事は知っている。だが、今日お前が船を動かしているのを見て、俺は確信した。お前が青春を捧《ささ》げるべきものは、船だ！　中心に据えるものを間違えるなダン。最も大切なのは今お前が言ったこれが好きという気持ちだ。力学研究部なんてフォーカスの曖昧《あいまい》な名前にしたら、うまくいくものもいかないだろう。帆船を動かす。それが目的なんだから、名称は帆船部だ。遊びの何が悪い。学園生活は、たった三年間しかないんだぞ？　人生は楽しんだ者勝ちだ。だからやろう、ダン！」

堂々と、楽しそうだからやろうと主張して、ダンが口をパクパクとしているうちに、俺は宣言した。

「話はついた。で、スポンサーの件はどうなんだ？」

俺はミモザに水を向けた。

「……ついたようには見えないけどね……。ビジネス《仕事》の話となると、条件を聞かない限り、返答のしようがないね」

ミモザは途端に商売人の顔になって聞いてきた。この辺りをなぁなぁにしないのは流石だな。

「それはもっともだな。俺とダンは今日、帆船に新たな可能性を見た。その考えに合わせた設計の船を供与してほしい。おそらくだが、設計を除けば、建造に要する費用は通常の帆船と変わらないだろう。見返りは、この凪風商会の宣伝だ。王都近くの大河で、帆にデカデカと『凪風商会』の看板やら社章が掲げられた新思想の帆船が走る。俺とダンの研究《遊び》がうまくいけば、その宣伝効果は途《と》轍《てっ》もないものになるだろう。が、うまくいかず、投資が無駄になるリスクもある。要は俺とダンに投資する価値があるかどうか、それを判断すればいい」

ミモザは、腰に手を当てて俺を睨《にら》みつけた。

「あんたとダンに、新設計の船一隻分の投資価値があるかどうか、かい。……それは、答えを言う必要があるのかい？」

◆

俺とダンは、それから二日間、凪風商会と協力して風魔法を利用した新たな推進力に関する船の実験をソルコースト沖で繰り返し、その設計思想を皆で話し合った。

主なポイントは、その推進力に耐えられるよう、従来水の抵抗を少なくするために細く作られる縦《じゅう》帆船《はんせん》の船形を変えたり、重心を可変式にする事で、傾きにくく且つ船を立てようとする復元力を強くするための工夫だ。

そして王立学園生という、一定以上の身体強化魔法の練度・出力が担保されている者が操船する事を前提に、設計構想を固めていく。

まずは検証及び練習のために、今日漁に利用した縦帆船を可能な範囲で改良後、夏休み明けまでに納品してもらい、その後の事は帆船部の部長と凪風商会で、定期的に話し合う事になった。

そして、ダンは、体外魔法研究部にも加入する事になった。

『ただでさえ彼女ができる気配もないのに……』、そう懊悩《おうのう》していたが、帆船部を運営する上で、風魔法の習得が重要なポイントである事は、ダンもよく分かっていた。

魔法士は兎《と》も角《かく》、騎士コースで体外魔法研究部に加入する男子生徒への、女子からの風当たりはキツい。

なお、ダンの誕生日パーティのコンペは、イチョウが存分に腕を振るったが、残念ながらすぐさま敗退したらしい。

というか、失格になったそうだ。

意外とわさび醤油を気に入ったダン《主役》が監修した、イチョウ特製のわさびソースを使った意欲作は、毒味係が即刻NGを出して、ダンの面前に出される前に敗退したそうだ。

『「鼻が痺《しび》れる」、そう主張する毒味係に、「そういうもんだ」とイチョウが返答したら、拘束されかけた』と、後日王都でミモザから聞かされた。

『ま、ダンの誕生日はあの夜一足先に祝ったし、これからはビジネスパートナーとして王都で定期的に会えるから、別に良かったんだけどね……』

こんな感じで、俺は異世界初のバカンスを満喫して、王都への帰路についた。

◆

このようにして、王立学園帆船部は設立された。

この後ダニエル・サルドスは、一時的にその世間的評価を落とす事になる。

曰《いわ》く、坂道部の副部長を外され、不貞腐《ふてくさ》れて遊んでいる――

曰く、時代遅れの帆船などに注目し、先を見る目がない――

曰く、その親であり、人生の先達でもあるサルドス伯爵の忠言に耳を貸さない頑固者――

苦笑するより他ないこれらの評価を、彼が十把一絡《じっぱひとから》げに丸呑《まるの》みにして覆すまでに、それほどの時間は掛からない。

閑話　友達

　ダン九歳の冬。

「おーいダン！　みんなでバラヤ浜から金剛岩まで櫓《やぐら》の競走をするんだ！　一緒に行こうぜ！」

凪風《なぎかぜ》商会の造船ドックで、大人たちに交じって仕事を手伝っていたダンを、幼年学校の同級生たちが遊びに誘いに来た。

「……悪い皆、今日は仕事の手伝いがあって……また今度な！」

　ダンがそのように断ると、同級生たちは口々に不満を漏らした。

「え～！　また仕事の手伝いかよ、ダン！」

「最近全然遊べねぇじゃねぇか。つまんねぇ奴！」

「おいもういいよ、行こうぜ！　後で入れてって言っても入れてやらねーからな！」

　聞こえよがしに嫌味を言って帰っていく同級生たちの背中を見送って、ダンは小さくため息をついた。

「……いいのかい、ダン？　仕事を手伝いたいって言うからやってもらっているけど、本来はダンがやらなきゃいけない事じゃないよ？　今日は友達と遊んできたらどうだい？」

　後ろでその様子を見ていた叔母のミモザが、そのように明るい声でダンの背中を押したが、ダンは寂し気に首を振った。

「いいんだ。俺が入ったらすぐ喧嘩《けんか》になるし、審判ばかりしててもつまらないから……」

　そのダンの寂しそうな背中を見て、ミモザは悲し気に顔を歪《ゆが》めた。

ダンは小さな頃から何をやらせても出来が良かった。

旺盛《おうせい》な好奇心に、教えたことを即座に理解し記憶する明晰《めいせき》な頭脳。抜群の身体能力にセンス。

勉強もスポーツも、同級生たちの中では頭一つ抜けていた。

といって、人よりできる自分に驕《おご》るような事もなく、ガキ大将タイプというよりは、一歩引いたところから皆が楽しめているか、さり気なく気遣っているような優しい子だった。

控えめに、だがいつでも友達の輪の中心にいるダンを、ミモザを始め、この凪風商会の社員たちは心底から誇りに思っていた。

だが近頃のダンは、友達との関わりを明確に避けている。

その理由は、ミモザにも薄々見当がついている。

幼年学校における成績を知らせる通知表——そこに記されていたダンの成績、とりわけ魔力量の伸びは、何かの間違いではないのかと目を疑うほどの水準にある。

魔力器官が発現する前ですら、どこか自分の力をセーブしていたきらいのあったダンだ。

異常とすら言えるその魔力量と生来のセンスを考えると、同級生はもちろん、歳の近い上級生ですら同じルールの中で遊ぶのは不可能だろう。

「……優秀すぎるってのも、困りもんだねぇ」

九歳にしてその目に孤独を宿し、自分の居場所を探してもがいている可愛《かわい》い甥《おい》っ子《こ》を見て、ミモザはため息をついた。

◆

「おうダン！　来月、北のロマ軍港である一般開放イベントに行けることになったぞ！　最新式の軍艦がずらりと並ぶ、王国水軍の要だ！　見てぇだろ？」

翌朝、祖父のゴンドが朝食の席でそのように尋ねると、ダンは目を丸くした。

「え、本当かよ、じっちゃん？　あれの入場券、確か凄《すご》い倍率なんじゃゃ……それに平日開催だろ？」

ゴンドは胸をドンと叩《たた》いた。

「あぁ、知り合いが運よく当たったみたいで、頼んだら譲ってくれるってよ。何、学校なんざ一日二日休んでも問題ないさ。ず〜っと頑張って、学年トップを維持してるダンへのご褒美だ。まぁわしは勉強なんざそれなりでいいと思ってるがな」

ロマ軍港は王国水軍の要衝で、当然ながら一般人の内部への立ち入りは普段厳しく制限されている。

年に一度、近隣に住む一般人を対象に開放される日はあるが、その入場券はとんでもないプレミアチケットで、当然ながら頼んだからといって簡単に譲ってもらえるようなものではない。

おそらくは相当無茶な交渉をして、自分のために入手してくれたに違いない。

「ふふ。ダンは学校じゃなくて、父さんの仕事を心配してるんじゃないかい？　父さん、仕事サボるの嫌いだろ？　いつも口癖のように『真面目に仕事しろ、それが皆の命を預かる「船」を造る、凪風社員の責任だ』って、しつこいぐらい従業員に言ってるじゃないか」

ダンの母親のビーナが、そのようにじとりとした目を向けると、ゴンドは目を泳がせた。

「あ〜、まぁその、何だ。最新鋭の船を見るのも立派な仕事のうちだろう」

この下手《へた》な言い訳を聞いて、ミモザが苦笑した。

「ぷっ。最新鋭も何も、うちは軍船なんて扱ってないじゃないか」

「う、うるせい！　軍艦《ガレー》も風帆船も、同じ船なんだから、参考にはなるだろうが！　な、ダンも見たいよな？」

ゴンドがそのようにダンへと話を振ると、皆は一様にダンの目を見た。

近頃自分が色々と思い悩んでいる事を察して、皆に気を使わせたみたいだな……。聡明《そうめい》なダンはすぐにそう察したが、すでに入場券を入手してもらっているのに遠慮などしたら、余計に心配を掛けることになるだろう。

それに――最新鋭の軍艦を間近で見られる。その好奇心には抗い難かった。

「……ありがとう、じっちゃん！　すっげー楽しみ！」

ダンが久しぶりにその目を無邪気に輝かせ、素直に感謝の言葉を述べると、三人は一様に胸《むね》を撫《な》で下《お》ろした。

そこに、番頭のカッツォが母屋に入ってきて、遠慮気味に声をかけた。

「おはようございます、社長。お客さんが来ています」

ゴンドが不思議そうに首を傾げる。

「こんな朝っぱらから客だぁ？　わしゃ聞いてねぇが、どこのどいつだ？」

ゴンドは難しい顔で来客名を告げた。

「それが……ご領主様の使いって話です」

その名を聞いて、ダンは不思議そうに首を傾げたが、その他の皆は一様にその表情を曇らせた。

◆

このソルコーストの町を治めるサルドス伯爵からの使いが凪風商会の応接室を辞した後、ダンは凪風商会の応接室で待つゴンドとビーナのもとへと足を運んだ。

二人は共に難しい顔をして待っていた。

「……そのうち話す必要があるとは思っていたんだけど、思ったより早かったねぇ。ダンに話さなきゃならない事がある。……あんたの父親についてさ」

促されて席に着いたダンに、ビーナが重いため息をついてから、覚悟を決めて口を開いた。

「……これまでは旅の船乗りで行方知れずだって説明してきたけど……本当は違うんだ。あんたの父親の名は、トーマス・フォン・サルドス。このサルドス伯爵領の、ご領主様さ」

その信じ難い説明に、ダンは絶句した。

「……ダンの魔力量がとんでもない事になっている時点で、いつかは伯爵家へと連絡が入ることは分かっていた事だよ。血の繋《つな》がり云々を知らない、幼年学校の校長先生からも言われてたんだ。伯爵家が養子に取る事を検討しても不思議じゃないほどのレベルにあるとね。ましてやそれが現当主の実子なんて事が分かると、まず間違いなく伯爵家で引き取りたいって話になるのは、誰が考えても分かる……。でもねダン――」

ビーナはそこで話を区切り、ダンの目を真っ直ぐに見た。

「これだけは言っておくよ。いくらご領主様が相手でも、そしてそれが血の繋がりのある実の父親だったとしても、私は嫌がるダンを無理やり送り出すつもりはない。お貴族様の世界に入れば、もちろん贅沢《ぜいたく》な暮らしが待っているだろう。ダンにとってはチャンスかもしれない。でもその代わり、この商会の皆との関係はこれまでとは大きく変わるだろう。貴族社会特有の、窮屈な思いもきっとしなきゃならない。……まだ子供のダンに、こんな選択をさせるのは酷だってのは分かってる。でもね……他でもないダンの人生だ。たとえどんなに難しい選択でも、自分で決めなきゃならない。進んだ道が間違っていても、誰もダンの人生に責任を取ってやれないんだ。分かるかい？」

ダンが真剣な顔で真っ直ぐに頷《うなず》くと、ビーナもまた息を吐いた。

「伯爵には、少し時間を貰《もら》うように伝えてもらった。相談には乗るから、一緒にゆっくり考えて――」

ビーナがそう締め括ろうとすると、ダンはその場で首を振った。

「俺は伯爵家には行かない。ここでこれまで通り、皆と一緒にいるよ、母さん」

ダンが間髪いれずにそのように宣言すると、隣で黙然と話を聞いていたゴンドがその目を細め、厳しい口調で口を挟んだ。

「……もっとよく考えたらどうだ、ダン。伯爵家に入ったら、きっとここでは受けられない高度な教育が受けられる。あの執事は言ってたぞ。ダンならあの『王立学園』への合格も夢じゃないって。わしには想像もできない世界だが、もしそうなればダンが将来大きな仕事をするチャンスは、ぐっと広がるだろう。今すぐ決めなくちゃいけないって訳じゃないんだぞ？」

目に入れても痛くないほどに可愛がってきた孫だ。

ゴンドはもちろん、ダンにはいつまでも側にいてほしいと思っている。だが……だからこそ、何よりも大切な存在だからこそ、ダンに対してはフェアでなくてはならないと考えていた。

自分自身の身勝手な希望によって、その可愛い孫《ダン》の将来を狭めてしまわぬように。

ゴンドはそのように念を押したが、ダンは一切迷う素振りを見せずに再度首を振った。

「いいんだじっちゃん。俺は貴族なんてガラじゃない。いつも言ってた通り、俺は将来船乗りになりたいんだ。世界中の国を相手に仕事をするような、スケールのでっかい船乗りに。そのためにはここで沢山の船に触って、沢山の船乗りと出会う事が大事だと思う。……まだまだじっちゃんに教わりたい事も多いしね」

ダンがからりと笑ってそう言うと、ゴンドは細めた目じりに涙を溜《た》めて口をつぐんだ。

ビーナはその真意を探るように、じっとダンの目を見つめている。そしてどこか憂いを帯びた口調でこう言った。

「……あんたの気持ちは分かったよ、ダン。……なら私はあんたを守る。何があっても、あんたの事を――」

◆

「ようこそロマ軍港へ。皆様には常日頃より、当基地の活動に理解と協力を頂き感謝する。無論全てをお見せする事はできんが、今日は可能な範囲で我々の普段の鍛錬の様子などを紹介したい。願わくば本日の機会が、より一層我々と民の距離を縮め、相互理解の増進に資すれば嬉《うれ》しく思う」

王国騎士団員の証《あかし》である第二軍団のマントを羽織った基地司令がそのように挨拶《あいさつ》をして、一般開放見学ツアーはスタートを切った。

北のロザムール帝国と相対する王国水軍の重要拠点であるロマ軍港は、基地というよりも一種の町と言えるほどの規模を誇る。

陸路から基地入り口を通過すると、兵や職員とその家族が暮らす居住ブロックがある。

このブロックには、寄宿舎はもちろん、市場《マーケット》や公園、幼年学校や図書館といった教育文化施設、病院や保育所といった医療福祉施設も整備されており、外部の人間（もちろん入場するには許可証が必要となる）もある程度は出入りしている。

案内された図書館には資料館が併設されており、保管されていた貴重な古代の軍船の模型や海図、航海日誌などは、ダンの知的好奇心を大いに刺激した。

居住ブロックの先には、さらにゲートで入場を厳しく制限されている軍港ブロックがあり、こちらは原則として軍関係者しか入れない。

だがこの一般開放日は希望者に限り、午後から見通しに配慮された水路を通って軍船が停泊している湾へと出て、軍船への乗船体験ができる。

居住区域のレストランで、基地の名物という独特のスパイスが利いた茶色いスープ、日本でいうカレーのような昼食を済ませたダンら三人は、乗船体験を希望した。

◆

「おぉ～こりゃ壮観だな！」

ダンとビーナを伴って、年に一度、六〇名限定で招待される軍港見学ツアーへとやってきたゴンドは、広大な港湾内に所狭しと並ぶ軍船を見て、子供のようにその目を輝かせた。

「すっげーな、じっちゃん！」

ダンもまた、その隣で祖父にそっくりな、くりくりとした目を輝かせている。

居並ぶ船の大半は、船の腹から多数のオールが飛び出している中型のガレー船であるが、多くの帆を備える超大型の帆船なども停泊している。その外装の豪華さからして、おそらく要人を長距離輸送するための輸送船だろう。

「君たちに体験乗船してもらうのは、あの三隻だ。三グループに分かれて乗船してほしい」

案内の騎士が指差した船は、一応の補助帆を備えているガレー船で、このロマ軍港に停泊している船では一般的な船型と言えそうだ。

民間の輸送船に比べて細長く、船体に金属板が貼られているにもかかわらず、喫水が浅い。水の抵抗を減らすことで、安定性を犠牲にする代わりに速度や運動能力を重視した造りとなっている。

船首の水面付近には衝角《しょうかく》と呼ばれる槍《やり》のような構造物が備えられており、これで敵船に突っ込み穴を空けて沈没させるか、突き刺した船首から敵船に乗り込んで戦うという運用が想定されているようだ。

指示に従い三つのグループに分かれて船へと乗り込む。

ダンたちが乗り込んだ船は、左右に配された漕《こ》ぎ手が船首付近に配された太鼓手がゆっくりとしたリズムで打つ太鼓の音に合わせ、帆を畳んだまま湾の外海へと出た。

僅《わず》かに春の気配を感じる穏やかな風の中、きらきらと日の光を反射して輝く外海に出ると同時に、太鼓のリズムが徐々に速まっていき、それに呼応するように船がグンと加速する。

ドーン、ドーンと打たれる太鼓のリズムに合わせ漕がれる漕ぎ手の一糸乱れぬ連携で、見事な加速や旋回が行われる。個々人の身体強化魔法の練度が異なる中で、これほどの人数が息を合わせるのは並大抵の訓練では不可能だろう。

「……漕いでみるか、少年」

ダンが真剣な顔で漕ぎ手の動きを見つめ、鼻梁《びりょう》をしごくようにして摘《つま》みながらぶつぶつと独り言を言っていると、いかにも海の男という様相のがっちりとした背の低い船員が笑いかけた。

「……いいんですか？　ガレーは漕いだことありませんし、うまく漕げないと思いますけど……」

ダンがそのように正直に申告しつつも、嬉しそうに微笑むと、声をかけた右舷《うげん》側の先頭でオールを漕いでいた男は苦笑を漏らした。

「初めからうまく漕げる人間はいないさ。……なぜ君はわしの動きばかり見ていた？」

「それは……おじさん──モリーさんが一番上手な気がして……。当てずっぽうですが」

ダンが気まずそう頭を掻《か》くと、胸にモリーと名札を付けた男は楽しそうに笑った。

「かはははっ！　よく見ているな、少年。……君がどんな失敗をしても、船が転覆するような事はない。何事も経験だ、思い切って挑戦してみろ」

モリーがそう言って、座席の舷側《げんそく》にダンが座れるスペースを空けると、ダンは遠慮がちに男の隣へと座ってオールを握った。男はにやりと笑うとダンが握っているオールの先端を持ち、『そいやっ』と掛け声を発した。

男の声に合わせてダンがオールを漕ぐ。

「そいやっ！　手で漕ぐなよ、少年！　全身で漕ぐ！　リズムを体で覚えろ！　そいやっ！　いいぞ、上手だ！」

モリーの掛け声に合わせてダンがその小さな全身を、バネのように使いながらオールを漕ぐ。

「その調子だ、少年！　……ふむ！　とても初めてとは思えん！　センスあるぞ！」

「ガレーは初めてですが、そいやっ！　港町育ちなので、そいやっ！　オールは小さい頃から、そいやっ！　漕いでました！」

ダンはその真っ直ぐな称賛に照れながらも、どうすればより込めた力を推進力に変えられるかを必死に考えながらオールを漕いだ。

「ふむ……。もうわしの補助がなくても漕げそうだ。これは、素晴らしい原石に出会ってしまったやもしれんの！」

モリーが楽し気に大声でそう言うと、そばで様子を見守っていた祖父のゴンドは誇らしげに胸を張った。

◆

「そいやっ、……そいやっ！」

船はどこか異様な雰囲気に包まれていた。

櫂《かい》を漕ぐ。もちろん上手に漕ごうと思えば反復訓練による練達が必要とはいえ、その動作自体は単純なものだ。

初めて漕ぐというダンのセンスには目を見張るものがあったが、オール自体には触ったことがあるようだし、魔力器官が発現して一定の力が発揮できるようになった子供であれば、あり得ない、というほどの驚きはないだろう。

だがダンは、その小さな全身を使って、三〇分近くオールを漕いでいる。

大人の、それも漕ぎ手として軍で徹底的に鍛え上げられている軍人でも、魔力量に乏しい者であればかなり厳しい運動といえる。

それをまだまだ体のできていない小さな少年が、涼しい顔で漕ぎ抜いているのだ。

後ろからその様子を見ていた軍の漕ぎ手たちは、まさか見学に来た子供よりも先に、疲れたので代わってくださいとは言い出せない。

そのうちに、舵《かじ》を握っていた指揮官と思《おぼ》しき男が声を張り上げた。

「漕ぎ方止め《イージーオール》！」

ばさりと王国騎士団のマントを翻してダンへと近づいてくる。まだ二〇歳前後だろう。いかにも百戦錬磨、といった様相のモリーなどよりも遥《はる》かに年若い。

「ふむっ。驚くほどの魔力量だね、少年。名前と歳は？　どこから来たのかな？」

「あ、えーっと、俺はダニエル・ナギカゼって言います。九歳で、サルドス伯爵領のソルコーストという港町から来ました」

騎士はラフター・フォン・エピックと名乗り、笑顔で右手をダンに差し出した。

ダンはその手を握り、目を見開いた。これまで握ってきたどんな手とも感触が違う、磨き抜かれた身体強化魔法の練度を感じたからだ。

ラフターはそんなダンの様子を見て、嬉しそうに眼《め》を細めた。

「よろしくね、ダン。えーっと、サルドス伯爵領といえば、グラウクス侯爵地方の名門だね。九歳ならまだまだ伸びる余地もありそうだ。こちらが母君かな？」

騎士に問われ、ビーナは固い表情で頷いた。

「気がついているとは思うけど、ご子息はおそらく稀有《けう》な才能を持っている。だが、あくまでも今の輝きは原石のもので、まるで磨かれていない。然るべき環境で、その才を磨くことをお勧めしたい。必要なら私からサルドス伯爵へ推薦状を書きますが？」

ラフターがそのようにビーナに打診すると、ビーナが答える前にダンは迷いなく首を横に振った。

「俺はこのままじっちゃんのもとで、船乗りになるための勉強をしたいです。だから……推薦は要りません」

ラフターは意外そうな顔でダンを見た。

「……今の環境を窮屈と感じる事はないのかな？　私も庶民出身だけど、子供の頃は生きづらくて仕方がなかった。地元の領主だったエピック子爵に養子として拾ってもらい、王都の王立学園に進学して初めて、自分が生きる場所を見つけた気がしたものだよ。自分よりも優れた人間が、わんさかいるあの学園に進んで、初めてね」

ダンはこれには答えず、再度はっきりと首を横に振った。

騎士はダンの真意を測るように、しばらくその目を見ていたが、やがて頷いた。

「ふむ。余計なお節介だったようだね。……よし、基地に帰港する！　漕ぎ方用意！　ゴー！」

漕ぎ手をモリーと代わったダンは、再びその目を輝かせて喰《く》い入るようにその動きを見ている。

だが――

その口元が、真一文字に固く引き結ばれている事に、母のビーナだけは気がついていた。

◆

サルドス伯爵は焦《じ》れていた。

理由は目の前に座るダンが、この伯爵邸への移動を頑なに拒否し続けているからだ。

何度家令を使いに出しても色よい返事を得られなかった伯爵は、自ら説得しようと考え、領主としての強権をかざしてラカンタールにある屋敷へと、ダンとビーナの二人を呼び出した。

生まれてからこちら、顔すら見せていない自分が、今更実子としてダンを伯爵家へ迎え入れたい、などというのは虫のいい話だという事ぐらいは、もちろん伯爵も理解している。

だがそもそも一〇年前のあの時、伯爵としては母親のビーナと共に、ダンを伯爵家へ迎え入れるつもりはあったのだ。

だが、正妻であるブリランテが庶民であるビーナを妻として迎え入れる事に激しく反対した。

これを押して無理に迎え入れたところで、誰も幸せにはならないだろう。そう考えて、とりあえずビーナに意向を確認したところ、『私も貴族なんて肩が凝りそうでごめんだと思ってたから、丁度良かったよ』などと言って、あっけらかんとした顔で手を振っていたのだ。

旅の船乗りの子として育てる、だからもうこちらの事は忘れて構わないなどというビーナに、伯爵は生まれてくる子の事は実子として認知をすると宣言し、受け取ろうとしない養育費を押し付けるようにして支払っている。

決して褒められた経緯ではないが、それほど頑なになるほどの怨《うら》みを買っているとも思えない。

その証拠に、一〇年ぶりに顔を合わせたビーナは、当時の溌剌《はつらつ》とした雰囲気そのままにカラカラと笑い、『相変わらず苦労してそうな顔してますねぇ、ご領主様』などと、失礼な事を平然と言った。

もちろんその不遜《ふそん》な物言いに、隣に座る正妻のブリランテの機嫌は急降下している。

「ダニエルよ、何がそれほど気に入らんのだ。スケールの大きい船乗りを目指したいという目標自体には、わしも反対はせん。わが領地は外海に面しておるし、貿易や水軍関係は切っても切り離せない重要な産業だからな。スケールの大きい仕事をしたいのであれば、この名門サルドス伯爵家でその才能を徹底的に磨き上げ、王立学園へと進学を果たし、ゆくゆくは王国騎士団、それも水軍を統べる第二軍団への入団を目指すか、商務省辺りのエリート官僚を目指す。それがもっとも理に適《かな》っておるではないか」

　だがダンは再度首を横に振り、伯爵は深々とため息をついた。

「……ビーナよ、惜しいとは思わんのか？　ダニエルの成績、特にその魔力量の伸びは、この長いサルドス家の歴史にあっても突出しておるのだぞ？　この家でみっちり訓練を積めば、十分あの王立学園への合格も射程圏に入るだろう。うまくすると上位クラスでの合格もあり得る。それが一体どれほどの富と名声をダニエルへともたらすか……」

　話を振られたビーナは肩をすくめた。

「あの王立学園、と言われてもねぇ。私たち田舎《いなか》育ちの庶民には、それがどれくらい価値のあるものなのかはピンと来ないね。……むしろ本当にこのダンよりも出来のいい子供がいるのかい？　私にはそっちの方が信じられない」

　ビーナがそのように問い返すと、ブリランテがやれやれと頭《かぶり》を振った。

「まったく、これだから世の中を知らない庶民は……。ダニエルの世代には、すでに他国にもその名を轟《とどろ》かす神童がいます。名門ザイツィンガー公爵家の家柄にして、文武に秀で、その魔力量は九歳にしてすでに一万を超えているとの噂です。九歳で一万ですよ？　魔力しか取り柄のないダニエルの四倍です。それに加え、私が社交界で収集した情報によると、ダニエルの世代はかなり人材が揃《そろ》っていそうだともっぱらの噂です。正直言って、これからサルドス家が全力でサポートをしたとして、合格できるかどうかすら怪しいラインだと私は思います」

　ダンはそのブリランテの言葉を聞いて、僅かに顔を歪《ゆが》めた。

　無論自分より優れた人間がいる事が悔しい訳ではない。むしろその逆だった。

卓越した才能を持つ同い年の子が、国中から集まってくる。

これまで競争相手が皆無だったダンが、自分の力がどの程度なのかを試したいと考えるのは、当然の事だろう。

力を抑えず全力で競い合って、時には喧嘩《けんか》して、お互いを認め合える、ダンが待ち望んでいた対等な友人たちが、その場所にはいるかもしれないのだ。

だが、小さな頃から可愛がってくれた母や祖父、そして叔母を悲しませるような事は、自分にはできない。できるはずがない。もちろん目に入れても痛くないほどに可愛がってくれた家族同然の商会の皆と離れたくないというのも、ダンの心からの本心だ。

ダンが僅かに歪めたその顔の意味を、母であるビーナだけは、正確に推し量って悲し気に目を細めた。

だがブリランテは、増長していたダンが、自分の力がその程度だと教えられ落ち込んだものと理解し、こう畳みかけた。

「ふんっ。その程度の器だと自覚して、身の程を弁《わきま》えなさい。そもそもあなたもあなたです。伯爵家当主ともあろうものが、何を卑しい庶民を相手に気を使っているのやら。領主権限で強制的に籍を移せばいいのです。ダニエルは実子なのですから、法律上は何の問題もないでしょう。こうしている間にも王立学園への進学を目指すライバルたちは、受験に向けた対策を着々と進めているのですよ？　それともその田舎商会とやらは、叩《たた》き潰《つぶ》されたいのですか？　この名門、サルドス伯爵家と喧嘩をして」

このブリランテの脅し文句を聞いて、ダンはその顔を蒼白《そうはく》に染めた。

商会が潰される。俺の我儘《わがまま》で――

ビーナは一つ深々とため息をついてから、ブリランテの目を真っ直ぐに見つめながら口を開いた。

「……二つ条件がある。それを受け入れてくれたら、そちらの条件は全て呑《の》む」

「母さん?!」

ダンが叫ぶと、ビーナは手を上げてこれを制した。

「本当は自分でも気がついているんだろう? 自分の気持ちにさ。父さんも、ミモザも、商会の皆も……誰もがダンの幸せを……あんたの幸せだけを願ってる。それを蔑ろ《ないがし》にする事こそ、皆への裏切りになるよ。……どんなに気に入ってても、小さくなった洋服はいつかは替えなきゃならない。あんたにとって、凪風《なぎかぜ》商会はもう小さすぎるのさ」

ビーナはダンが唇を噛《か》んだのを確認して、条件を述べた。

「一つ。ダンにはこのサルドス伯爵家の持てる限りの力を注ぎ込んで、その王立学園とやらに合格できるよう最高の教育を施す事」

「……言わずもがなだな」

サルドス伯爵は頷《うなず》いた。

「二つ。少なくとも、ダンがその王立学園とやらに合格して、王都へと進学するまでの間は、私もこの屋敷に住まわせてもらう」

この二つ目の条件に、ブリランテははっきりと嫌悪感をその顔に浮かべた。

「庶民の分際で、正式に側《そば》へと上がりたいというのですか? なんと図々しい。そもそも貴方たちが条件を出せる立場とでも――」

「これが呑めないのなら、私はダンを連れてすぐにでも国外へと出る。なに、別に側室に上げろと言うつもりはないよ。掃除婦でも洗濯係でも何でもいい。ダンのそばでいつでも話ができて、一つ目の条件がきちんと守られているかを確認できれば、それでいいんだ。……何があってもこの子は私が守る。そう決めているからね」

「……呑もう」

サルドス伯爵が首を縦に振ると、ブリランテは一瞬何かを言おうとし、だが悔しそうに口をつぐんだ。

「私たちが育てたダニエル・ナギカゼが本気を出せば、その辺の坊ちゃん連中に負けるはずないさ」

それを確認したビーナは、ダンの頬をその両手で挟み、一つ大きく深呼吸をしてから、悪戯《いたずら》っぽく笑い片目を瞑《つぶ》った。

「ダン――……やってやんな！」

◆

『クァー、クァー』と鳴き声を上げながら上空を旋回しているシーファルコンが、次々に船を目掛けて滑空してくる。

だが船の中央に立つアレンは、ダンの目から見ても信じがたい視野の広さと正確無比な弓の腕で、得物を片っ端から海へと叩き落としていく。

船を巧みに操りながらそんなアレンの様子を見て、ダンはなぜか、あの日背中を押してくれた母の顔を思い出した。

あの日、別れの挨拶《あいさつ》をする事すら許されず、そのまま生まれ育った凪風商会を出て伯爵家で暮らし始めたダンは、心底から笑った事はなかった。

『合格の邪魔になる』と言われ、凪風商会の皆や幼年学校の友達と連絡を取るのを厳しく禁止された事は、ダンの心に重く横たわっている。

ダンが学園に合格したら、その母親が下女では体面が悪い。

そのような身勝手な理屈で第三夫人として召された母は、言葉使いその他粗野な点を、伯爵家に相応《ふさわ》しい作法へと改めさせるという体《てい》で、正妻のブリランテと第二夫人に陰で虐《いじ》め抜かれていることも知っている。

『ダンが自分の幸せを蔑ろにする事が皆への裏切り』と言われ、ひたすらに合格を目指して自己研鑽《けんさん》に没頭してきたが、Aクラス合格を勝ち取った時でさえ、自分が進んだ道が正解だったのか、確信を持てず暗い感情が心の奥には横たわっていた。

ダンの頬に、あの日の温かい母の手の感触がよみがえり、脳裏にその言葉が響く。

『ダン――……やってやんな！』

アレンと目が合う。

こちらの操船の狙いを以心伝心と言えるほど正確に汲《く》み取《と》り、言葉を交わすまでもなく的確に連携を取ってくる。

いきなりふらりと現れて、自分の心を縛る枷《かせ》を跡形もなく取り除いてくれたアレン。

ダンは心底から溢《あふ》れてくる感情を抑えきれず、思わず笑みを溢《こぼ》して親指を立てた。

母さん、俺、友達ができた――

何考えてるのか分かんない厄介な奴だけど……こいつはすげーって、こいつには負けたくねぇって、こいつが困ってたら助けてやりたいって思える友達が――

会心の笑みで親指を立てるダンを見て、アレンは意味が分からないとでも言いたげに首を捻《ひね》った。

5章　護衛任務と温泉

チーフアドバイザー

王都への帰路。

俺は、サルドス伯爵領都、ラカンタールの探索者協会へと立ち寄った。

旅のついでに、目的地の一致する護衛任務でも受けて、探索者仲間とわいわい交流を持ちつつ旅費を浮かす、なんてテンプレが踏めたら楽しそうだと思っていたからだ。

なので、協会で手頃な依頼がないか、人のよさそうな受付のおじさんに聞いてみた。

「こんにちは～。王都へ帰るついでに、手頃な護衛依頼があれば受けたくて来ました。できれば王都への直通列車があるグラウクス侯爵領都コスラエールまで、なければその周辺のどこかの街までの依頼はありますか？」

おじさんは、ニコニコと人のよさそうな顔で俺に聞いてきた。

「はいこんにちは。護衛依頼はいくつかあるけど、君ランクは？　護衛依頼は最低でもD難度だから、受けられるのはEランクからだよ？」

依頼は特別な理由がない限り、自分のランクの上下一つ差までしか受けられない。

実力不足の者が、無理をして危険を冒すのを防止すると共に、実力の高い者が低い者の仕事を奪わないようにするためだ。

もっとも、自分のランクより下の依頼については、一定期間募集して、どうしても受託者が集まらなかった場合は上位ランク者にも解放される。

ただし報酬は変わらない場合が多いので、好き好んで自分の実力よりも二つ以下の依頼を受ける探索者がいるかどうかは別だ。

上位にいくほど人手が不足しており、その分報酬が指数関数の如《ごと》く高騰するのはどこの世界でも同じだ。

俺はおじさんにライセンスを差し出した。

おじさんは俺のライセンスをひと目見て、ピクリと眉毛《まゆげ》を動かした。

「ようこそサルドス支部へ。私はサルドス支部でチーフアドバイザーを務めております、トルッタと申します。レンさんがサルドス領へ入られている事は、ソルコースト支所より報告を受けております。お見えになられたら、支部長室へとご案内するように申しつかっております。こちらへどうぞ」

正確にはラカンタール支部だが、領都の支部は慣習的に領の名で呼ばれる事が多いようだ。

俺はため息をつきたいのを何とか堪《こら》えて、『分かりました。トルッタさん、どうか初めと同じように楽に話してください』とにこやかに言った。

特別扱いなど不要だが仕方がない。

人の噂《うわさ》も七五日。

ランクがいきなりBに上がって、それほど日の経《た》っていない今は仕方ないが、暫《しばら》く大人しくしていればその内に好奇の目も収まってくるだろう。

とにかく、今は揉《も》め事《ごと》を極力避けて、イメージの回復に努めよう……。

そんな事を考えながら支部長室へと入ると、これまたいかにも現場を離れて長そうな、肥満体の男が待ち受けていた。

支部長は、毒にも薬にもならないおべんちゃらを言いながら、そして話の隙間に、自分が如何《いか》に優秀な成績でサルドス領の上級学校を卒業したかという学力マウントを挟みながら、近くこのラカンタールで行われるという、とある盛大なパーティ会場の周辺警備の依頼を受けないかと勧めてくる。

探索者協会は、シエル《オジキ》を代表するように、叩《たた》き上げの幹部もいるにはいるが、特に裏方の事務職員の出世には学歴が結構ものを言うらしい。

そんな世知辛い話など、別に聞きたくはなかったが。

勧められているのは、どう考えてもダンの誕生日パーティに関する警備依頼だ。

パーティは確か十日後だし、そんな仕事を受ける理由などどこにもないので、丁重に断った。

サルドス伯爵《ダンの親父》が挨拶《あいさつ》したがっていた、なんてダンから聞いているし、さっさと依頼を受けてこの街を発《た》ちたい。

「詳しくは話せませんが、出席者の面子《メンツ》からしても、必ずやレン君も満足される名誉ある依頼なのですが……仕方がありませんな。まぁ注目のルーキーであるレン君と、このサルドス支部に付き合い《実績》ができるだけでも十分ありがたい。トルッタ。条件に合う護衛依頼は何がある？」

支部長に水を向けられたトルッタさんは、条件に合致する依頼について流れるように説明を始めた。

「はい、お勧めの依頼は二つあります。一つ目は難度Cランク、グラウクス侯爵領都コスラエールへと帰る商隊の護衛依頼です。報酬は八〇〇〇リアル。ごく一般的な旅程計画で、商隊なので乗合馬車よりも多少ゆっくり進むでしょうが、順当なら六日もあればコスラエールに到着するでしょう。この依頼はCランク以上の指定依頼で、最大二名まで募集しています。現在は盗賊の情報もありませんし、大商会なので一般的な魔物の対応ができる程度の護衛は別にいると思いますが、まぁ腕利きがいれば保険に、といったところでしょう」

ふむふむ。流石《さすが》チーフアドバイザー。

まさに今の俺にピッタリの依頼だ。

二つ返事でOKしてもいいほどだが、俺は念のために、もう一件の依頼についても聞いてみた。

「次の依頼もCランク依頼です。このサルドス領に観光へ来ていた、とある子爵とそのご令嬢、依頼を受けていただけるならお名前も開示可能ですが、お二人の護衛補助となります。報酬は五〇〇〇リアルで一名募集されております。コスラエールへの最短の道順から少し逸《そ》れますが、方角は大体同じですので、こちらも順当に行けば、四日ほどで依頼を完了し、その後二日もあれば十分コスラエールへと入れるでしょう。こちらも正規の護衛が別にいてリスクが低い分、報酬はCランクにしては安めですが、貴族の護衛依頼は現場評価で報酬の上乗せがある事も多いですので人気があり、これくらいの報酬でも希望者は多いのですよ」

う～ん、甲乙つけがたい！

どちらも典型的なテンプレ依頼だが、それぞれに良さがあり、十分楽しめそうだ。

そんな事を考えていると、トルッタは思い出したようにこんな事を言った。

「子爵のお嬢様はよくサルドスに遊びにいらっしゃるので、私も拝見した事がありますが、レンさんより少しだけ年上の、大変お淑《しと》やかそうな見目麗しいお嬢様ですよ」

?!

流石は個人情報ユルユルの異世界チーフアドバイザー！

何なんだ、その恋の予感しかしない、素晴らしい追加情報は！

俺は後者の依頼に大きく気持ちを傾かせたが、ついこんな事を聞いた。

「お勧めの依頼は二つ……って事は、お勧めじゃない依頼もあるのですか？　いや、性格的に一応確認しておきたいというだけの事で、今紹介された依頼が気に入らない訳じゃないですよ？」

トルッタさんは、別に気分を害した様子もなく、優しく微笑《ほほえ》みながらもう一つの依頼を紹介してくれた。

「最後の依頼はD難度で、本来Bランクのレンさんに受注資格はないのですが、受け手がおらず上位ランク者にも解放されています。この依頼はコスラエールではなく、一つ王都寄りの魔導列車の停車駅がある、キリカが目的地になっており、その道中の魔物からの警護依頼です。報酬は四〇〇〇リアルと、Dランクとしては一般的です。列車で輸送しない品を王都方面へと運ぶ場合などに、コスラエールとは別の街道を使いキリカへと向かうのはよくある事なのですが……」

そこまで説明して、トルッタさんは表情を曇らせた。

「依頼書に旅程計画が示されておりません。不確定要素の多い依頼などではどうしても示せない事もありますので、ルール上は問題ないのですが……。レンさんは土地勘がないでしょうから補足いたしますと、通常は西街道を七日ほどかけてキリカへと向かうのですが、これはアメント火山を迂《う》回《かい》せずに、危険な山越えをする予定で、その事実を敢《あ》えて伏せている可能性があります。さらに言いますと、出発は受託者が現れ次第すぐ、となっております。単に急いでいるのであれば、無難に西街道を進んでいればすでにキリカへと到着している頃でしょう。にもかかわらず、計画を示さず、かつ依頼の取り消しもしない、となると、目的はアメント火山の中腹にある寒村、メント村にあるのかもしれません。あそこは一般の観光客は近寄らず、良からぬ輩《やから》が会合するのに人気だという話ですので。あそこまでの護衛となると、依頼難度は最低でもC、報酬は一万五〇〇〇リアルからとなるでしょう。ちなみにメント村までは二日、そこからキリカへは一日半となっておりますので、仮に山越えをしたならば、四日ほどでキリカへは着く旅程となります。ただし、キリカから王都へは直通列車がありませんので、結果的には王都に着くのは先の二依頼を受けた場合と同じ頃になるでしょう。いかがです？」

流石はチーフアドバイザー。

リスクが端的に纏《まと》められていて、実に分かりやすい。

あくまで全て推測でしかないが、これは完全なる地雷案件だろう。

「あっはっは！　いかがも何も、そんな依頼を受ける訳がないでしょう。いやぁ流石チーフ、実に分かりやすい説明で助かりました。で、前の二つの依頼の出発はいつなんですか？」

トルッタさんは、この俺のセリフを聞いて顔を綻ばせ、満面の笑みでこう言った。

「はい、どちらも面談を含め一週間後ですので、準備期間はたっぷりあります！　このチーフアドバイザーであるトルッタが、このラカンタールのとっておきの宿をご紹介しますよ！」

……それを先に言え、チーフアドバイザー！

そんなにこの街で待てるか……俺は暇じゃないんだ……。

だが、流石に三つめの地雷案件を受ける気にはならない。それなら乗合馬車で普通に帰った方が、まだマシだ。

「いや、レンさんは中々血気盛んな、お若いところがあると噂で聞いておりましたので、少々心配しましたが、分別なくしてその若さでBランクになれるほど、協会の裏査定は甘くない。やはり噂など当てになりませんなぁ。……メント村も、周辺に手強《てごわ》い魔物が出るようになる前までは、王国屈指の泉質を誇る温泉保養地で、観光客にも人気のあった場所だそうですが、勿体《もったい》ない限りです。で、どちらの依頼をお受けになりますか？」

お、王国屈指の温泉だと⁈

ち、ちーふあどばい――

少し迷ったが、俺は地雷案件を受けた。

判断材料はいくつかある。

まず道中の危険度がC、よほど運が悪くてもB難度、つまりグリテススネーク相当という事は、今の俺の実力から考えると、戦闘という意味では十分対応可能である事。

トルッタさんに、出現が見込まれる魔物を念のため確認したが、大きな問題はないだろう。

仮に依頼主が不届き者だとしても、その難度に護衛がいなくては出発できないレベルだと考えると、リスクはグッと下がる。

いくら依頼主でも、故意に危害を加えようとする、あるいは不法行為を始めとした、依頼事項にない行為を強要するなどしてきたら、拒否して契約を解除する権利が探索者にはある。

例えば依頼書に『西街道を通ってキリカへ行く』と明示しておきながら、特別な理由もなくルートを変更する、などもこれに当たる。

まぁ今回は依頼書に旅程の記載がないので、どんな道で行こうと自由だが。

次に、さっさとラカンタールを離れたかったという点。

ただでさえサルドス伯爵が、ぜひ挨拶を、なんて面倒な事を言っているところに、ダンの親父《ダンのおやじ》の誕生日を祝うためグラウクス侯爵地方の有力貴族がこぞってこの街に集結するらしい。

本番のパーティは十日後だが、すでにダンには挨拶回りの予定が詰め込まれている。という事は、王立学園のほぼ頂点に君臨するダンへと顔を繋《つな》ぐために、すでに多くの貴族がこの街に集まりつつあるのだろう。

俺は任意の探索者レンとして活動しているが、いつどこで誰と繋がるか分からない。

身バレのリスクは極力減らしたい。

そして最後の理由。それはもちろん、王国屈指の泉質と言われる温泉に、是非とも入りたいという事だ。

くどくど理屈を並べたが、その他の理由などあまり関係ない。

寮でも湯の温度やサウナに拘《こだわ》っている通り、俺は無類の風呂《ふろ》好きだ。

今世ではやりたい事を気ままにやって生きる、そう決めている俺が、このチャンスをスキップする事などあり得ない。

依頼を受けずに一人で行く、という手も考えたが、全く土地勘のない場所で、山中泊を伴う行程となるようだったので、依頼人についていく方が逆に安全だと踏んだ。

案の定、碌《ろく》な地図がないし……。

俺は方向感覚にはあまり自信がない。

というか、現代日本出身で、初めての山を地図なしで目的地へ行けと言われて、迷わず到着できる方が稀《まれ》だろう。

サルドスには貫通力特化のマックアゲート製の矢は売っていなかったので、トルッタさんのアドバイスに従い、氷属性の付与された魔銀《ミスリル》製の矢を一〇本補充した。

魔銀は専門の職人が魔石を消費する事で、属性を付与する事ができる一風変わった金属だ。

今回のように、明らかに火属性の魔物に偏っているような場所に行く際には、効果覿面《てきめん》と言えるだろう。

一本で五〇〇リアルと値は張るが、それでも王都の半額だ。

火属性の手強い魔物が道中に出た際の保険と考えると、必要経費と言えるだろう。

準備を終えた俺は、依頼主との待ち合わせ場所へと向かった。

◆

待ち合わせ場所である、ラカンタールの西のはずれに待っていた依頼主は、どこからどう見ても一般人《かたぎ》には見えない、人相の悪い男二人組だった。

その風体を確認した俺は、アウトロー路線のスイッチを入れてから声をかけた。

「おたくらが依頼人か？　俺が護衛依頼を受けた、探索者のレンだ」

俺を確認した二人組は、一瞬顔を見合わせた後に顔を真っ赤にして怒り始めた。

「おいおいおいおい、いくら何でもこんなクソガキに、護衛なんて務まる訳ねぇだろうが！」

二人のうち、ちょび髭《ひげ》の方が言った。

続けて顎《あご》の下にヤギのような髭を伸ばしている男が俺に詰め寄る。

「ちっ、よくいるんだよ、肝心な時にぶるって役に立たねぇくせに、安全そうな護衛依頼にただ乗りして、金だけせしめる卑怯者《ひきようもん》がよお。テメエ、もし魔物を前にビビりやがったら、お前を餌に――」

俺はヤギ髭が俺に手を伸ばそうとした瞬間、瞬時に腰の革ベルトに差してある鞘《さや》からダガーを引き抜いて、三センチほど伸ばしていた髭の下一センチを斬り飛ばし、鞘へと収めた。

『キンッ』と、小さく納刀音が響く。

このような手合いとお話し合いなどしていては日が暮れるし、早めに挨拶《あいさつ》を済まさないと、この先の護衛依頼にも支障が出る。

動きを目で追いきれなかったのだろう。

ヤギ髭は一瞬呆然《ぼうぜん》とした後に、顎と首を手で必死に撫《な》でた。

「ランクはBだ。よろしく頼む」

「ててて、てめぇ！　なに街中で刃物抜いてやがんだ！」

俺が挨拶を終えると、ちょび髭が真っ青な顔で怒鳴った。

「これは髭剃《ひげそ》りだ。立派な髭が乱れていたものでな。お前もそのちょび髭を整えてやろう。動くなよ？」

そう言って俺が柄《つか》に手を掛けると、ちょび髭は地蔵のように静止して、ダラダラと汗を流し始めた。

「……冗談だ。時間が惜しい。どうせアメント火山を突っ切っていくつもりなんだろう？　さっさと行こう」

これくらい丁寧に挨拶をしておけば、この先の道中もまぁ大丈夫だろう。

その後、メント村からこの街へと買い出しに来ていたという、道案内兼御者のおっちゃんと合流して、ラカンタールを出立した。

◆

馬車での旅は順調だった。

俺の風魔法による威嚇で草食系の魔物はほとんど近寄ってこないし、逃げなかった好戦的な魔物もここまでは全てダガーで仕留めた。

メントの村で矢の補充ができるか分からないから、節約した形だ。

俺は御者席に座って、御者のおっちゃんの馬車の操縦方法を興味深く見ながら、色々と雑談している。

このおっちゃんはトニーという名前の気のいい男で、メント村からラカンタールへと村に必要な物資の買い出しに来ていた。

だが村は温泉以外に大した特産のない寒村で、買い出しのたびに高額な護衛を雇う金はない。なので道案内兼馬車提供を条件に同行者を募り、このアメント火山の魔物生息域を通り抜けるのが慣習となっているそうだ。

村を訪れる一般人はほとんどいないが、幸い？　よからぬ輩は頻繁に訪れるので、苦肉の策ではあるが、それで何とか村の生活を回しているらしい。

「……おっちゃんなら、何とか一人でも通れそうな気がするけどな。少なくとも、後ろの二人よりは強い……だろ？」

俺は王都に来てからこちら、坂道部《さかどうぶ》や探索者活動、騎士団での経験を得た事で、動きを見ていると何となく身体強化魔法の練度が推察できるようになった。

特に索敵魔法を習得してからは、その精度が結構上がった気がする。

「ほぉう？　確かにどうしても人が集まらない時は、一人で突破する事もあるが……。まぁリスクは低い方がいいから、余程な事がなければやらないがな。夜も眠れないしな。何でそう思ったんだ？」

「ん？　まぁ、動きを見ていると、どの程度の身体強化の使い手かは、何となく分かる。言葉で表現するのは難しいがな」

　おっちゃんは楽しそうに笑った。

「はっはっは。俺だって探索者としてはCランクの資格を持つが、こんな短い時間で、馬車乗ってるだけの奴《やつ》の強さなんて分からんぞ？　流石《さすが》に、その歳《とし》でBランク探索者を張るだけの事はあるな。一体どんな経験を積んだんだ？」

　……まぁ身体強化魔法のセンスや練度を推定するには、何よりも経験が重要だと言われているからな。

　俺は坂道部で、皆の練度を魔道具を通じて数値化したレポートを毎日見ていたりしたから、少し人とは違う経験でその辺りの目が鍛えられた。

「まぁそれなりだ。……聞こえてるぞ！」

　俺は荷台に向かって怒鳴った。

　荷台に乗っているちょび髭とヤギ髭が、『路銀を花街で使い込んで、若頭《かしら》の待つメント村に行けなくて困っていたが、腕は立ちそうだが馬鹿なガキが安い金で受けてくれてラッキー』だとか、『勝てそうもない魔物が出たら、ガキを囮《おとり》にしてさっさと逃げよう』とか小声で話していたので、一応一声かけておいたのだ。

　護衛は依頼《仕事》なので、きちんとこなすが……。

　こいつら、最初から囮のつもりで探索者を募集してやがったな？　依頼を終えたら、一言一句違《たが》えず、きっちり協会に報告してやる。

と、そこで俺の索敵魔法が新たな魔物の襲来を捉《とら》えた。

「……速度を落とせトニー。囲まれた。二足歩行の人間大の魔物が三匹だ。おそらくフレイムガンゴか?」

トニーは顔に緊張を走らせ、きょろきょろと辺りを見渡した。

「何い?! 何で分かるんだ? ……ここまで魔物がやけに少なくって運がいいと思っていたが、ここで猿か……。かぁ～、奴らは連携して動く上に、火の遠距離魔法を使う。後ろの二人は別に燃えてもいいが、荷物が燃えたら困るからな。馬車を止めて、離れた場所で戦おう。一匹引き受ける」

俺は首を振った。

「その必要はない。もうすぐ射線が通る」

そう言って御者台に立ち上がった俺は、氷属性が付与されたミスリルの矢を弓につがえた。

程なくして前と後ろ、そして左手の斜面にフレイムガンゴが同時に飛び出してくる。

――と同時に前方を塞《ふさ》いでいる一匹が、俺の放った矢で貫かれて絶命する。慌てて後方に飛び出してきた個体がその両手に火球を構築しながら近づいてくる。

「キィィイイ!!!」

だが前方に矢を放つと同時に振り返った俺は、その手に炎の魔法を構築しきる前に矢を放ち仕留めた。

残りの左手斜面から接近してきた個体は、二匹があっさりやられたのを見て慌てて引き返していった。

「ちょっと待っててくれ。勿体《もったい》ないからミスリルの矢と魔石を回収してくる」

旅の途中だし、馬車の荷台にもさほど余裕がないようなので、俺は属性持ちの魔石だけを回収している。

手早く魔石を摘出して、御者台へと戻ると、トニーはまだ呆然としていた。

この依頼では初めて弓を使ったからな……。

このような反応は、王都周辺で狩りをしている際に散々見たので慣れている。

その後は弓を使うほどの魔物は出ず、途中簡易キャンプで一泊した俺たちは、無事翌日の昼過ぎには今日の宿泊予定地であるメントの村へと到着した。

◆

メントの村は、独立峰であるアメント火山の山道に北側から入り、山を真上から見て時計回りに一二〇度ほど進んだ辺りの中腹にあった。

なだらかな斜面に、真っ白な壁と、赤茶けて丸みのある煉瓦《れんが》が特徴的な建物がびっしりと並び、細い路地が縦横に走る村の作りは、どこか前世のテレビ番組で見たヨーロッパの著名な観光地である白い村を想起させる。

ぐるりと村を囲んだ真っ白な石垣の切れ目から、トニーが見張り番と思《おぼ》しき村人に片手を上げて、中へと入る。

村の規模からして、人口は多く見積もっても二〇〇〇人といったところか。

硫黄《いおう》臭、つまり硫化水素系というよりは、鉄が錆《さ》びたような臭いに近い。あまり嗅《か》いだ記憶のない臭いに、俺は胸を高鳴らせた。

◆

「俺たちはこれから人と会う予定があるから、ここで一旦《いったん》解散だ。明日は朝の九時に村の入り口《こ》《こ》に集合してキリカへ発《た》つ。遅れんなよ」

そう言ってちょび髭とヤギ髭は、悪い顔で村の入り組んだ路地へと消えていった。

……よしよし、依頼内容は、道中の魔物からの警護だからな。

あいつらと同じ宿なんかに泊まって、妙な事件に巻き込まれるのはごめんだ。

念のため索敵魔法も村では控えよう。

流石に索敵防止魔道具を使用しているとは思うが、万が一、明確な違法行為に関する計画などを聞いてしまったりすると、仮とはいえ王国騎士団員の立場上、見過ごすのはあまり宜しくない。

「美しい村だなトニー。これほど立地の悪い村を、必死に維持している理由がひと目見ただけで分かったよ」

共にその場に残されたトニーに、俺は素直に感想を伝えた。

トニーは俺のストレートな賛辞に臆《おく》する事なく、気のいい笑顔で答えてくれた。

「あぁ、いい村だろう。あの壁に塗ってある真っ白な塗料は、魔物除《よ》けの白妙《しろたえ》石を砕いて水と混ぜたものだ。アメント火山ではあの石が結構産出されるからな。もっとも、売り物にするには周辺の魔物が手強《てごわ》くて割に合わないが……。ま、完璧《かんぺき》ではないが、今ほど魔物が出なかった頃からこの村で続く、生活の知恵だな。ところで宿はどうするんだ？」

トニーに水を向けられ、俺は『お勧めの温泉宿はあるか』と聞いてみた。

「おう、この村の宿なら全部頭に入っているから紹介は任せておけ。村の宿は全て温泉宿だが、他に何か希望はあるか？　飯が美味《うま》いとか、眺望がいいとか」

「そうだな……。敢《あ》えて言うなら泉質かな。湯の温度は熱めが好みだが、今日はゆっくり入れるから、それほど拘《こだわ》る気はない。あぁ、あの二人組とは別の宿、これは絶対だ」

はっきり言って、この閉ざされた村の食事には期待できないだろう。

眺望もいいに越した事はないが、どうしても風呂《ふろ》や部屋から見る必要はない。

「……若いくせに、ジジイみたいな趣味してやがんな……。まぁそれならちょうどいい宿がある。この村が開かれた時からある老舗《しにせ》、『月や』がいいんじゃないか？　店構えは小さくて古く、老夫婦が二人でやっているからサービスも良いとは言えないが、この村で唯一の自家源泉掛け流しだから、ピリピリと刺激的な湯を味わえる。湯の温度は日によってばらつきがあるが、基本的には結構熱めだ。ま、観光客《よそ者》に人気の、見晴らしのいいデカい露天風呂《ろてんぶろ》なんかはないから、今はもう、たまに来る湯治客くらいしか行かないけどな」

源泉掛け流し……。

俺は前世からこのロマン溢《あふ》れる言葉が大好きだ。

俺はトニーお勧めの宿、『月や』で世話になる事に決めた。

◆

小ぢんまりとした脱衣所から浴場へと続くドアを開けたら、先客が一人いた。

湯に浸《つ》かるほどではないが、男性にしては長い髪で、髪を耳の後ろに掛けている。

髪色は、白髪混じりのグレーで、年の頃は七〇に近いように見える男は、湯に浸かったままこちらに目をやるでもなく、その髪色と同じグレーの目で虚空を見つめている。

洗い場のない手狭な石でできた浴室に、同じく石作りの浴槽が一つ。

浴槽の大きさは、おおよそで2m×4mほどで、何につけても前世基準で見たらバカでかい、この世界にしてはかなり質素な作りと言えるだろう。

岩壁に空けられた穴から静々と、ミルクティーのような白茶色の湯が注がれている。

足元を見ると、浴槽から溢れた湯の析出物が棚田状に層を成しており、浴槽に近い辺りは湯の色と同じ白茶色、そこから離れるにしたがい青みが増して、入り口付近はほとんど宝石のような透明感のある青になっている。

ちらりともう一度男を見たが、男は湯の中で身じろぎもせずにいる。

……この『月や』を選択している時点で、かなり拘りの強い温泉好きの可能性が高いな。

俺は、日本で鍛えられた入浴マナーを思い出しながら、湯尻《ゆじり》、つまりお湯が出ているところから一番遠い場所に屈《かが》み、湯が跳ねないように、手桶《ておけ》で静かに、かつ念入りに掛け湯をし、そっと湯船へと入った。

◆

一五分ほどピリピリと肌を刺激する、やけに浮力の高い温泉を堪能していると、男が声をかけてきた。

「坊や、一人かい？　その歳で中々に湯屋《ゆや》でのマナーが堂に入っているね」

醸し出している雰囲気からして、話しかけられるとは思っていなかったので少々意外だったが、俺は頷《うなず》いた。

言葉遣いも想像していたものより穏当だ。

「ええ。護衛任務でつい先程この村へ来ました。依頼主は別の宿にいて、道案内のおじさんに『月や』を勧められたんです。風呂好きならここだって」

男は楽しそうに笑った。

「ははっ！　随分とませた子供だねぇ。だが、その歳でメントへの護衛を務めるとは、大したもんだ。おいらぁ、この村へ湯治に来ている、ジンってもんだよ。よければ名前を教えてくれるかい？」

「はぁ。俺は探索者のレンです。王都からソルコーストへバカンスに来て、帰りのついでに護衛任務を受けてこちらへ立ち寄りました。温泉が好きなもので」

俺の名乗りを聞いて、ジンさんはピクリと眉《まゆ》を動かした。

「へぇ～おいらも王都からさ。もっとも、ここ半年ほどは湯治でこの村に籠もりっきりだから、外の事はたまに様子を見に来る子分どもからチラホラ聞くくらいだけどね。……坊や……じゃなかった、レンを同じ風呂好きと見込んで、一つ頼みたい事があるんだけど、聞いてくれるかい？」

そう言って、ジンさんは俺の方へと体を向け、頭を下げた。

「実は急に古傷が痛んで立てないんだ……。子分を呼ぶのも情けないし、ちょっと上がるのに手ぇ貸してくれないかい？」

……改まって言うから何事かと思ったら、そんな事か。

俺はすぐさま了承した。

「もちろん構いませんよ。痛むのはどこです？　……もしかして、ずっと上がりたいの我慢してたんですか？」

ジンさんは苦笑して言った。

「そりゃそうさ。普段から湯屋でのマナーを口うるさく子分どもに言ってるからねぇ。足が痛くて立てません、なんて堅気の子供の前で叫んだんじゃ、沽券《こけん》に関わるってんで我慢してたんだけど……。流石に限界でね。マナーもしっかりしてる子だし、恥を忍んで声をかけさせてもらったよ」

……やはりかなりの風呂好きだな。

俺は嬉《うれ》しくなった。

苦笑してそっと近づいて肩を貸し、ゆっくりと立ち上がる。

立ち上がったジンさんの両腿《もも》には、生々しい刀創があった。

「立場があると、色々大変ですね」

「まったく、難儀なもんだよ。そ、そ、そろりと進んでくれよ。足は痛いし頭はクラクラするしで、ぶっ倒れちまいそうなんだ」

俺はジンさんが足に力を込めなくて済むように、一言断ってから身体強化で湯船から引き抜いて、そのまま持ち上げた状態で脱衣所へと運び、椅子へと座らせた。

「人を呼んできましょうか？」

ジンさんは笑顔で首を振った。

「あぁいや、いつも少し休めば治まるから、それには及ばないよ。風呂を楽しんでる途中に悪かったね。ゆっくり入っておくれ」

俺は水袋から水を汲《く》んで渡して、『それ水なんで、良ければ飲んでください』と告げて、浴室へと戻った。

それから貸切状態の風呂で、一つだけある出窓に月が出るまでの一時間、たっぷりと温泉を堪能した。

俺が風呂から上がると、ジンさんはもう脱衣所にはいなかった。

◆

「随分長湯でしたね、親分。ちょうど様子を見に行こうかと思っていたところです。……王都から、シュリの姐《あね》さんが来ています」

身の回りの世話をするために、ジンにくっ付いている若い衆、オーサが戸を開けると、中には一人の栗色の髪をした女が待っていた。

「久しぶりだね、シュリ。お前がわざわざ来るって事は、なにかあったのかい？」

「はい。また鶴竜会《うち》の傘下から抜けて、ロッツ・ファミリーで世話になると言ってきている団体が……いやに上機嫌ですね？」

ジンがニコニコと笑顔で問いかけると、シュリは怪訝《けげん》そうな顔で答えた。

「ふふっ。そう見えるかい？　……まぁ抜けたいところは抜けさせればいいさ。じわじわと世の中がたぎってきているからね。利に敏感な奴《やつ》らは、この機に自由で動きやすいところへ行って、一山当てたい、って思う気持ちも分からなくもないよ。ロッツについては何か分かったかい？」

シュリは首を振った。

「ロッツ商会自体は、昔から王都の西側を拠点に商売をしていた土建屋ですが、なぜここ一〇年ほどで他の団体の後ろ盾をするほどまでに急激に力を付けてきたのかは、やはりよく分かりません。相変わらず傘下の会社や探索者の互助会が、随分と無茶な稼ぎ方をしても引き締めるでもなく、やりたい放題のようです。といって、高額な上納金《あがり》を集める様子もないのに、資金が尽きる気配もありません」

ジンは目を細めた。

「やっぱりきな臭いねぇ……。今思えば、元々あの辺りを仕切っていた、聖銀会の会長が事故で死んだのは、確か一〇年前だったね」

「はい。ただ、その辺りも含めて調査をさせていますが、ガードが硬くて。親分を始め、王都の裏側を仕切っている人間が次々に襲撃を受けているのも、やっぱりあいつらの差金なんじゃ……？」

シュリはその目に憎悪を込めた。

「想像でものを言っちゃいけないよ、シュリ。特にお前くらい立場のある者が言った言葉は、一人歩きしやすい。攻め込まれた時に逆手に取られたら、負い目があると困っちゃうよ」

シュリは悔しそうに口を引き結び、頭を下げた。

「騎士団は動かないのでしょうか……？」

横で聞いていた若い衆、オーサが口を挟んだ。

「はは。おいらたちは日陰者だからね。単純な裏側の勢力争いの間は、大っぴらには動かないだろうね。彼らには、他にやらなきゃいけない事が沢山あるしね。でもね、おいらたちみたいに日陰で飯を食っている人間が、騎士団を当てにするようになったらおしまいさ。それは覚えておかないといけないよ？」

ジンに釘《くぎ》を刺され、オーサも口をつぐんで頭を下げた。

「さて。いつまでもここで雲隠れしている訳にもいかなそうだね。傷も随分と癒えたし、そろそろ王都に帰ろうか」

そのジンの言葉を聞いて、シュリは目を輝かせた。

「本当ですか？　それは皆喜びます！　親分がいないと、皆どうも地に足がつかないみたいで」

ジンはそのシュリの言葉に苦笑しつつ、思い出したように聞いた。

「あ、そうだ。前に、リンドのところにイキのいい若いのが入ったって言ってたよね。確か『猛犬』とか呼ばれている暴れ者だって話だったと思うけど。名前は確か、『レン』、で合ってたかな？」

以前報告した時にはさして関心のなさそうだった話をいきなり蒸し返されて、シュリは少々意外に思いながらも答えた。

「あぁ、そいつなら名前は『レン』です。確かにりんごは今王都東支所の互助会では勢いがありますが……。あの頑固者《リンド》はうちの傘下には入らないかと。人が減って困っていた時にも散々勧誘しましたが、結局独立独歩の姿勢を崩しませんでしたし……」

「ふふ。りんごの家を無理に勧誘するつもりはないよ。リンドには、リンドなりの考えがあるのさ。ふふふふっ」

そう言って、ジンは相好を崩した。

常にない上機嫌そうなジンの様子を見て、シュリとオーサは顔を見合わせて、首を傾《かし》げた。

◆

山菜を使った素朴な夕食後、そして朝食前にも『月や』の風呂を堪能した俺は、朝九時ちょうどに村の入り口へと着いた。

そこには買い出しのついでに村への案内をしていたトニーは当然おらず、別の馬車と、武装した男女二人が待っていた。

話を聞けば、あの髭《ひげ》二人組は上司の私的な用心棒で、これからキリカの街へ一緒に行く予定との事だ。

程なくして、ちょび髭とヤギ髭、そしていかにも胡散臭《うさんくさ》そうな笑顔を顔に貼り付けた、目が糸のように細い男が現れた。

「お待たせしましたかね。私はこいつらの身内のレッドという者です。ところで、こいつらがあんまりメントに来るのが遅かったもんで理由を問い詰めたら、路銀を落としたとかで、そちらさんにも迷惑を掛けたみたいだねぇ。おかげさんで、何とか取り引きも無事終えられたよ。ほんとこのドジどもが、悪かったたねぇ」

そう言って、男はちょび髭のケツを蹴《け》った。

アホ髭二人組は、路銀を花街で使い込んだのを伏せて、落としたと説明したようだ。

まぁどうでもいいが。

「別に迷惑などではないさ。メントの温泉に立ち寄りたいと思って受けただけだからな」

そう言って俺は肩をすくめた。

どうせ偽名だろうが、レッドと名乗った髪の赤い細目の男は、顔に胡散臭い笑顔を貼り付けたまま、その細い目を少しだけ見開いて、俺を試すように言ってきた。

「ほぉう？　じゃあこいつらが言うように、本当に四〇〇〇リアルの端金《はしたがね》でアメント火山を突っ切ると分かってて依頼を受けたって事かい？　聞けば随分と腕も立つようだが……」

そう言って、男は笑顔を消してずいと凄《すご》んできた。

「で、いってぇどこの回しもんで、何が目的だ、ガキぃ？」

俺はため息をついた。

こんな三下《さんした》に凄まれてビビる俺ではないが……さてどうするか。

キリカへの道案内がいなくなるのは面倒だが、こうなってはもう仕方がない、かな。

依頼が不達成になったらランク査定に響くから、普通なら多少嫌な事があっても我慢するが、こういった場面で獲得した地位に囚われて生きるつもりはさらさらない。

むしろ俺の歳《とし》でBランクだと、本物か？　とか、何もんだ？　とか、偉い人に挨拶《あいさつ》を！　とか、事あるごとに騒がれて面倒な事この上ない。

下げられるものなら下げてほしいくらいだ。

「俺は王都東支所を拠点に活動しているリンゴ・ファミリーのレンだ。目的はさっきも言った通り、ソルコーストでのバカンスから王都へ帰るついでに温泉に立ち寄りたかったというだけの事で、別にそちらさんが何の目的でこの村に来ていようが、関知するつもりはない。だが――」

俺は淡々とそう告げてから一呼吸置いて、宣言した。

「喧嘩《けんか》を売られて泣き寝入りするつもりも、ない。全くな」

俺が淡々とそのように告げると、用心棒の二人が剣に手をかける。

だがレッドは再びその狐のように目の細い顔に胡散臭い笑顔を貼り付け、ヤギ髭《ひげ》を蹴り飛ばした。

「あぁ、あんたりんごの『猛犬』かい？　これは失礼したね。私も普段は王都にいるから、噂《うわさ》は聞いてるよ。いや、悪いとは思ったんだけど、腕の立つ正体不明のガキが、ボランティアみたいな仕事を受けた、なんて聞いたから、昨日の晩から『月や』を見張らせていたんだが、全く動く様子もないし……。念のためちょっと試させてもらったんだよ。猛犬だと分かっていたら、きちんと昨日のうちに面通しへ行ったんだけど……ほんと、まともに報告もできない部下で嫌になるねぇ。ま、それなら腕が立っても当然だ。これから私もこいつらとキリカに向かうから、道中よろしく頼むよ？」

……面通しなど面倒以外の何物でもないので、馬鹿髭二人組がまともに報告もできなくて助かったな……。

「納得してもらえたなら結構だ。だが、先に言っておく。俺が受けた依頼はそこの二人の護衛だ。ないとは思うが、緊急時にはその二人の安全を優先させてもらう」

俺がそう言うと、レッドは僅《わず》かに憮然《ぶぜん》とした表情を見せたが、すぐに笑顔に戻して言った。

「あぁそれでいいよ。どうせ多少金を積んだところで、協会を通して正式に依頼しないと曲げないんだろ？　それに、この二人が安全だという事は、私も安全だという事だからね」

「それからもう一つ。俺は街の外では魔物の襲撃に備えて索敵魔法を使うから、耳がかなり良くなる。不用意な会話は慎むか、持っているなら索敵防止魔道具を使うんだな。先程も言った通り、俺はそちらさんの事情に介入するつもりはない。かと言って、そちらの会話に斟酌《しんしゃく》して安全を疎《おろそ》かにするつもりもない」

俺がそう警告すると、これまで胡散臭い笑顔を貼り付けていたレッドは、初めて愉快そうに笑った。

「ひっひっひ。いやぁプロだねぇ。若くて喧嘩っ早《ぱや》いが、筋はキチンと通すと評判だから、どんなものかと思っていたけれど……。これは道中も安心だねぇ。……気に入ったよ、猛犬」

レッドはそう言って、舌舐《したな》めずりでもしそうな顔で、俺の肩に馴《な》れ馴れしく手を置いた。

◆

それから俺たちは、キリカへと出立した。

道中はレッドが幌《ほろ》の中で話をしようと何度も誘ってきたが、魔物の警戒を理由に全て断った。

俺にとって特筆するほどの魔物の襲撃はなく、俺たちは無事、翌日の午前中にはキリカへと入った。

別れ際にレッドが、『王都で時間ができたらここに来な。ロッツ・ファミリーのレッドの紹介だと言えば分かるようにしておく』なんて言って、王都の西スラムにあるという、とあるバーの名が書かれた名刺を渡してきたが、もちろんレッドが見えなくなったらすぐさま丸めて捨てた。

どう考えてもまともな用件とは思えない。

その後俺は、キリカの街を一日観光し、翌日の魔導列車で王都へと帰った。

キリカの街は、お面が有名らしく、街中にある路面店で沢山売っていたので、個性的なのから地味なのまでいくつか買っておいた。

変装に使えそうだし、目に穴の空いていないタイプは視力強化の鍛錬にちょうど良さそうだ。

さて、明日は久方ぶりに騎士団に顔を出さないと……。

出席必須《ひっす》を通達されている任務日ではないとはいえ、なにも言わずにこっそり王都を脱出したからな。

師匠はカンカンに怒っているに違いない……。

閑話　シングロード王都東支店

「来客中に申し訳ございません、支店長。……彼が来ています」

来賓室のドアをノックして入室した、シングロード王都東支店の副支店長であるルンドは、ソファーに腰かける来客中の女性にぺこりと頭を下げてから、支店長のルージュにそう言った。

「彼……？　今日は他にアポイントもなかったと思うけど、誰かしら？　まだ来客対応中よ」

ルージュがテーブルに置かれたコーヒーに口をつけてから振り返り、ルンドに向かって首を傾げると、ルンドは一瞬逡巡《しゅんじゅん》したような顔を見せ、ルージュの耳元でその名を呟《つぶや》いた。

するとルージュはその顔を楽しそうに綻ばせ、すぐさま席を立った。

「悪いんだけど、続きはまた今度にしてちょうだい。大事なお客様が来店しているみたい」

ルージュがそう言うと、客——この王都東部の裏社会を取り仕切る鶴竜会の幹部であるシュリは、怪訝《けげん》そうな顔をした。

このシングロード自体は、別に裏稼業の団体が運営している会社という訳ではない。

この王国に三家しかいない公爵家の資本が入った表社会の大商会の系列であり、特に鶴竜会のような任侠《にんきょう》団体の後ろ盾がなければ商売ができないという訳でもない。

両者の繋《つな》がりは、その主要顧客である探索者関連の情報交換を目的とした軽いもので、そういう意味では優先順位を下げられてもさほど不思議ではない。

ではなぜシュリが怪訝な顔をしたかというと、目の前にいる女支店長であるルージュが、一顧客がアポなしで買い物に来たからという理由で、アポイントを取ってこの場にいる自分との席を中座して、すぐさま接客に出るというのが意外だったからだ。

二八歳という若さで王都でも随一の規模を誇る武具店の支店長を張るルージュは、当然ながら単に銭儲《ぜにもう》けが上手《じょうず》なだけの女ではない。

例えば高ランクの探索者とも五分に渡り合って商いをする胆力があり、高位貴族や将来絶大な権力を握る王立学園生が、そのバックボーンを背景に高圧的な態度を取ったりすると取引を平然と断るという事は、界隈《かいわい》でも有名だ。

ルージュは若いが、力に阿《おもね》る事なくスジを通す、という信頼こそが今の彼女の立場を築き上げているし、シュリの親分であるジンなどもそこを高く評価している、と、シュリは理解している。

「あぁ、別に急ぎの用があるって訳じゃないからこっちは別に構わないが……あんたがそこまで肩入れする顧客ってのは誰なんだい？　まさか王国騎士団の偉いさんがこんな量販店にアポなしで来てる、って訳でもないだろう？」

シュリがそう言って肩をすくめると、ルージュはその目を細めた。

「ふふっ。最近東支所で『猛犬』と呼ばれているルーキーは知ってるかしら？　私は彼のファンなのよ」

ルージュがそう言うと、シュリはその名を意外に思いつつも、頷《うなず》いた。

「あぁ、リンドの所に最近入ったって注目のルーキーだね。ついこの間、『リザードファング』で店中を巻き込んだ大喧嘩をやらかしたって話は私の耳にも入ってるけど……確かランクはまだEだって話だね。あんたが直接接客に出るほどの『器』なのかい？」

実際にはアレンのランクはすでにシェルによって強引に上げられてBランクだが、それはシュリの耳にはまだ入っていないようだ。

シュリにそう問われたルージュは首を傾げた。

「さぁどうかしら。自分でもなぜ彼を応援したくなるのかよく分からないのだけど……とりあえず変わった子よ。野心的で優秀な若い子は沢山見てきたけれど、彼はそういうタイプじゃないわ。でも何だか、誰も思いもよらない事をしでかしそうな、そんな風に思わずにはいられない子。私にはそれが面白い」

そう言い残して部屋を後にするルージュを見送って、シュリは喧嘩っ早いと噂だが、妙に若手探索者たちに人気のあるルーキー『猛犬』について、もう少し情報を集めてみようかと考えた。

◆

とある休日の朝。

俺は失《な》くしてしまったバンリー社製のナイフの代わりを調達するために、以前ステラたちと装備を買いに来たシングロード王都東支店にやってきた。

あの時、支店長のルージュさんにお世話になって以来、この店は俺のお気に入りだ。

ココと始めた地理研究部の活動などに金が掛かりすぎて、残念ながら万年金欠病なので大きな買い物はできないが、支店長のルージュさんが色々とアドバイスをしてくれるので、来るたびに勉強になる。

様々な武器や防具が所狭しと並べられている店内を、目移りしながらぶらぶらと歩き、短剣《ダガー》が置いてあるコーナーへとやってくる。

あれからいくつかの小売店や、メーカーの直営店を巡ってみたが、シングロードは、いつも俺の心をワクワクさせてくれる。

大型店ならではの、その品揃《ぞろ》えの多様さもさる事ながら、商品に付けられた説明書きには、その素材の特徴、メーカー、物によっては職人の思いや店員の一押しポイントなどまで記されていて、作る人、売る人の思いが伝わる点が、特にこの店にセンスを感じるポイントだ。

価格的には必ずしも最安という訳ではない。

もちろん値段は重要な確認ポイントではあるが、商品の向こうに携わった人たちの顔が見えると、同じ商品を買うにしても感じる愛着が違う。

この店は研ぎや修繕などのアフターサービスも充実しているしな。

「いらっしゃい。ナイフはやめて、ダガーにするのかしら」

そんな事を考えながら商品を物色していると、後ろからルージュさんが話しかけてきた。

いつもどこからともなく現れて、こうして声をかけてくれる。

初めて声をかけてくれた時もそうだが、これだけ大きな店の支店長になってもフロントで接客する姿勢は見習うべきものがあるな。

「こんにちは、ルージュさん。実は最近ルージュさんがお勧めしてくれたナイフを探索中に失くしてしまいまして……。これを機に、解体などにも便利なダガーへ乗り換えようかと」

俺がそう言って頭を掻《か》くと、ルージュさんは可笑《おか》しそうに笑った。

「ふふっ。そんなに申し訳なさそうな顔をしなくてもいいわよ。たまにメンテナンスへ出しに来てくれた物を見るだけでも、君があのナイフをどれだけ大事に使っていたかは分かるわ。むしろ失くすまで替えないつもりだったの？　今はもうそれなりに稼いでいるのでしょう」

自分で言うのもなんだが、俺は結構物持ちのいい方だ。元々道具のメンテナンスなどは苦にならないタイプなので、自分でも使ったら必ず綺麗《きれい》に洗って乾いた布で拭《ふ》き上げたり、簡易的な砥石《といし》で研ぐ程度の手入れはしていた。

というかその作業自体も奥深く、凝り性なので単純に楽しかったのだ。

加えて何度か、この店を通じてメーカーにメンテナンスを依頼した。

ルージュさんには、『メンテナンスにそれほど手間とお金を掛けるなら、もう少しいいものに買い替えるのもお勧めよ』なんて言われたりもしたが、元日本人としてはどうしても『もったいない精神』が出てしまうのだ。

何に付けても大味なこの異世界では、この感覚は伝わらないだろうがな。

だが、ルージュさんにそう言われて、俺の心は少しだけ軽くなった。自分で思っている以上に、愛着のあるナイフを失くした事が、心に引っ掛かっていたようだ。

「……そうですね、近頃は多少は資金にも余裕が出ました。なので今回は思い切って、一万リアルぐらいの、長く使えるダガーを見せてもらいたいのですが」

俺がそのように頼むと、ルージュさんは『紹介させてもらうわ』とにっこりと笑った。

◆

「ところで……買い替えるのはダガーだけでいいのかしら？　もちろん売った商品を長く大切に使ってもらえるのは嬉《うれ》しいのだけど、貴方《あなた》は任務で危険な場所へ行く機会もあるでしょう？　何か拘《こだわ》りがあったり、目的があってお金を貯《た》めているのかもしれないけれど、もし資金に余裕があるなら弓と防具もアップグレードしてはいかが？　纏《まと》めて購入してくれれば、その分割引も利かせやすいわよ」

鍵付《かぎ》きのショーケースから、いくつか候補となるダガーを出しながら、ルージュさんは言いづらそうにそんな事を提案してきた。

ルージュさんの言う危険な任務とは、おそらくは王国騎士団のバイトの話だろう。この人は俺の正体を知っているので、俺が騎士団に見習いとして仮入団した事を、どこかで耳にしていても不思議はない。

ルージュさんの心配そうな顔を見て、俺は覚悟を決めた。

ライゴの弓には愛着があるし、購入して数ヶ月のまだまだ使用可能な道具を買い替えるのは非常に抵抗があるが、確かに死んでしまっては意味がない。

おやっさんにも、装備の替え時を間違えるなと釘《くぎ》を刺されたしな。

「……分かりました。それでは胸当てとショートボウも検討したいと思います。予算は三万リアルを上限にさせてください」

俺が清水《きよみず》の舞台から飛び降りるつもりでこう言うと、ルージュさんは嬉しそうに笑った。

「よかったわ。……正直あなたがこの先対峙《たいじ》する任務を考えると、あの初心者用の革の胸当てでは、はっきり言って性能が不足しすぎているからとても心配だったのよ」

やっぱり心配してくれていたらしい。ルージュさんの心から安堵《あんど》している表情を見て、俺は申し訳なく思い頭を掻くより他なかった。

「さて、まずはダガーを決めてしまいましょうか。貴方は初めて来た時、尊敬する先輩がザイムラー社の製品を使っているから、自分もそれを使いたいって言っていたわね。今日の予算なら手が出ない事もないけど、あそこの製品は値が張るから、自由に選んでもらうのは難しいわ。ちなみに、前回も進めたバンリー社製の製品なら、選択肢がかなり広いわよ。お勧めは……この二本かしら」

そう言ってルージュさんは、二本のダガーを並べて見せてくれた。一本はザイムラー社の、もう一本にはバンリー社のロゴが刻印されてある。

俺はその二本を交互に手に取って振ってみた。長くバンリー社製のナイフを使っていたからか、明らかに後者の方が手になじむ。

「ザイムラーの製品は頑丈で錆《さ》びにくくて、整備が楽な素材でできているわ。一方でバンリーの製品は繊細な素材だからメンテナンスが大変だけど、切れ味は保証するわよ？　どちらが上、とは一概には言えないけれど、道具を大切にする貴方なら後者でも十分扱えると思うわ」

「……試し切りはできますか？」

俺はルージュさんが用意してくれた、試し切り用の紙を根元から切っ先まで使って縦に切った。切れ味の違いはその断面の滑らかさ、音の響きからも明らかだ。

メンテナンスが大変との事だが、それは俺にとっては楽しみが一つ増えるくらいの感覚だ。

俺はバンリー社製のダガーに決めた。

「ふふっ、良かったわ。……貴方が選ぶ際に気を使わないように黙っていたのだけど、実はそのダガーは、貴方にってバンリー社の営業担当がわざわざ持ってきたのよ？　あ、誤解しないでね、あなたの正体は話していないわ。職人がメンテナンスに戻ってきた製品を見ると、普段どんな使われ方をしてるのは分かるものなのよ。特に、あのナイフ程度の価格帯の品を頻繁にメンテナンスに出す人間は珍しいから、興味を持ったみたいね。どんな人が使ってるのかって聞かれたから、年齢や体格を話しただけ。そしたら、『あのナイフじゃあ魔物の解体に難儀してるだろう、今度このダガーを勧めてみてほしい』って言われたのよ」

なるほど、どうりで妙に手になじむはずだ。専門の職人の目利きというのは凄《すご》いもんだな。

だが……俺は気になった事を聞いてみた。

「あの、それだと特注品って事になりませんか？　俺の予算でそんな品を買えるとは思えないのですが……」

俺は別に高級品を見せびらかすために装備を買い替える訳ではない。

今の自分の身の丈に合っていると感覚的に思える装備に、徐々にアップグレードしていきたいのだ。なんの道具でもそうだが、下のレベルを扱った事がないと、上のレベルのありがたみは本当の意味では理解できない。

俺がそのように難色を示すと、ルージュさんは苦笑した。

「そう言うと思ったけど、その点は安心していいわよ。その素材は切れ味がいい分、扱いづらいから価格はお安めなの。手間賃を考えると利益面は厳しいと思うけど、貴方みたいにメンテナンスへお金を使う事を厭《いと》わないお客さんなら、商売としてはきちんと成立するわ」

なるほど、流石《さすが》はルージュさん。俺が身の丈に合わない高級品を好まない事を理解した上で、これをお勧めしてくれたらしい。

大体一万リアル以下なのであれば、今の俺にとって妥当なラインと思える。このラインは感覚的なものだがな。

「さ、あとは防具と弓ね。私としては貴方の喫緊の課題は防具だと思うから、先に防具を選んでほしいと思うのだけど……その順番でいいかしら？」

「はい！　よろしくお願いします！」

◆

その後俺は、ルージュさんのお勧めの防具と弓を購入した。防具の方は耐刃、耐魔性能に優れたオールラウンドタイプの革製のベストだ。金属のプレートが入ったものも候補にあったが、動きやすさを重視した。

弓の方はロングボウもいくつか試射させてもらったが、最終的にパルティアの弓という、ライゴの弓と特性が似ている合成弓《コンポジット・ボウ》へと変えた。いくつかの素材が張り合わされている分、こちらもメンテナンス性は少々落ちるが、弓の威力はライゴの弓のおおよそ二倍となった。

「Bランク探索者としては最低限の装備だけど、少しは格好よくなったわね、レン」

新たな装備を身につけた俺を見て、ルージュさんは満足げに頷いた。

「……なんで俺がその名前で探索者をしている事を？」

俺がシェルのおじきに頼んで、偽名で探索者活動をしている事を知っている人間は限られるはずだが……まぁルージュさんの事は信頼しているから別にいいのだが、その情報の出所は気になる。

「私は『探索者レン』のファンですもの。こう見えて口は堅いのよ？　誰にも言わないから安心して」

ルージュさんそう言って、人差し指を唇に当ててから、可笑しそうにころころと笑った。

なんというか、この人には敵《かな》わないな……。

閑話　炊き出し

「ようポー。あれ、今日はちびたち皆でどこかに出かけるのか？　珍しいな」

とある休日の朝。

俺が未明から弓と風魔法の鍛錬がてら、王都東部にある平原で適当に狩りをした後、土産《みやげ》に狩った肉を持って『りんごの家』に立ち寄ったところ、りんごの家に所属しているちびたちがわらわらと中から出てきた。

「あれ、レン兄じゃん。おいらたちは今日教会で炊き出しの手伝いなんだ。怪我《けが》をした時に安い金で治療してくれたり、幼年学校への入学前から読み書きを教えてくれたり、教会には何かと世話になってるからな」

「おはよ、レン。りんごのメンバーは、元々教会に保護されてた孤児も多いしね。お腹《なか》が空《す》いて死にそうな時は、とりあえずお尻《しり》が痛くなるまでお祈りさえすれば、パンをくれるし。ま、持ちつ持たれつ、ってやつかな。ところでそれなーに？」

リーナが相変わらず妙にませた口調でそんな風に補足して、俺の手元を指差した。

なるほど、確かにおやっさんはよく教会から孤児をりんごの家へと引き取ってくるし、新ステライト教はそうした慈善活動には積極的だという話は聞く。

とはいえ、教会だけではできる事に限界があるので、確かにリーナの言う通り持ちつ持たれつ、といった部分もあるのだろう。

「なるほどなぁ。あぁこれは、干し肉の燻製《くんせい》にしてもらおうと思って土産に持ってきたラスコーの肉だ。この間食わせてくれたラスコーの燻製肉がめちゃくちゃ美味《うま》かったからな。草原で見かけたから狩ってきたんだ」

俺は先日このりんごの家で振る舞ってもらったラスコーという動物の干し肉を、いたく気に入っていた。ラスコーは、元々家畜化された鹿が逃げ出して、野生化したものらしい。

その干し肉の燻製は、肉そのものの独特の風味が、どこか桜を思わせる燻製の香りによって中和され、何とも言えない癖になる味となっていた。

「レン兄、めちゃくちゃ美味そうに食ってたもんな。おいらは臭いばっかりで全然美味いと思わないけど……。とりあえずラスコーの干し肉は冬に仕込むもんだからな。こんな暑い日に干しても腐っちまうよ」

どうやらポーは、ラスコーの干し肉があまり好みではないらしい。

「そうなのか……。じゃあこの肉どうするかな……炊き出しの差し入れになるか？」

俺が手土産に持ってきた肉の扱いに困ってそう尋ねると、リーナは目を輝かせた。

「え、あぁ、教会の炊き出しはいつも量が足りないから、肉は食えりゃ何でも喜ばれると思うけど……レン兄もしかして一緒に来んの？」

炊き出しか。まぁ興味がなくもないが……。

「う～ん、どうしよっかな。……炊き出しって、あの大聖堂でやってるのか？」

俺が王都北部にある、豪奢《ごうしゃ》ながらも長い歴史を感じる新ステライト教の大聖堂を思い浮かべながらそう尋ねると、リーナは首を振った。

「ううん、私たちは大聖堂なんてめったに行かないよ？　あそこは偉い人が多いし、私たちみたいな格好の人間がうろちょろしてたら嫌な顔をされるからね。いくらお祈りしても、パンを貰《もら》えないって話だし。炊き出しは下町の外れにある普通のおんぼろ教会であるよ」

お、そうなのか。あの宗教的権威の象徴のような大聖堂で、格式の高い司祭様からありがたいご宣託を頂戴《ちょうだい》しながら飯を食うなら、遠慮しようかと思ったが……下町の外れにあるという事であれば、ぜひ覗《のぞ》いておきたい。

俺は同行させてもらえるよう、ちびたちに頼んだ。

◆

「まったく、なぜこの私ともあろう者が、貧乏くさい下町の教会などに視察に行かねばならんのだ……。私やお前の聖魔法がどれほど貴重な才能か分かっておるのか？　その辺の庶民が金をいくら積んでも易々《やすやす》とは引き受けない。そうしたけじめが権威を生むのだ。それを無料《ただ》でなどと……」

ジュエは目の前でぐちぐちと文句を垂れながら、隙あらば自分の太ももに手を伸ばそうとしてくる男を心の底から軽蔑《けいべつ》しながらも、何とかその本心を包んで言葉を選んだ。

「……ドゥリトル様はともかく、私はまだ修業中の身ですから。今は一人でも多くの方に治療を施し、聖魔法の経験を積みたいのです。大聖堂に来られる方は、十分な治療が受けられる方がほとんどで、すでに治療など必要ない方も多いですので。それほどお嫌なら、私は予定通り一人で参りますので……」

そもそもジュエは、この王都近郊の教会巡りをお忍びでやっている。聖魔法の実践訓練を積みたいという打算が自分にある事を自覚しているので、政治臭を出して妙な争いに巻き込まれたくないのだ。

ところが目ざといドゥリトルは、学園入学からこちら、多忙を理由に自分の指導を受けに来る機会を減らしているジュエの事を不審に思い、どうやらジュエの動きを監視していたらしい。

このジュエの活動を嗅《か》ぎつけて、頼んでもいないのに聖魔法の指導者として同行する、などと言い出した。

当然ながらジュエは婉曲《えんきょく》に断っていたのだが、こと教会の事となれば大司教の要職を務めるこの男の意向を完全に無視するのは難しく、強引に押し切られて本日同行する事になった。

だがお忍びで訪問するために、ごく庶民的な馬車を執事のセバスに御させて大聖堂に併設されている聖職者の寄宿舎へと迎えに出向いたところ、不機嫌な様子を隠すでもなくぐちぐちと文句を垂れ流し続け今に至る。

「まったく……庶民どもに施しをするにしても、衆目がある大聖堂で大々的にやって、世の中へ我々の徳の高さと技量をアピールするならばまだ分かる。それをむざむざお忍びでなどと――私ほど寛容な男はそうはいないという事を、お前はもっと――」

……やはり多少角が立っても断るべきだったと、ジュエは痛むこめかみを押さえながら後悔した。

◆

「おうレンじゃねぇか。炊き出しの手伝いに来たのか？」

元々は真っ白だったと思われる、くすんだ色のこぢんまりとした教会に到着した俺に、アムールの兄貴が屋根瓦《やねがわら》の上から声をかけてくる。

「あ、お疲れ様です、兄貴。ええ、ちょうど暇だったんで、見学がてら手伝いに来たんですが……そんなところで何やってるんですか？」

兄貴は真っ黒に日焼けした顔を綻ばせて楽しそうに笑った。

「あぁ、教会の屋根が傷んで雨漏りが酷《ひど》いらしくてな。修理を頼まれたんだ」

ほーっ。そういえば兄貴は、よく探索者としても大工関連の仕事を受注しているイメージがあるな。俺が探索者として初めて受注したのも、アムールの兄貴に連れられて、魔導建機で崩した廃材を運び出すガラ出しの仕事だったし。

建築施工業界に興味があるのかもしれない。

「そっちに行くので、近くで見させてもらってもいいですか?!」

「おう、いいぞ！　そこに梯子《はしご》を掛けてあるから上がってこいよ。瓦を傷めるからブーツは脱いでな！」

兄貴が快諾してくれたので、俺はラスコーの肉をちびたちに預けてブーツを脱ぎ、兄貴が指差した梯子を登って屋根へと上がった。

◆

「臭い！　一体どうなっとるんだ、この臭いは……！」

アムールの兄貴がする、屋根の修理——瓦を剥《は》がして野地板、つまり瓦の下に張られている雨漏りによって腐った板を張り替える作業——を興味深く見ていると、下から場違いに居丈高な声が聞こえてきた。

ちらりと目をやると、何やら格式高そうな祭服に身を包み、じゃらじゃらと高級そうな装飾品を身に付けた四〇代くらいの脂ぎった男が、これ見よがしに鼻を摘《つま》んでいた。

辺りには俺が差し入れたラスコーの肉を煮込む、特徴的な獣臭が漂っている。

「何ですか、あれ……」

「あー……ありゃ教会の偉いさんだな。炊き出しの視察かなんかだろ。まったく、あいつら口では偉そうに民への奉仕だのなんだのと言うくせに、実際は金を巻き上げる事しか考えてねぇ。無視だ無視。あ、レン、そこの釘《くぎ》取ってくれ」

男は、慌てて駆け寄ってきた牧師さんに向かって居丈高に文句を言っており、角度的に顔は見えないが、同行したと思われる年若そうな女にその態度をやんわりと諫《いさ》められている。風が運んでくるその女の声音は、どこかで聞いたような覚えもあるが……。

男は、クラスメイトにそっくりな声の女の子が宥《なだ》めれば宥めるほど、牧師さんに向かって己の力を誇示するように語気を強めている。

……ああはなりたくないな……。

めんどくさい事に巻き込まれないよう、死角へと移動しつつ兄貴に釘を差し出しながら俺はそんな事を考え、兄貴の仕事に興味を戻した。

兄貴の仕事ぶりは決して巧みなものではなかったが、真剣な顔で一つ一つ丁寧に作業をする兄貴を見ているのはとても楽しかった。

◆

下町の教会に美しい少女の聖魔法使いが来ていて、身分の別なく無償で回復魔法を掛けてくれるという話は、炊き出しを食べに来た下町やスラムの住人によって、あっという間に王都東の下町に広がった。

高価な魔法薬など買う金はなく、多少の怪我は自然治癒を待つしか術《すべ》のないスラムの住人などが押し寄せて、収拾がつかない騒ぎになったが、その少女は常識では考えられないほどの魔力を保持しているらしく、全ての患者を捌《さば》き切った。

当初は後ろで指導らしき事をしていたドゥリトルは、治療を手伝うでもなく暑いの臭いのと散々文句を言った挙句、今は牧師さんに誘われて、室内で酒を呑《の》んでいる。

「ねぇちゃん、どんな魔力量してるんだ?! 凄《すご》すぎるだろ！」

「ありがとな！　暫《しばら》く仕事ができそうもなくて困ってたけど、おかげで明日から仕事に出られそうだ！」

「ありがとう、おねえちゃん。みんな大助かりだね！　よかったらこの炊き出しのスープ飲んでっ」

炊き出しを手伝っていたリーナが、ジュエに強烈な臭いを発しているスープを勧める。

それを見て、患者の整理をしていたセバスが慌てて止めに入る。

「あ、お気遣いいただき申し訳ありません。ですがそのスープは炊き出しに来られた方のものですので――」

ジュエはそれを遮るように、ゆっくりと首を振った。

「せっかくなので頂きましょう。流石《さすが》にお腹も空きましたし、いつも食べている朝食に比べたら、随分と食欲をそそる香りです」

リーナから粗末な椀《わん》に注がれたスープを受け取ったジュエは、品よくスプーンでスープを飲んで、にっこりと笑った。

「ふふっ。とても美味《おい》しいです」

それを見ていたポーが、呆気《あっけ》に取られたように言う。

「育ちが良さそうなのに凄いな、ねーちゃん。レン兄がラスコーの肉差し入れたから、おいらでも結構臭いのに。まぁその分ボリュームはあるけどな」

ジュエは首をことりと傾《かし》げた。

「レン兄、さんですか？」

「あぁうん、ほらあそこで屋根の修理してる背の低い方だよ。ああ見えて喧嘩《けんか》は強いのに、すっげー優しいんだぞ！」

ポーが誇らしげに指差した方を見て、ジュエはセバスと顔を見合わせてくつくつと笑った。

そこにはいくらか年上の少年の指導を受けながら、真剣な顔で、だが楽しそうに夢中でトンカチを振るっているアレンがいた。

「……治療も終わりましたし、帰りましょうか」

「……よろしいので？」

ジュエは立ち上がり、馬車に向かって嬉《うれ》しそうに歩き始めた。

「いいのです。きっと……人に見せるためにやっている事ではありません。声をかけると迷惑がられるでしょう」

教会の中から、いい感じに酒が回り、饒舌《じょうぜつ》にご宣託を開陳するドゥリトルの声が聞こえたが、ジュエは振り返りもせず馬車へと乗り込んだ。

あとがき

この度は『剣と魔法と学歴社会』第三巻をお読みいただきありがとうございます。

このあとがきは、南米アルゼンチンのとある小さな田舎《いなか》町にあるカフェテラスで書いています。

と、こう書くとまるでアレンのように風まかせの旅でも楽しんでいるかのようですが、実情としては慢性的な腹痛に悩まされながら、毎日仕事現場とホテルをひたすら往復しています。

ようは筆者が迂闊《うかつ》かつ無鉄砲なのです。

海外経験が乏しく、初の南米、しかも長期出張にもかかわらず、まー何とかなるでしょと、忙しさにかまけて碌《ろく》に下調べもせずノーガードで渡航した結果、水当たりしました。

生来の体質として胃腸が弱いので、お腹の調子が悪いのには慣れているのですが、差し込むような胃痛にはほとほと参りました。

せめて胃薬と整腸剤ぐらいは持参するべきだった……。

そんな訳で、オフの日にふと決心して薬局へと出かけ、やたらと陽気で親切なおばちゃんから何とか胃薬をゲットして、その劇的な効き目に感動しているのが今です。

前置きが長くなりましたが、本巻でアレンは夏休み期間に入り、心の赴くままに旅に出ます。

そして思いつくまま気の向くままに行動する旅先で、偶然が重なり彼は新たな風魔法の可能性に気がつくのですが、この偶然の気づきは、彼を一段成長させこの先の物語を広げていく、そんな予感に満ちています。

ある意味ではご都合主義的な展開なのですが、案外現実もそんなものなのではないかなと、筆者は考えています。

著名な科学者などのインタビューを聞いていると、歴史的な発見は偶然だったというフレーズをよく耳にします。あるいは偶然にも得られた出会いや、仲間に助けられたともよく語られるように思います。

これは恐らく運と幸運の違いというやつで、チャンスを掴《つか》む下ごしらえを終えている人だけが、そうした幸運と巡り会えるのだと思います。

そんな事を考えながら、ふと空を見上げると雲が北から南に流れており、あぁここは日本とは別世界なのだなぁと無性に感動したりします。お腹《なか》が痛いと空を見ないものなぁ。

地球の裏側にある田舎のモールのウィンドウには、ドラゴンボールをはじめ日本のコンテンツのフィギュアが沢山飾られており、Z世代（ドラゴンボール『Z』の方）の筆者は思うところがありました。

教会の裏手にある夕方の路地で、痩《や》せたおじいさんが奏でている物悲しいギターに深く胸を打たれ、この国の伝統的な恋の歌だと言うので、後でこっそりスマホで鼻歌検索をしたら、微妙に古いイタリアのポップミュージックでした。全然違う……。

話が逸れましたが、とにかく面白そうだと思う事は、コスパタイパなどと言わずにやってみる。これはアレンが通徹すると決めている今世でのテーマです。

そんな彼の行動がどんな事件を巻き起こし、その結果何が起こるのか。筆者も楽しみにしています。

薬嫌いなどと部屋に閉じこもっている場合ではなかった。

末筆となりましたが、今回も素晴らしいイラストを作画下さったたまろさんを始め、このお話を後押ししてくださっている全ての皆様との幸運な出会いに感謝します。本当にいつもありがとうございます！

それにしても……そろそろラーメンが食べたい。

西浦《にしうら》　真魚《まお》

お便りはこちらまで

〒 102 − 8177
カドカワBOOKS編集部　気付
西浦真魚（様）宛
まろ（様）宛

カドカワBOOKS

剣《けん》と魔法《まほう》と学歴社会《がくれきしやかい》 3
〜前世《ぜんせ》はガリ勉《べん》だった俺《おれ》が、今世《こんせ》は風任《かぜまか》せで自由《じゆう》に生《い》きたい〜

2024年 5 月10日　初版発行
2024年 6 月10日　再版発行

著者／西浦真魚《にしうらまお》

発行者／山下直久

発行／株式会社KADOKAWA

〒102-8177
東京都千代田区富士見2-13-3
電話／0570-002-301（ナビダイヤル）

編集／カドカワBOOKS編集部

印刷所／大日本印刷

製本所／大日本印刷

●お問い合わせ
https://www.kadokawa.co.jp/（「お問い合わせ」へお進みください）
※内容によっては、お答えできない場合があります。
※サポートは日本国内のみとさせていただきます。
※Japanese text only

Printed in Japan
ISBN 978-4-04-075418-5 C0093

新文芸宣言

かつて「知」と「美」は特権階級の所有物でした。

15世紀、グーテンベルクが発明した活版印刷技術は、特権階級から「知」と「美」を解放し、ルネサンスや宗教改革を導きました。市民革命や産業革命も、大衆に「知」と「美」が広まらなければ起こりえませんでした。人間は、本を読むことにより、自由と平等を獲得していったのです。

21世紀、インターネット技術により、第二の「知」と「美」の解放が起こりました。一部の選ばれた才能を持つ者だけが文章や絵、映像を発表できる時代は終わり、誰もがネット上で自己表現を出来る時代がやってきました。

UGC（ユーザージェネレイテッドコンテンツ）の波は、今世界を席巻しています。UGCから生まれた小説は、一般大衆からの批評を取り込みながら内容を充実させて行きます。受け手と送り手の情報の交換によって、UGCは量的な評価を獲得し、爆発的にその数を増やしているのです。

こうしたUGCから生まれた小説群を、私たちは「新文芸」と名付けました。

新文芸は、インターネットによる新しい「知」と「美」の形です。

2015年10月10日
井上伸一郎